艾特玛托夫代表作

永别了，古利萨雷！

Прощай, Гульсары!

[吉尔吉斯斯坦] 艾特玛托夫 / 著

冯加 力冈 / 译

人民文学出版社

图书在版编目(CIP)数据

永别了,古利萨雷! /(吉尔)艾特玛托夫著;冯加,力冈译. —北京:人民文学出版社,2020
(艾特玛托夫代表作)
ISBN 978-7-02-015237-7

Ⅰ. ①永… Ⅱ. ①艾… ②冯… ③力… Ⅲ. ①中篇小说—小说集—吉尔吉斯—现代 Ⅳ. ①I364.45

中国版本图书馆 CIP 数据核字(2019)第 090402 号

责任编辑 李丹丹
装帧设计 黄云香
责任印制 王重艺

出版发行 人民文学出版社
社　　址 北京市朝内大街 166 号
邮政编码 100705
网　　址 http://www.rw-cn.com

印　　刷 三河市鑫金马印装有限公司
经　　销 全国新华书店等

字　　数 179 千字
开　　本 850×1168 毫米 1/32
印　　张 9 插页 3
印　　数 1—6000
版　　次 2020 年 7 月北京第 1 版
印　　次 2020 年 7 月第 1 次印刷

书　　号 978-7-02-015237-7
定　　价 36.00 元

如有印装质量问题,请与本社图书销售中心调换。电话:010-65233595

目　次

前　言

钦吉斯·艾特玛托夫(1928—2008),是吉尔吉斯斯坦当代著名作家。他的作品引起过不少轰动。

其一是,他的一组早期作品《查密莉雅》(1958)、《我的包着红头巾的小白杨》(1961)、《骆驼眼》(1962)和《第一位老师》(1962),以其浓郁的抒情,细腻的心理刻画和清新的民族生活气息见长,把纯洁的爱情、真挚的友谊、夫妻情、父子情、师生情渲染得淋漓尽致,感人至深。以上四篇结集成《草原和群山的故事》,获得1963年苏联最高文学奖项——列宁奖。年仅三十五岁的艾特玛托夫成了该奖项最年轻的得主。那个时期作者收到过成百上千封读者来信,每封信都给他带来“节日般的欢乐”。

其二是,艾特玛托夫的全部中篇小说,包括两个短篇,无一例外地拍成了电影和电视。《查密莉雅》改编成歌剧《你是我一支心爱的歌》,《小白杨》先后两次拍成电影:《山口》和《我是天山》(上下集)。《第一位老师》、《小马在飞奔》(即《永别了,古利萨雷!》)、《早来的鹤》和《白轮船》等影片拍得真实感人,轰动一时。电影放映后,观众的信件如潮水般涌来,纷纷询问在哪儿可以买到书,掀起了更大的阅读热潮。

其三是，艾特玛托夫拥有世界范围的读者。最早是法国作家阿拉贡把《查密莉雅》译成法文，使得艾特玛托夫一夜成名。后来他的《一日长于百年》在法国出了四版。1970 年，作者称“在土耳其准备上映《登上富士山》，正在出版《早来的鹤》——在那儿我的书已经出了八版”。又如非洲肯尼亚译出的第一部苏联小说，便是《永别了，古利萨雷！》。艾特玛托夫曾提到，有一天他收到一个邮包，是德意志联邦共和国寄来的，里面是有关《一日长于百年》的五十多篇评论文章。在我国，外国文学出版社陆续出版了艾特玛托夫的小说集（三卷本）和《断头台》。笔者有幸见到过艾特玛托夫，那是 1989 年 5 月 13 日，他作为总统十人委员会成员之一，随同戈尔巴乔夫访华，中国社会科学院院外文所为他和作家瓦连京·拉斯普京举行座谈会。会后，我把装了一书包的他的中译本、有关资料以及北京大学颁发的《断头台》译著获人文社会科学研究优秀成果二等奖的证书送给他，并请他在拙译《断头台》上题词。当我告诉他中国读者喜爱他的作品、他的《断头台》有七种中文版本①时，他惊喜之余表示不解：“为什么要七种版本？”

总之，来自吉尔吉斯小山村、二十世纪六十年代初登上文坛的艾特玛托夫，历经三十余年的文学创作，已成为举世

---

① 1986 年，艾特玛托夫的新作《断头台》在苏联杂志《新世界》第 6、8、9 期连续发表。当时我国尚未加入世界版权公约。外国文学出版社、漓江出版社、湖南人民出版社、上海译文出版社、重庆出版社、中国文联出版社、百花文艺出版社等七家出版社都组织人力抢译，推出了各自的译本。

瞩目的一位著名作家。

《永别了，古利萨雷！》(1966)，是一部描写老牧民塔纳巴伊一生遭遇的中篇小说。作者只写了主人公牵着心爱的老马古利萨雷回家路上的一夜。老马奄奄一息，老人百感交集，小说就是通过主人公大量的回忆，展现了他的一生和悲剧性的遭遇。讴歌劳动者的精神力量，是艾特玛托夫创作一贯的主题思想，但与早期作品相比，这部小说的人物更丰满了，主题更深化了，在表现手法上则大大加强了对典型环境和细节的客观描写。

“给文学肌体赋予生命的心脏——是人物的性格。”①《永别了，古利萨雷！》的一大艺术成就是塑造了一个具有吉尔吉斯民族性格的老牧民、共产党员塔纳巴伊的形象。在人物塑造上，作者遵循个性化的原则，他赞成写“复杂的性格”，包括“不隐瞒人的弱点和矛盾”。作者始终把他的主人公置于时代的中心。塔纳巴伊有一个平淡无奇但又十分典型的人生经历：贫困的童年（小羊倌）——天翻地覆的革命带来的巨大进步（入团、入党、投身清算富农的运动）——六年的士兵生涯——战后先是牧马后是牧羊的艰苦劳动。时代造就了塔纳巴伊的坚强性格。他有革命的理想：他一生辛勤操劳，目的是为了农庄的巩固和发展。他无私，刚强。在难以想象的困难面前，他自觉承担社会义务，在区委头头的诬陷迫害面前，他不折不弯；即使被开除出党，他也一如既往地忘我劳动。塔纳巴伊很有个性。作者

---

① 艾特玛托夫：《性格与当代精神》，载于《文学报》，1961年6月8日。

写他的"耿直的性格""火爆的脾气""改不了的急性子""天不怕地不怕"的精神,无怪乎养马场主任骂他是"犟骡子"。塔纳巴伊的这种脾气有时表现为疾恶如仇的锐气,有时又表现为语出伤人的粗暴。而且这种火暴性子,随着年龄的增长以及后来被开除出党,最后变成了"缩手缩脚""矮人一头"的怯懦。作者也不回避主人公思想上的矛盾、弱点和过失。总之,作者不仅写塔纳巴伊的个性,而且写个性的发展,写环境对个性的制约和影响。如果说,他的早期作品中的主人公多少带有浪漫主义的激情和某些理想化的痕迹的话,那么《永别了,古利萨雷!》中的主人公则更贴近生活,更复杂,更富于个性特征,也更典型。

《永别了,古利萨雷!》的另一个特色是暴露性主题的引进和主题的深化。从作者的早期作品看,他主要是歌颂光明、歌颂新人的作家。而在《永别了,古利萨雷!》中,作者以巨大的艺术真实性再现了战后时期农庄生活中的重重困难,穿插了一大段主人公同区委领导中官僚主义的直接冲突,导致一名忠心耿耿的共产党员被开除出党的悲剧。这是作者深入生活、干预生活的必然,是他现实主义创作的新进展,也是他后来创作中暴露性主题的发端。

《永别了,古利萨雷!》的又一艺术成就是作者扩大了艺术表现的范围,塑造了一匹骏马古利萨雷的生动形象。在他后来的作品里便有了骆驼卡拉纳尔(《一日长于百年》)和母狼阿克巴拉(《断头台》)的故事。古利萨雷是一个独立的艺术形象。作者采用民间文学惯用的拟人化手法,把古利萨雷写得活灵活现。他写了马的一生,马的喜怒哀乐，写它的灵性和野性。古利萨雷的形象又带有寓意性。牧民和马不可分割，相得益彰。他们同样有过黄金时代，也有过辛酸的经历。他们的性格极其相似：一个是剽悍的烈马，一个是倔强的硬汉子。另外通过主人公对马的那种爱护备至、视同亲人的态度，从一个侧面揭示了主人公博大的胸怀和人道主义精神。最后，古利萨雷的形象在全书的结构上起了联系人物的纽带作用。书中全部次要人物的出场都是由古利萨雷引起的。这种巧妙的构思真可谓匠心独运。

艾特玛托夫说过："在艺术创作上给我带来最大愉快和痛苦的，也许是中篇小说《永别了，古利萨雷！》了。我想在这个作品中说出一些不同于我过去作品的新东西。我个人觉得，这个作品的可贵之处在于，我得以描绘出吉尔吉斯民族现代生活的图景，塑造了一个吉尔吉斯民族性格。我努力再现的不是民族的某些装饰品，而是要提出吉尔吉斯民族生活中那些本质问题，深入揭示社会的冲突和矛盾。"①艾特玛托夫的这段自述概括了作者的创作意图和这部作品的艺术成就。小说获得广泛好评，获1968年度苏联国家文艺奖，同年作者获"吉尔吉斯人民作家"称号。

* * *

艾特玛托夫表示，作家不应重复同样水平的东西，声称

---

① 艾特玛托夫：《对未来的责任》，载于《文学问题》，1967年，第9期。

“我不会停留在过去的阶段上”。艾特玛托夫这种永不满足、刻意求新的进取精神，促使他在创作道路上不断探索，不断前进。

继《永别了，古利萨雷！》之后，艾特玛托夫又发表了《白轮船》(1970)，剧作《登上富士山》(1972，与哈萨克剧作家卡尔塔·穆罕默德·扎诺夫合著)，《早来的鹤》(1975)和《花狗崖》(1977)。二十世纪七十年代的作品显露出作家艺术探索的新倾向：主题思想上哲理性、寓意性加强，创作手法上写实与假定性手法交融。二十世纪八十年代，他发表了两部长篇小说《一日长于百年》(1980)和《断头台》(1985)。二十世纪九十年代初，艾特玛托夫开始从政，先后出任苏联驻卢森堡大使，吉尔吉斯斯坦驻比利时大使兼驻欧洲共同体和北约代表。在卢森堡，他与日本学者合作，写出了《人类灵魂的颂歌》(1990)。这部充满哲学思想的书，现已用日、德、俄等多种文字出版。1995年，他的新作《卡桑德拉印记》问世。他认为，与过去的作品相比，这部小说风格迥异，是他关于整个人类文明的思考。他的最后一部长篇小说为《崩塌的山岳》(2006)。

从全部作品来看，艾特玛托夫是一位具有鲜明创作个性的作家。他的视野开阔，取材广泛，很少雷同。他的作品主题鲜明，洋溢着对人的爱，对劳动者心灵美和精神力量的颂扬。他习惯每篇突出一个主人公，通过平凡的日常生活和异常艰苦的环境，通过主人公同人们的关系、同时代的冲突，特别是通过人物的内心感受和对事物的思索，深入开掘主人公的精神世界。他的构思新颖而周密，布局别具一格，早期用第一人称“我”叙写，后来往往截取主人公生活中的一个片段，大量采用人物的回忆、内心独白、想象、思索、梦幻、联想等手法，形成了一种自白式的独特的艺术构思。他的创作汲取了民族文化的丰富营养，作品中广泛运用民间文学的表现手法，经常引用民歌民谣来深化主题，烘托主人公的心情。二十世纪七十年代的作品则大大加强了神话和传说的比重，从而扩大了艺术表现的范围和手法，增加了作品的魅力，也使他的作品带上了浓重的民族色彩。艾特玛托夫还是一位双语作家。他开始时用母语写作，从《永别了，吉利萨雷！》起，他先用俄语写作，然后自己将作品译成吉尔吉斯文。他的语言简洁、生动，行文流畅、自然。凡此种种，使艾特玛托夫被誉为“以火箭速度达到艺术创作成熟轨道”的作家。

2008 年 6 月 10 日，艾特玛托夫在德国纽伦堡病逝。俄罗斯领导人普京致电悼念：“艾特玛托夫的去世，是我们所有人无法弥补的损失，我们会记住这位伟大的作家、思想家和人道主义者。”

艾特玛托夫永远活在他的作品中，活在读者的心中。

冯　加

北大畅春园

二〇一八年六月

查密莉雅

这会儿我又一次站在这幅镶着简单画框的小画前面。明天一早我就要动身回家乡去,因此我久久地、出神地望着这幅小画,好像它能够对我说些吉祥的临别赠言似的。

这幅画我还从来没在展览会上展出过。别说展出,就是每逢有亲属从家乡来看我,我都尽量把它藏得远远的。其实,它也没有什么见不得人的地方,可也根本算不上是一幅艺术精品。这幅画很朴素,朴素得就像上面画的那片大地。

这幅画的远景是暗淡的秋天的天际。在遥远的群山上方,秋风催赶着片片疾驰的行云。近景是一片赤褐色的长满艾蒿的草原。道路黑黝黝的,刚刚下过雨之后还没有晒干。路旁是已经干枯的、被踩断的密密丛丛的芨芨草。顺着被冲洗过的车辙,有两个人的脚印伸向前去。越远,路上的脚印就显得越浅,至于那两个旅伴:看样子只要再走一步,就会跨到画框外面去了。其中的一位……不过,我这话有点扯远了。

这是我少年时代的事。那是战争的第三个年头。我们的父兄在遥远的前方,在库尔斯克和奥勒尔附近苦战;我们——当时都还是一些十四五岁的少年——在集体农庄里劳动。天天干不完的重活儿，本来都是成年人干的，如今压在我们还没有长结实的两肩上。我们在收割的时候又偏偏碰上特别酷热的天气。几个星期不回家，日日夜夜在田野里、打谷场上，或者在往车站运粮的路上。

在一个酷热的日子，镰刀都好像因为收割磨得发烫了，我从车站坐空车回来的路上，决定顺便回家去看看。

靠近河滩，街道尽头处的小丘上，有两座围着坚固的土墙的院落。宅院周围有一排高高的白杨树，这就是我们两家。很久以来，我们两家就毗邻而居，我是大房的孩子，我有两个哥哥，他们还没结婚，都上前线去了，已经很久没有他们的音信了。

我父亲是个老木匠，天一亮就起身做祈祷，然后到工场木工间去，直到很晚才回家。

家里就剩下母亲和一个妹妹。

旁边的院子里，或者照村里叫法，小房里，住着我们的近亲。不是我们的曾祖，便是我们的高祖，曾经是亲弟兄；而我称他们近亲，就是因为我们是一家人。早从游牧时代，从我们的祖先一块儿安扎帐篷、一块儿牧放牛羊的时候起，我们就兴亲族住在一起。这种传统还被我们保持下来。在村里实行集体化的时候，我们父亲一辈就挨在一块儿安了家。而且也不只是我们，贯穿全村的一直通向河滩的整条阿拉尔街，都是我们同族人，我们都是一个族系的。

实行集体化后不久，小房的家主就去世了。留下了妻子和两个岁数很小的儿子。当时村里还奉行着世代相传的族法，依照族法的老传统，不能让携儿带女的寡妇嫁出族外,于是族人便让我的父亲娶了她。他这样做,也是他对于祖先在天之灵应尽的本分,因为他是死者最近的亲属。

于是我们就有了第二个家。小房表面上家业独立:有自己的宅院,自己的牲畜,但实际上我们是一块儿过日子。

小房的两个儿子也参了军。老大萨特克是刚结婚不久就走的。我们还能收到他们的来信,当然,要隔很久才能收到一封。

小房里剩下婆婆——我唤她婶娘——和儿媳,即萨特克的妻子。她们俩从早到晚在农庄里干活。我的婶娘是一个善良、温顺、老实的女人,论干活儿从不落在年轻人后面,不论是挖沟,浇水,样样都行。命运像是褒奖她的勤劳,又赐给她一个能干的媳妇。查密莉雅和婆婆一模一样,肯操劳,心灵手巧,就是性格有点不同。

我很喜欢查密莉雅。她也很爱我。我们很合得来,可是我们不敢彼此称呼名字。我们要不是一家人,我一定叫她查密莉雅。可她是我哥哥的妻子,我得叫她嫂子。她唤我小兄弟,尽管我并不小,我们在年龄上的差别根本不大。但这是村里的习惯:嫂子得把丈夫的弟弟唤做小叔或小兄弟。

两房的家务都由我母亲经管。我的小妹帮她一些忙,她还是一个小辫儿上缠着头绳的傻小妞儿。我永远也忘不了在那些困难的日子里,她那样勤劳地干活。是她把两家的小羊和小牛赶到园外去牧放,是她拾来干牛粪和干柴,让家里总有东西烧,是她,是我这个翘鼻子小妹妹,为了不让妈妈挂念杳无音信的儿子,总想尽办法给妈妈解闷消愁。

我们这一大家人和睦相处，丰衣足食，全是母亲的功劳。她是我们两家的全权主妇和管家人。她很年轻的时候就进了我们的游牧祖先的家门，她一直是虔敬地遵循着祖先的遗训，公正无私地掌管两家家务。村里公认她是最值得尊敬的一位心地好、见识广的贤主妇。家里一切都归她掌管。至于父亲，说实话，村里人不承认他是一家之主。不止一次听到有人在要办一点什么事的时候这样说："唉，你顶好不要去找大师父，——我们此地对手艺人这样尊称——他就晓得那把斧头是他自己的。他们家里大娘才是一家之主，你去找她，保准没错儿……"

应当说，尽管我小小年纪，可我还常常参与一些家务事。之所以能够这样，是因为哥哥们都打仗去了。人们把我称做两家的男子汉、护家的和养家的，这多半是开玩笑，有时却也是正经的。我以此感到骄傲，一种责任感就常常挂在心上。并且，妈妈对我敢于独当一面也采取鼓励态度。她盼望我成为一个善经营、能办事的机灵人，不要像父亲那样，一天到晚一声不响地刨木头，锯木头……

我从车站回来，在宅旁柳荫下停住车子，松了套绳。当我向门口走去时，看到我们的生产队长奥洛兹马特在院子里。他骑在马上，像往常一样，一条拐杖系在马鞍上。妈妈站在他旁边。他们正争论着一件事。我走近些，听见母亲的声音：

"不行！别胡闹，哪儿见过女人赶车运粮食？你做做好事，让我的儿媳妇清静点吧！她原来干什么，还让她干什么吧！就这样已经搞得我晕头转向了，你倒来管管两个家看！幸亏还有个小丫头帮我一把……已经有一个星期我连腰都直不起来,腰简直要断了,就像驮着块千斤石,这不,玉米又干坏了,等着浇水呢!”她越说越上火,一面不时地把头巾的角往衣领里面塞。她生气的时候,常做这种动作。

“您这个人可真是的!”奥洛兹马特在马上晃了一下,失望地说,“我要是有腿,而不是这条拐杖,我会来求您?最好还是像过去一样,我自己来干,把粮食袋往车上一摔,赶马就走!……这不是女人干的活儿,我晓得,可你到哪里找男人去?……所以才决意请女将出马。您不准儿媳妇赶车,可上级对我们把难听话都说尽了:战士们需要粮食,我们却完不成计划。这样下去怎么行呢?”

我拖着长鞭朝他们走去,队长看见了我,高兴起来,显然他是想出了什么新点子。

“好啦,您要是担心媳妇的安全,瞧,有她的小叔子保驾,”他高兴地指着我说,“他决不会让谁靠近她。可以不必犹豫啦!咱们的谢依特是好汉子。只有这些小伙子,咱们这些养家的,才真解决问题……”

妈妈不让队长把话说完:

“哎呀,瞧你像个什么样子,简直成了流浪汉!”她数落起来,“瞧你那头发,毛蓬蓬的……你爸爸也真是好样的,给儿子剃剃头都腾不出工夫……”

“就这样好啦,今天就让儿子和老人家亲热亲热,剃剃头,”奥洛兹马特机灵地接过母亲的话头说,“谢依特,今天你就留在家里,把马喂一喂,明天一早我就派给查密莉雅一辆车,你们一块儿赶车。要给我记住,你可得负责她的安全。您就别担心啦，家主娘，谢依特决不让她受欺侮。既是这样的话，我还再派丹尼亚尔同他们一块儿。您是知道他的，是个很老实的后生……就是刚从前方回来的那一个。就这样吧，三个人一块儿往车站运粮食，谁还敢动一动您的儿媳妇？对吧，谢依特？你觉得怎么样，我们想让查密莉雅赶车，可你妈妈不同意，你要劝劝她！”

队长的夸奖，以及他竟用对待成年人的态度同我商量问题，使我心里美滋滋的。另外我立时想象着，能和查密莉雅一块儿赶车去车站该有多好。我于是摆出一副老成的样子，对妈妈说：

“保证没事儿，怎么，会有狼来把她吃掉还是怎的？”

我并且摆出老把式的神气，煞有介事地从牙缝里哧了一声，大模大样地晃着肩膀，拖了鞭子就走。

“哎呀，你可真行！”妈妈做出惊喜的样子，但是她马上气愤地呵斥道，“狼吃不吃她，你怎么知道？就出了你这块聪明材料！”

“他不知道，谁知道？他是你们两家的男子汉，很能干，有两下子！”奥洛兹马特拼命讲我的好话，他一面担心地望着妈妈，怕她又固执下去。

可是妈妈没有反驳他，只不过不知为什么立时重重地叹了口气，缓和了语气说：

“这可算什么男子汉，还是孩子哩，可就这样也得白天黑夜地埋头干活……我们那些叫人爱不够的男子汉天知道在哪里！家家空荡荡的，就好比营地上拔掉了帐篷……”

我已经走远了，没有听完母亲的话。我一路用鞭子打着屋角,打得灰尘飞扬,我甚至没有理睬正在院子里用手拍制牛粪块的小妹欢迎的笑脸,神气活现地走进了井棚。我在里面蹲下来,不慌不忙地从桶里倒水洗净了手,然后走进房里,喝了一碗酸牛奶,再倒一碗端到窗台上,把面包掰碎泡了吃。

妈妈和奥洛兹马特还留在院子里。只不过他们已经不再争论了,而是平心静气地低声谈着。他们准是在谈我的哥哥们。妈妈不时用衣袖擦擦红肿的眼睛,深沉地点着头,表示对正在安慰她的奥洛兹马特的回答,一面用模糊的泪眼望着绿树葱葱的远方,像是希望看到自己远方的儿子。

妈妈一伤心起来,就什么都不讲了,看样子,她答应了队长的要求。他达到了目的,很是得意,抽了一下坐骑,马匹踏着轻快的碎步出了院子。

不论是妈妈,还是我,自然都丝毫没有想到,这一切将会有什么样的结局。

我一点都没有担心查密莉雅能不能驾驭得了双套的马车。她对马是摸得透的,因为查密莉雅是巴开尔山庄一位牧马人的姑娘。我家的萨特克也是牧马人。似乎有一次春天赛马时,他竟赶不上查密莉雅。是不是真的,谁也不管它,可是大家都在说:赛马之后,恼羞成怒的萨特克就把她抢来了。还有一些人却偏说,他们是恋爱结婚的。不管怎么说吧,他们共同生活总共只有四个月。后来战争开始,萨特克便应召参军了。

不晓得该怎么理解,也许由于查密莉雅从小就和爸爸一起赶马群,——他身边就她一个,又当女儿,又当儿子,——于是她的性格中就出现了一些男子气概,有点躁烈,有时甚至很粗犷。查密莉雅干起活来一阵风,有男人气魄。和邻居妇女能处得来,可要是有人没来由惹恼了她,她骂起你来可不让人,还有几次有人被她揪住了头发。邻里不止一次前来告状:

“你们这算什么样的儿媳妇?进门才没几天,一张嘴就这么厉害!一点不给人面子。”

“她就这样才好哩!”妈妈回敬说,“我家媳妇有话就爱当面讲。这比藏而不露背地咬人强。您家媳妇倒会装温和模样儿,可这种温和媳妇,好比臭鸡蛋:表面干净光滑,骨子里奇臭难闻。”

爸爸和婶娘对待查密莉雅从来不像别的公婆那样厉声厉色,挑鼻子挑眼儿。他们对她很和善,心疼她,就只希望她一点——希望她对真主虔诚,对丈夫忠实。

我理解他们的心情。他们把四个儿子送进了军队之后,便把两房唯一的媳妇查密莉雅当做莫大的安慰,因此对她百般怜惜。我却不理解我的妈妈是怎么回事儿。她可不是随便就喜欢谁的。我妈妈对人对事要求十分严格。她过日子有自己一套规矩,从来不肯改变。每年春天一到,她要把我家游牧用的帐幕搬到院子里,用杜松枝熏一熏,这帐幕还是我父亲年轻时置备的。她教导我们绝对热爱劳动,尊敬长者。她要求家庭中每个成员无条件服从。

查密莉雅自从到我家来,就不像个做媳妇的应有的样儿。不错,她尊敬长辈,听他们的话,但是在他们面前从来不肯低头弯腰,她可也不像别的年轻媳妇那样躲到一旁嘁嘁喳喳，总是想什么就直截了当地说什么，也不怕说出自己的不同见解。妈妈常常支持她，爱听听她的意见，但是决定权往往仍归自己。我感到，似乎妈妈从查密莉雅的心直口快、大公无私中看出她是一个和自己一样的人，并且暗下打算，有朝一日把她放到自己的位子上，使她成为一个同样有威望的家主娘，同样的当家人，家业的继承者。

“要感谢真主，我的孩子，”妈妈常教导查密莉雅说，“你是嫁到一个殷实、有福的人家来了。这是你的福气。做女人的幸福，就是生几个孩子，家里够吃够用。我们老一辈挣得的家业，谢天谢地，都得给你留下，我们带不进坟墓。不过，只有那爱惜声名、有良心的人，享福才享得长久。这话你得记牢，要经常检点自己！……”

但是查密莉雅有的地方使两个婆婆感到不以为然：她快活起来太过于外露了，就像个小孩子一样。有时候，好像无缘无故就笑起来，而且笑得那么响，那么快活。每当收工回来，不是走，却是一路跳过沟渠，跑进院子，而且常常毫无来由地一会儿抱住这个婆婆亲亲，一会儿抱住那个婆婆亲亲。

查密莉雅还喜欢唱歌，她总在哼着一点什么，长辈面前也不回避。这一切自然和村里传统的媳妇持身之道很不相符，但是，两位婆婆用以自慰的是：查密莉雅会慢慢收性的，本来么，年轻时候说起来都是这样的。可对我来说，世界上再没有比查密莉雅更好的人了。我们在一块儿非常快活，我们可以毫无缘由地哈哈大笑，可以在院子里互相追着玩儿。

查密莉雅长得很美。身材匀称、苗条,头发又密又长,编成两条粗粗的、沉甸甸的长辫子。她很会结她的白头巾,让它稍稍偏些垂到额头上,这对她十分配称,把她那端正的脸上的黧色皮肤衬托得很美。查密莉雅笑的时候,她那黑中透蓝的一双杏眼,闪耀着青春的活力,她要一下子唱起酸溜溜的山村小调,她那美丽的眼睛里就现出一种热情奔放的光彩。

我时常发现,男子汉们,特别是返乡的战士们,爱用眼睛盯她。查密莉雅自己也爱玩爱闹,可是她对那些放肆的家伙确也不给好颜色。尽管这样,我还是常常很恼火。我爱她而嫉妒别人,就像弟弟爱大姐因而嫉妒别人一样,我要是发现年轻人围在查密莉雅身旁,就要尽量想法子干扰他们。我摆出气鼓鼓的架子,恨恨地望着他们,像要用自己的神情告诉他们:“你们别太得意了。她是我哥哥的妻子,别以为没有人保护她!”

在这种时候,我常常装出随便的样子,不管是不是地方,就插进去谈话,企图嘲笑追逐她的人,而当这种办法毫不见效时,我就失去自制,气鼓鼓地,哼鼻子瞪眼睛。

小伙子们大笑起来:

“哎呀,你瞧他的样子!看样子她是他的嫂子,真有意思,我们还不知道哩!”

我极力撑持着,可是我感到耳朵在发烧,偏是叫我出丑,并且恼得我眼里迸出泪水。而查密莉雅,我的好嫂子是了解我的。她勉强忍住就要迸发出来的笑声,一本正经地说:

“你们以为嫂子是可以随便在大路上捡到的?”她对男子汉们抖直身子说,“你家嫂子也许是捡来的,我家可不是!快走开,我家小叔儿,哼,就要你们好看!”查密莉雅在他们面前摆了个威武姿势——傲然昂起头来,挑战似的挺一挺肩膀,一面不出声地笑着,拉了我一同走开。

我看出这种笑里有气恼有高兴。可能她当时想:“你呀,真是傻孩子!只要我想随便胡来,谁还能拦得住我?全家一齐来看着我,也看不住我!”在这种情形下,我总是闷声不响,觉得有点对不起她。确实,我因为爱查密莉雅而嫉妒,我崇拜她;因为她是我的嫂子,因为她的美,她那洒脱的、自由自在的性格而感到骄傲。我和她是最知心的朋友,有什么事从不彼此隐瞒。

那时候村里男人很少。有的年轻人就抓住这一时机对妇女十分放肆、十分轻视,说什么,“同她们没什么磨蹭的,把手一招,不管哪个都会跑过来。”

有一天在割草的时候,我们一个远房族人奥斯芒走来纠缠查密莉雅。他原也认为没有一个女人禁得住他的引诱。查密莉雅却毫不客气地推开他的手,从草垛脚下站起来,——她本来在草垛凉荫里休息的。

“别动手动脚的!”她痛苦地说,把身子扭过去,“虽然把你们看成个人样儿,可是有的人却像畜牲一样!”

奥斯芒躺到草垛脚下,轻蔑地撇一撇舔湿的嘴唇:

“吊在高竿上的肉,解不了猫的馋……有什么好装的呀,也许是愿意守一辈子了,鼻子还翘得老高哩。”

查密莉雅猛地转过身来。

“也许，就愿意守一辈子！我们就碰上这种命么，你混蛋就开心好啦。我要一百年独身，可对像你这号儿的，连口唾沫都懒得吐——讨厌。我看，要不是战争，谁又轮到同你讲话！”

“我说的就是这话！战争，没有了男人的管教，你才要怎的就怎的。”奥斯芒得意地笑道，“哼，你要是我的老婆，保你不唱这个调调儿。”

查密莉雅本想向他扑过去，还想说点什么，但是什么也没说，觉得不值得同他纠缠。她朝他久久地、恨恨地望了一眼，然后厌恶地啐口唾沫，从地上拾起草杈，走开了。

我站在草垛后面四轮大车上。查密莉雅看到我，急忙转过身去。她了解我当时的心情。我当时的感觉是：受欺凌的不是她，而是我，正是我受了侮辱。我怀着痛苦的心情责备她说：

“你干吗理睬这种人？同这种人有什么道理好讲？”

直到晚上，查密莉雅一直阴沉地皱紧眉头，一句话也不同我讲，也不像平常那样有说有笑。当我把四轮大车赶到她跟前时，她为了不使我提起那件已被她隐忍在心中的可怕的恼人事，猛力将草杈扎进草堆，一下子把草扠起，举在面前，遮住自己的脸。她把草猛力甩下，又立刻跑向另一堆。这一次装车装得很快。有一会儿我走到一旁，回头一望，看到她拄着草杈柄，站了一两分钟，在想什么事，然后，猛然醒悟过来，又拼命干起活儿。

当我们装好最后一辆四轮大车时，查密莉雅像是忘记了世界上的一切，久久地望着落日。河那边，在哈萨克草原的边沿上，已经疲乏无力的割草时节的夕阳，像烧旺的烙饼炉的灶眼一样发着红光。它缓缓地向地平线外游去，用霞光染红天上柔软的云片，向淡紫色的草原投射着余晖，草原上低洼的地方已经笼罩起淡淡的、蓝灰色的暮霭。查密莉雅望着落日，流露出内心无比的喜悦，像是在她面前出现了一个童话世界。她的脸上放射着温柔的光彩，那半张开的嘴唇孩子般柔和地微笑着。这时查密莉雅像是回答我还没有出口但眼看要脱口而出的责备，转过身来，用一种好像是我们一直在谈话的语调说：

"你别再去想他了，小兄弟，去他的！这还算个人？……"查密莉雅停了停，目送着正在下坠的半边夕阳，吁一口气，深沉地继续说道："像奥斯芒这样的人，他们怎么会懂得一个人的心情？这颗心谁也不懂得……也许世界上没有这样的男人……"

在我掉转马匹的当儿，查密莉雅已经跑到在我们一旁干活儿的女人们那里去了，我的耳边传来了她们爽朗的快活的谈笑声。真说不清她是怎么回事，也许她在眺望落日的时候，心情变开朗了，也许只不过因为活儿干得很好，就这么高兴起来。我坐在四轮大车上的高高的草堆上，望着查密莉雅。她从头上扯下白头巾，宽宽地张开两只手臂，在暮霭沉沉的割掉了草的草场上追逐一个女友。她的衣襟在风中轻轻飘动。我的不快也马上飞走了：不值得为奥斯芒的胡说八道花费心思！

"唷……唷，走啊！"我连甩几鞭，催动了马匹。

那一天，我按队长吩咐，在家等候爸爸，好把头发理一理，同时给萨特克写封回信。当时我们有我们一套规矩：哥哥们来信写的名字是爸爸的，村邮递员却把信交给妈妈，至于读信和回信则是我的义务。我未开始读，早就晓得萨特克写些什么。他所有的信都是一个模样儿，就像羊群里的羊羔一样。萨特克永远以“平安家书”几个字开始，然后一成不变地写道：“此信烦寄安居于繁荣昌盛的塔拉斯区的余之阖家：至亲至爱的父亲昭日楚拜……”然后是我的母亲，随后是他的母亲，再后依照严格的长幼顺序写着我们所有的人。此后一定要问候族长们以及近亲的健康和平安；只是在最末尾，才像仓促想起似的附笔写道：“并向余妻查密莉雅致意……”

当然，在父亲和母亲都活着，村里族长和近亲还健在的时候，开头便写妻子，尤其指名给她写信，是不恰当，甚至是有失体统的。不仅萨特克这样认识，每一个自尊的男人都是这样。况且这也没什么道理好讲，当时村里就兴这样，这不仅无可非议，而且我们简直想都没想过，再说当时也来不及想这些。要晓得，每一封来信，都是一件久所盼望的、令人振奋的大事。

妈妈总要让我把信反复读上好几遍，然后深受感动地把信拿到皲裂的手里，抓得死死的，好像攥着一只鸟儿，怕它要飞走似的。最后她用僵硬的手指很费力地把信折成三角形。

“唉，我的好孩子们，我们要像护身符一样保存好你们的信，”她含着泪颤抖地说，“信里还问，父亲、母亲、亲人们怎么样呢……我们又能往哪里去，我们还不是在自己村里……可你们怎么样？哪怕就写一句话，说‘我活着’，就行了，我们别的也不要……”

妈妈还得对着信端详好半天，然后把它收藏到一向放这些信件的皮包里，再锁进柜里。

要是这时候查密莉雅在家，也把信给她看看。每次她把信拿到手里，我发现她是多么激动。她默读着，贪婪地、急不可待地用眼睛扫过字里行间。但是，越接近结尾，她的肩膀垂得越低，脸上的热情渐渐地熄灭。她紧皱起那倔强的眉头，不等读完末后几行，便把信还给妈妈，神情那么冷淡，像是交还借用的一件东西。

妈妈显然照自己的心情去理解儿媳的心情，于是竭力勉励她：

“你这是怎么啦？”她一面锁着柜子，一面说，“不高兴高兴，反倒难过起来了！还是就你一个人的丈夫在军队上？难过的不是你一个，大家都不好受，大家怎么受，你就怎么受。依你看，会有人不想念、不挂心自己的丈夫？……挂心就挂心吧，可不要露出挂心的样子，心里要藏得住！”

查密莉雅没有讲话。但是她那倔强的、忧郁的目光似乎在说：“老人家，您什么也不懂！”

这一次萨特克的信也是从萨拉托夫来的。他住在那里的野战医院里。萨特克写着，因为负伤，到秋天，靠上帝的恩典，就要回家了。关于这一点，他以前也告诉过我们，于是我们十分高兴，因为很快就会见到他了。

那一天我依然没有睡在家里，我驾起车来到打谷场上。平常我总在这里过夜。我总把马牵到苜蓿地里，绊在那里。

主席不允许在苜蓿地里放牲口，但是为了让我的马能够驾得起载，我常常违犯这条禁令。我知道在低洼处有一块地方很僻静，况且在夜里，谁也不会发觉。但是这一次，当我把马卸下，把它们牵去的时候，却已经有人在苜蓿地里放了四匹马。这使我很恼火。因为我是双马大车的主人，那我就有权利发火。我毫不加考虑，就打算把别人的马给赶得远远的，好教训教训这个侵犯我的领地的不自爱的家伙。但是我忽然认出了有两匹马是丹尼亚尔的，他就是白天队长提到的那个人。我想到从明天起我就要和丹尼亚尔一块儿往车站运粮食，就没有惊动他的马，仍旧回到打谷场上。

丹尼亚尔原来在这里。他刚给自己的大车轮子擦过油，这会儿正在紧车轴上的螺丝。

“丹尼克，洼地上的马是你的吧？”我问他。

丹尼亚尔慢慢转过头来。

“有两匹是我的。”

“另外两匹呢？”

“那是，怎么叫，查密莉雅，对吧，是她的马。她是你的什么人，嫂子，是吗？”

“是的，嫂子。”

“是队长亲自放到那儿的，让我照应一下……”

幸亏我没有把马赶跑！

夜深了，山间吹来的晚风息了。打谷场上也静了下来。丹尼亚尔靠近我，在草垛脚下躺下来，但过了不多时又爬起来向河边走去。他快到陡岸的沿上停了下来，就那么一个劲儿地站着，倒背着手，将头微微偏在肩上。他背对我站着。他那颀长的、像是用斧头砍削出来的有边有棱的身影，在柔和的月光中显得清清楚楚。他似乎在细细倾听那大河的流水声，——夜晚，河水下滩的声音越来越清晰可闻了。可能，他还在倾听我所听不见的一些夜的音响和喧嚣。“他又想在河边过夜啦，真是怪人！”我觉得好笑。

丹尼亚尔不久前才来到我们村里。有一天，一个小家伙跑到割草场上说，村里来了一个伤兵，至于是什么人，谁家的，他却不知道。哈，当时可热闹啦！村里有那么一股劲头儿：前方战士要是有人回来，不论老人、小孩，都一齐成群成群地拥去看新来的人，和他握手问好，问他有没有看到自家的亲人，听听新闻。这会儿便响起一阵无法形容的喊叫声，每个人都在猜想：也许是我家哥哥回来了，也许是哪一位亲戚？割草的人们全都跑去，瞧瞧是怎么回事。

原来，丹尼亚尔是我们本地人，本是我们村里的人。老人们说，他在童年便成了孤儿，过了三四年沿门乞讨的生活，后来跑到卡克马克草原哈萨克那里去了，——他的母系亲属是哈萨克。要说该把这孩子找回来，可就没有那样近的亲属，就这样大家把他忘记了。别人问他离家以后怎样生活，丹尼亚尔只回答几句应付应付。可大家依然能够理解到，他曾经加倍地吞够了生活的苦果，尝尽了孤儿的辛酸。生活驱赶着丹尼亚尔像风卷球一样到处奔波。有一段很长的时间，他在卡克马克咸土地带牧羊，等长大了，在沙漠里开运河，在新建的国营棉花农场工作，后来在塔什干附近的安格林矿井里工作，打这儿进了军队。

丹尼亚尔回到家乡，人们用赞许的态度迎接他。“不管在异地漂泊多久，现在是回来了，就是说，命定要喝家乡沟里的水。而且还没有忘记自己的语言，多少带一点哈萨克腔，但仍然说的是地道的家乡话！"

"都尔把儿①跑遍天涯也要寻找自己的同群。谁又不觉得自己的家乡、自己的人民可亲！你回来，是好样的。我们高兴，你祖先的在天之灵也高兴。感谢真主，但愿打垮德国人，过过太平日子，你也和别人一样，成个家，让你家烟囱上也冒冒烟！"有一个长辈这么说。

提起丹尼亚尔的祖先，他们准确地断定了他是哪一支的。我们村里就这样出现了一个"新族人"——丹尼亚尔。

于是生产队长奥洛兹马特把这位脊背微微向前弯、瘸左腿的高个子士兵，领到我们割草场上来了。他把军大衣搭在肩上，急急忙忙地走着，尽力跟上奥洛兹马特那匹一溜小跑着的矮壮的小牝马。至于队长本人，和颀长的丹尼亚尔在一块儿，他那小个儿，那活泼的姿态，真有点像一只不安生的河鹬。孩子们甚至都笑了起来。

丹尼亚尔受伤的腿还没有痊愈，膝部还不能打弯儿，因此割草他不行，就把他派到我们孩子们这儿来，在割草机上工作。说实话，我们不太喜欢他。首先他那孤僻劲儿，就不合我们的意。丹尼亚尔很少说话，就是说话，也叫人感觉他这会儿在想些别的不相干的事，他有他的心事；而且叫你难以断定，他是不是在看着你，虽然他那一双深思遐想的眼睛直对你脸上望着。

---

① 神话中的骏马。

“可怜的小伙子，看样子，战场上把他搞蒙了，还一直没有回过神来！”大家这样议论他。

但是有趣的是，丹尼亚尔尽管总是这样在想心事，干起活来却又快又利落，从一旁看去还以为他是一个好交际的开朗的人呢。也许是孤苦伶仃的童年，教会了他掩藏自己的感情和心思，在他身上培养出一种内向的性格？可能是这样的。

丹尼亚尔的嘴角上带着清晰的纹丝，两片嘴唇总是紧闭着，眼神抑郁、镇定，只有两道弯弯的、活泼的眉毛给他那副瘦削的、总是显得疲倦的面孔增添一些生气。有时候他会凝神倾听，像是听到一种别人听不见的声音，这时他眉飞色舞，眼里燃烧着一种难以理解的喜悦。然后他不知为什么事微笑好久，显得十分高兴。这一切我们都感到奇怪。况且还不止这个，他还有别的一些怪癖。傍晚，我们卸了马，总是凑在窝棚旁边，等着女厨师给我们煮饭，丹尼亚尔却爬到守望台①上，在那儿坐到天黑。

“他在上面干什么呀？派他放哨还是怎的？”我们笑着说。

有一次，我出于好奇心，也跟着丹尼亚尔爬上了守望台。这里似乎没什么特别的。附近山脚下那一片笼罩在紫丁香般暮色中的草原，辽阔地扩展开去。黑沉沉、雾霭霭的大地，像是慢慢溶化在静寂之中。

---

① 可以瞭望四周的一种高地，这一名称是吉尔吉斯族人从游牧战争时期保留下来的。

丹尼亚尔对于我的到来甚至全没注意；他抱膝坐着，用沉思然而明亮的目光望着前方。我于是又感觉他是在聚精会神地倾听我所听不见的一些声音。有时他侧耳静听，凝神屏息，睁大一双眼睛。有一种东西在激荡着他的心，我觉得，他马上就要站起来，敞开自己的胸怀，不过不是对我敞开——他没有理会我——而是对着一种巨大的、无边无际的、我所看不见的东西。过一会儿我再望他，他却完全变了：丹尼亚尔沮丧地、无精打采地坐着，就像工作以后在休息似的。

我们农庄的割草场，分布在库尔库列乌河湾的滩地上。库尔库列乌河在离我们不远处冲出了峡谷，变成一条脱缰野马似的、疯狂的急流，奔驰在平川地上。割草时节，就是山洪暴发的时节。傍晚时分开始涨水，大水混浊而泡沫翻腾。半夜里我在窝棚里几次被河水强烈的震荡声惊醒。已经澄清下来的蓝幽幽的夜空，借星星做眼睛窥探着窝棚，冷风阵阵袭来，大地睡熟了，只有咆哮的河水，好像正气势汹汹地朝我们奔来。虽然我们不是紧靠河边，夜晚水声却令人感到那样近，以致常常不由得浮起一种恐惧：万一河水冲来，万一把窝棚冲跑呢？我的伙伴们正睡着那样香甜的、割草季节的好觉，我却不能入睡，于是走出棚外。

库尔库列乌河湾之夜美丽而又可怖。草地上这里那里呈现着被绊住的马匹的黑影。马儿饱餐了夜露浸润的青草，这会儿，在半醒不醒地打着盹儿，间或喷一喷鼻子。就在一旁，库尔库列乌河水冲过水漉漉的、弯下了腰的柳丛，向河岸奔去，一路上滚动着石块，发出喑哑的声音。不肯片刻安静的河流，使黑夜充满了狂乱的、恐怖的声音。惊心动魄。可怕极了。

在这样的夜里，我经常想起丹尼亚尔。他平常睡在紧靠河边的草垛旁。难道他不害怕？河水的声音怎会震不坏他的耳朵？他能睡得着吗？为什么他要一个人在河边过夜？他在这里面能得到什么样的乐趣？怪人，超世派。这会儿他在哪儿？我四面望望，看不到一个人。河岸像两条倾斜的山岗似的伸向远方，夜色中露出群山的脊背。在那上游一带，万籁俱寂，星光灿烂。

似乎丹尼亚尔该在村里结交一些朋友了。但是他依然孤零零的，仿佛友谊或仇敌，同情或嫉妒，这些观念对他全都格格不入。要晓得，只有那种能够替自己，也能替别人站出来说话的男子汉，才能在村里出头露面，他们有力量造福，有时也能为祸，他们能够在喜宴上和丧宴上发令司仪，不亚于族长们——这样的男子汉也受到女人们的青睐。

如果一个人，就像丹尼亚尔一样，凡事站在一边，不参与村中事务，那么有些人就干脆不觉得有他这个人，有些人就宽厚地说：

“没有人得他的好处，也没有人得他的害处。就这么活着，凑合着捱自己的岁月，就这么的也好……”

这样的人，照例要成为嘲笑和怜悯的对象。我们这些总想表现得比自己年龄老大些的少年们，为了和真正的男子汉们步调取得一致，若不是当面，便是常常在我们之间取笑丹尼亚尔。我们甚至笑他自己在河里洗他那件军装上衣。他洗过后，不等全干就穿上，因为他只有这么一件。

但奇怪的是，丹尼亚尔似乎和气而又老实，可我们却从来不敢和他亲昵。这倒不是因为他比我们年长——差个三岁、四岁，有什么了不起，我们对大几岁的人从不客气，就称"你"；也并不是因为他爱板面孔或者摆架子——板面孔，摆架子有时能引起一种类似尊敬的东西；不是的，是一种不可理解的东西隐藏在他那默默不语、忧郁的沉思中，正是这一点，使我们这些跟谁都打交道的孩子们不敢和他打交道。

很可能，有一件事情算得上我们不敢和他打交道的缘由。我是一个非常好奇的孩子，常常因为爱刨根问底惹得人讨厌，而向前方战士打听战争情形，更是我真正热衷的事。丹尼亚尔来到我们割草场上以后，我一直在寻找适当机会，向这位新归来的前方战士打听一点什么。

有一次傍晚收工后，吃罢了饭，我们坐在篝火旁边安静地休息。

"丹尼克，讲一点战争情形吧，趁大家还没睡。"我请求说。

丹尼亚尔起初没有讲话，甚至似乎很生气。他久久地望着火堆，然后抬起头来，望着我们。

"你说，讲讲战争？"他问道，接着，像是回答他自己的思路似的，又声音低沉地说："不，最好你们还是不要知道战争！"

然后他扭过身去，抓了一把枯草，扔到火里，吹起火来，不管对我们哪一个都不望一眼。

丹尼亚尔再也没说什么。但是甚至从他讲的这短短的一句话中也可以理解到：战争可不是讲讲好玩的，这不是童话，讲出来可以叫你们睡觉前解闷儿。战争在人们心灵深处印下了牢牢的血印，讲战争可并不轻松。我自己感到惭愧。再也没有向丹尼亚尔问起战争的事。

不过，那个傍晚很快就被忘却了，就像村里对丹尼亚尔本人的兴趣很快便消失了一样。

第二天一大早，我和丹尼亚尔将马带到打谷场上，这时查密莉雅也来了。她看到我们，老远就喊：

“喂，小兄弟，去，把我的马带来！我的马轭在哪儿？”接着，就像干了一辈子车把式似的，一本正经地检查车辆，蹬两脚试试轮毂安得好不好。

当我和丹尼亚尔骑马走近时，我们的模样儿她觉得开心死了。丹尼亚尔两条瘦瘦的长腿耷拉着，穿一双厚油布马靴，靴筒大得要命，眼看着就要从脚上掉下来。我光着脚儿踢马前进，脚底板僵硬乌黑。

“真是一对儿！”查密莉雅快活地昂起头来。她再不耽搁，对我们发起号令：“动作快些，好在天热以前赶过草原！”

她抓住马勒，蛮有把握地把马牵到车前，动手套车。她全是自己套的，只有一次要我做给她看，怎样调理缰绳。她没有理会丹尼亚尔，仿佛他根本不在旁边。

查密莉雅的果敢和甚至是逞能似的自信，显然使丹尼亚尔感到惊讶。他敬而远之地闭紧嘴唇，做出不以为然的样子，同时却又暗暗赞赏地望着她。当他一声不响地从磅秤上搬起粮食袋，举向车上时，查密莉雅朝他奔去：

“这算怎么回事，每个人就这么各使各的冤枉力气？

不成，伙计，这么干不行，快把手给我！喂，小兄弟，发什么呆，到车上去，把袋子摆好！”

查密莉雅自己抓住丹尼亚尔的手，当他们一块儿，手攥手地将粮食袋朝上摔的时候，他这个可怜人儿，羞得脸都红了。此后，每当他们彼此紧握住手搬粮袋，两个头几乎碰在一起的时候，我看到丹尼亚尔是多么不自在，他紧张地咬着嘴唇，极力不去看查密莉雅的脸。查密莉雅却毫不在乎，她在同女司磅员开着玩笑，好像就不觉得有这个配手似的。后来，当车子装好，我们把缰绳拿在手里的时候，查密莉雅调皮地眏眏眼睛，笑着说：

“呃，你叫什么，丹尼亚尔，是不是？看样子你像是个男子汉，头前开路！”

丹尼亚尔还是一声不哼地赶动了车子。“瞧你这可怜样儿，怎么搞的呀，为什么这样喜欢害臊呢？”我想道。

我们要走的路很远：二十公里左右的草原，然后穿过峡谷，走向车站。好在是，从出发直到目的地，一路都是下坡，马匹不吃力。

我们的库尔库列乌村沿河展开，坐落在高山的山坡上，一直伸展到黑山脚下。只要不走进峡谷，就总能看得见我们的村子和它那葱郁的树丛。

一天的工夫我们只能来回跑一趟。我们早上出发，来到车站已是过午了。

太阳无情地炙烧着，车站上十分拥挤，水泄不通：平原上各地来的运粮马车、四轮大车和从辽远的山区农庄来的驮粮食的牛和驴，挤得满满的。赶牲口的都是孩子和妇女，黑黑的,穿着褪色的衣服,光脚丫被石头碰得到处是伤,嘴唇因为炎热和尘土干裂得出血。

粮站大门口悬着一条横幅:“将每一颗粮食支援前方!”院子里忙乱、拥挤,赶车赶牲口的人吵吵嚷嚷。左近,矮墙外面,机车在调车,随着一团团浓浓的热气,喷吐着煤屑儿。列车发出震耳欲聋的吼声横擦而过。有一些骆驼,咧着那流涎的大嘴,恶狠狠地拼命吼着,很不愿意从地上爬起来。

在验收站,在发烫的铁房顶下面,粮食堆成山。须要把粮袋顺着木板扛到上面紧靠房顶的地方。浓烈的粮食气味和尘土呛得人喘不过气来。

“喂,小伙子,你给我小心点儿!”熬夜熬得眼睛通红的验收员在下面大声叫着,“往上扛,扛到顶上去!”他用拳头吓唬,气呼呼地骂着。

他可骂什么呀?就不骂我们也晓得往哪里扛,我们会扛上去的。要晓得,这粮食是我们用双肩一直从地里扛来的,在那里,女人、老头子、小孩把它一粒粒地培植长成,收割下来,在那里,就这会儿,在这热火朝天的农忙时节,联合收割机司机正驾着破烂不堪、早该报废的联合收割机在苦战,在那里,女人们日日夜夜弯腰握着火烫的镰刀,在那里,孩子们的小手珍惜地捡起每一颗掉下的谷粒儿。

就现在我还记得,我用肩膀扛过的那些粮袋是多么沉重。这类活儿只适合最强壮的男人干。我朝上走着,在咯吱咯吱响着的、压得一弯一弯的木板上,好容易才走得稳,用牙死死地咬住袋边儿,好把粮袋封住,不使谷粒撒掉。尘土呛得喉咙发痒,肋部压得酸痛,眼前冒着一团团的金星。有多少次,半路上气力不支,只觉粮袋毫不留情地从背上往下滑,我真想把它甩掉,并且同它一起滚下去。但是后面有人走着。他们也扛着粮袋,他们和我年龄相仿,同样是少年,或者是已经有了和我一般大的孩子的妇女。要不是战争,会让他们扛这样重的东西? 不能,当妇女干着和我同样的活儿的时候,我没有权利甩掉。

瞧,查密莉雅走在前面,她把长衫撩到膝盖以上,我于是看到,她那黑黑的好看的腿上凸起的肌肉绷得多紧,我看到,粮袋压得她像弹簧似的一弯一弯的,她用多大的气力才支撑住那柔软的身躯。查密莉雅只不过有时候停一会儿,她似乎觉得我气力越来越不行了。

"坚持一下,小兄弟,剩不下几步了!"

可她自己声音也并不响亮,下气不接上气的。

当我们倒掉粮食,往回走的时候,迎面碰上丹尼亚尔。他微微瘸着腿,迈着坚定而均匀的步子在木板上走着,像平常一样孤孤零零,一言不发。在我们走近时,丹尼亚尔向查密莉雅投过忧郁而炽热的一眼,查密莉雅却弯下累坏了的腰,抻抻撩皱了的衣裙。丹尼亚尔每次望她,就像头一次看到她似的,查密莉雅却仍然不去理睬他。

确实,已经成了惯例:查密莉雅要么就嘲笑他,要么就根本不去理睬他。这要看她的情绪而定。譬如,我们正在路上走着,她忽然灵机一动,对我喊道:"喂,快走!"于是一面吆喝着,把鞭子举过头顶,打马飞奔。我跟着她。我们超在丹尼亚尔前头,将他甩在久久不落的浓浓尘雾当中。虽然这是开玩笑，但并不是每个人都忍受得了这样一招儿。可你瞧，丹尼亚尔看样子就不生气。我们从旁边驰过，他却带着一种抑郁而赞赏的神情，望着站在车上哈哈大笑的查密莉雅。我回头一望，丹尼亚尔甚至透过尘土在望着她。在他的目光中，流露出一种善良的、原谅一切的神情，而我还猜度到里面有一种痴心的、隐在深处的恋情。

不论是查密莉雅的嘲笑，还是百分之百的冷淡，一次也没有惹恼丹尼亚尔。他像是发下了誓愿忍受一切。起初我很可怜他，有几次我对查密莉雅说：

“嫂子，你干吗老是取笑他，他是那样一个老实人！”

“去他的！”查密莉雅把手一挥，笑着说，“我这么的，不过开开玩笑，对这个孤僻家伙根本没有别的意思！”

后来我也嘲弄取笑起丹尼亚尔来，一点也不比查密莉雅客气。他那奇怪的、直愣愣的目光，开始使我不安。当她将粮袋扛上肩膀时，他是怎样瞧她啊！确也是的，在这人声喧嚣、拥拥挤挤、满院子嘈杂声里，在慌张忙乱、喉咙嘶哑的人们中间，查密莉雅是多么显眼，瞧她动作多么老练，多么利落，步子多么轻快，一切如入无人之境。

真也不能不瞧她。为了从车上卸下粮袋，查密莉雅弯弯地探过身子，伸出肩膀，将头尽力向后仰，这就露出她那好看的颈子，那被阳光染成棕色的长辫子几乎就碰到地面。丹尼亚尔好像无意之间似的，停下步子，用眼睛把她一直送到门口。想必他认为这样做不被人注意，但我全都注意到了，而且这种行动开始使我十分不快，甚至似乎我的感情受到了屈辱，因为我认为无论怎样丹尼亚尔都不配盯查密莉雅。

“你想想，连他都要盯她，就甭说别人了！”我整个儿人恼透了。于是我那尚未摆脱掉孩子气的自私心，又燃烧起炽烈的妒火。要晓得，孩子们常因为爱自己的亲人而嫉妒别人。这会儿我对丹尼亚尔不再怜悯，而是怀着深深的敌意，以致当别人嘲笑他的时候，我就幸灾乐祸。

不过，有一次我和查密莉雅玩的把戏，结局可够伤心的。在我们用来运粮食的粮袋当中，有一只很大的，可装七普特，是用粗羊毛织成的。平常我们是两个人对付它，一个人是吃不住的。有一天在打谷场上，我们商量好要跟丹尼亚尔开个玩笑。我们把这只大粮袋放到他的车上，上面压上别的粮袋。路上我和查密莉雅跑到一个俄罗斯族村子一家果园里，摘了些苹果，一路上笑着闹着；查密莉雅把苹果扔到丹尼亚尔身上。然后我们像往常一样，超在他前头，扬起一阵灰尘。过了峡谷，来到铁路过道口，他赶上了我们，因为过道口正好关着。打这儿我们一块儿走到车站。不晓得怎么搞的，我们完全忘记了这只七普特重的粮袋，只是在车快卸完的时候才想了起来。查密莉雅调皮地捅捅我，朝他指指。他站在车上，犯愁地打量着那只粮袋，显然是在考虑怎么对付它。后来他四下望了望，当发现查密莉雅把肚子都要笑破时，脸孔变得通红。他明白是怎么回事了。

“把裤子紧一紧，要不，半路上会掉的！”查密莉雅喊道。

丹尼亚尔朝我们投过狠狠的一瞥，我们还没来得及转过念头，他已经在车上把粮袋挪动了一下，放到车厢沿上，一手扶住粮袋跳下车来，将它向背上一背就走。起初我们装出没事儿的样子，好像这件事根本没什么特别的。别的人自然更没有在意的：一个人背着粮袋走路，大家谁不是这样。但是当丹尼亚尔走到木板跟前时，查密莉雅撵上了他：

“把袋子扔下吧，我是开玩笑的！”

“走——开！”他斩钉截铁地说，于是登上了木板。

“瞧，他背得动！”她说，好像在证明自己并没有错。

她依然在轻轻笑着，但是她的笑越来越不自然，似乎在勉强自己笑。

我们发觉丹尼亚尔受伤的那条腿瘸得越来越厉害。我们怎么早没有想到这一点呢？直到现在，我还不能原谅自己这个愚蠢的玩笑，因为这个花样是我这个蠢货想出来的！

“回来吧！”查密莉雅带着苦笑说。

但是丹尼亚尔已经不能转身了，他后面走着很多人。

底下情形怎样，详情细节我记不清了。我当时只看到丹尼亚尔在那只老大的粮袋底下躬着的身子、压得很低的头和咬紧的嘴唇。他小心翼翼地挪动着那条受伤的腿，慢慢地走着。看得出，每走一步，他都感到极大的痛楚，痛得他缩着脑袋，停息片时。他朝上爬得越高，身子朝两边晃得越厉害。粮袋使他摇来摆去。我当时又害怕又羞愧，急得我嗓子眼儿发干。我吓呆了，我整个身心都感受着他那粮袋的重压、他那条受伤的腿上的难忍的痛楚。瞧他又摇晃了，他缩头了，于是我眼睛里一切都旋转起来，眼前发黑，大地像要从脚下溜走了。

突然有人重重地抓住我的手，抓得我骨头都痛，这时我才从吓呆的状态中醒过来。我没有马上认出是查密莉雅。她脸色煞白，睁大的眼睛里露出两颗大大的眸子，嘴唇依然因为刚才的笑颤动着。这时不仅我们，而是所有在场的人，验收员也在内，都跑到了木板底下。丹尼亚尔又走了两步，打算将背上的粮袋摆正一些，——开始慢慢蹲下身去。查密莉雅双手捂住了眼睛。

"扔掉！把粮袋扔掉！"她叫道。

但是丹尼亚尔不知为什么却不扔掉粮袋，尽管早就可以把它朝木板一旁摔下去，这样是砸不到后面走着的人的。听到查密莉雅的声音，他一挺而起，把两腿站直，走了一步，又摇晃起来。

"你就快扔掉嘛，狗崽子！"验收员叫起来了。

"扔掉！"人们都叫起来。

丹尼亚尔就这样也没有扔掉。

"他不会扔掉的，"有人很有把握地小声说。

于是，不论走在木板上的，还是站在底下的人，好像都懂了：他是不会将粮袋扔掉的，除非他自己和粮袋一起摔下来。呈现出一种死一般的寂静。墙外，机车一阵阵地呜呜叫着。

丹尼亚尔摇晃着身子，就像成了聋子一样，在炙热的铁房顶底下向上走着，把木板踩得一弯一弯的。每走两步他便因为失掉了平衡停一会儿，然后鼓起力气再往前走。走在他后面的那些人，尽量凑合着他，也时时停住步子。这太累人了，大家弄得精疲力尽，可是没有一个人发火，没有一个人骂他。这些仿佛用无形的绳索系在一起的人们，背着自己的粮袋走着，就像是走在一条危险的溜滑的小径上，在这儿，彼此的生命紧密相关。在他们那一致的静默不语之中，在那一样姿势的摇晃之中，有一种统一的沉重的旋律。一步，又跟着丹尼亚尔走了一步，又是一步。走在他后面的那个妇女，带着何等的同情和为他祈祷的心情，咬紧牙关望着他啊！她自己已经步履蹒跚，但是她在为他祈祷。

已经剩不下几步了，带坡度的一段木板很快就要走完了。但是丹尼亚尔又摇晃起来，受伤的那条腿已经不听他使唤了。要是再不扔掉粮袋，他眼看就要滚下来了。

"快去！从后面帮他托住！"查密莉雅对我喊道。她自己则伸出两手，好像这样可以帮丹尼亚尔托住。

我顺着木板飞快地向上跑去。我挤过人群和粮袋，跑到丹尼亚尔跟前。他从肘下望了望我。在他那黑糊糊的汗湿的脸上青筋凸出，一双充血的眼睛带着愤怒，火辣辣地望着我。我想去托粮袋。

"走开！"丹尼亚尔哑着嗓子厉声说，接着向前走去。

当丹尼亚尔重重地喘着气、一瘸一拐地往下走的时候，他的两条手臂耷拉着，像两条瓜藤一样。大家都一言不发地给他让路，验收员却忍不住了，他叫道：

"你怎么搞的，小伙子，傻了吗？难道我不是人，难道是我不让你往下面倒？你干吗要往上背这么重的粮袋？"

"这是我的事。"丹尼亚尔小声回答说。

他向旁边唾了一口，便朝马车走来。我们不敢抬眼睛。又羞愧又懊恼，真没料到丹尼亚尔把我们愚蠢的玩笑看得这么认真。

整个夜晚我们默默地走着。在丹尼亚尔这倒很自然。因此我们就搞不清,他是在生我们的气呢,还是已经把一切都忘了。可我们感到心情非常沉重,良心上十分痛苦。

清早,当我们在打谷场上装车的时候,查密莉雅抓起这条倒霉的粮袋,一只脚踩住一个边,嗤嗤地把它撕烂了。

"把你的袋子还你!"她将袋子摔到吃惊的女司磅员的脚下,"告诉队长,下次不要夹杂这样的袋子!"

"你怎么啦?怎么回事?"

"没什么!"

第二天一整天,丹尼亚尔一点也没露出生气的样子,他照样心平气和,不言不语,只不过瘸得比往常厉害了,特别是在扛粮袋的时候。显然昨天把伤口伤害得太厉害了。这情形使我们时刻忘不掉对他犯下的罪过。他要能笑一笑,或者开开玩笑就好了,那我们总会轻松些,我们之间的不快也会就此忘掉。

查密莉雅也尽量装出若无其事的样子。十分好强的查密莉雅尽管还在笑着,但是我看出她整天都不自在。

我们很晚才从车站回来。丹尼亚尔走在前头。夜色显得无限美好。谁又不晓得八月之夜,不晓得八月夜里那若远若近的分外明亮的星星!每一颗星都清晰在目。瞧,有一颗星,边上像是沾满了霜花,周身发着冷光,带着天真烂漫的惊讶神情从漆黑的天上望着大地。我们在峡谷里走着,我久久地瞧着这颗星。马儿称心如意地朝家里小步快跑,碎石子在车轮下面沙沙响着。轻风从草原上送来正在开花的艾蒿苦涩的花粉,送来熟透了的黑麦那种清淡的香气,这一切和柏油气味以及汗腥的马具气味混到一起,弄得头脑晕乎乎的。

路的一旁,高悬着长满野蔷薇的一片岩石,另一边,在很远的下面,在山水柳和野白杨丛中,汹涌奔流着不肯停歇的库尔库列乌河。后面间或有列车带着灌耳的轰隆声飞过铁桥,渐渐远去,过后久久地响着车轮的轧轧声。

在凉爽时候驾车行路,望着轻轻颤动的马背,倾听八月之夜的音响,吮吸夜的气息,是最惬意的了。查密莉雅走在我前面。她撩过马缰,四下望着,轻轻地哼着点儿什么。我懂得,我们的沉默使她感到压抑。在这样的夜里不能沉默,在这样的夜里要唱歌!

她于是唱了。她唱,也许还因为,她想恢复我们和丹尼亚尔相处中原来那种彼此无间的态度,想驱散我们那种对不起他的难受心情。她的歌喉嘹亮而感情充沛,她唱的是普通的山歌,就如:“我挥着绸巾招你来哟”,或者是“我的亲人儿踏上遥远的征途”。她会唱很多山歌,而且唱起来真挚动人,因此听她唱歌真是一件快事。但是她突然止住歌声,朝丹尼亚尔喊道:

“喂,丹尼亚尔,随便唱点什么吧!你是个男子汉不是?”

“你唱,查密莉雅,你唱!”丹尼亚尔勒住马,不好意思地回答说,“我在听你唱呢,竖着两个耳朵听!”

“怎么,你以为我们就没有耳朵!别来这一套!你要是不愿意唱,就别唱!”查密莉雅又唱起来。

谁可晓得，她为什么请他唱歌！也许，请唱歌就是请唱歌，也许，是想引他说话？十有八九是她真想和他谈谈，因为没过多久她又朝他喊道：

“你说说，丹尼亚尔，你什么时候恋爱过吗？”她说着笑起来。

丹尼亚尔什么都没有回答。查密莉雅也没有讲话。

“哼，偏偏请他唱歌！”我冷笑着想。

在一条横穿道路的小河旁，马儿用马掌嘚嘚地敲打着水漉漉的白玉般的石子，放慢了步子。我们涉过了浅滩，丹尼亚尔给马加了几鞭，猛不防地用那束缚已久的、颤抖的嗓音唱了起来：

> 头戴白帽、身披青衣的高山，
> 你养育了我世世代代的祖先！

他突然哽住了，咳嗽了一下，可是下面两句他是用深沉的胸音放声高唱了出来，虽然，微微有点嘶哑：

> 头戴白帽、身披青衣的高山，
> 你呀，你呀，你是我的摇篮……

唱到这里他又停住了，像是害怕什么似的，又沉默下来。

我完全想象得出丹尼亚尔难为情的神情。但是，甚至在这种羞怯的、断断续续的歌声中，也有着一种特别激动人心的东西，而且他的嗓子，应当说，是蛮好的，简直不能相信这是丹尼亚尔在唱。

“你可瞧瞧！”我忍不住说。

查密莉雅甚至惊叫起来：

“你这一手以前怎么不露啊？快唱吧，好好唱下去！”

前面现出亮光——出峡谷进平川的出口处到了。平川上吹来了轻风。丹尼亚尔又唱起来。他一开始依然很羞怯，信心不足，但是渐渐地他的歌声鼓足气力，灌满峡谷，在很远的悬崖上唤起了回声。

最使我惊讶的是，那曲调本身充满何等的炽情，何等的热力。我当时不晓得这该叫做什么，就是现在也不晓得，准确些说，是无法断定：这仅仅是歌喉呢，还是另有一种从人内心深处发出的更重要的东西，一种最能引起别人的共鸣，最能表露最隐秘的心曲的东西。

要是我能模仿丹尼亚尔的歌子，哪怕只是一点点，该有多好！其中几乎就没有歌词，它不用词儿便打开了人的宽阔的心怀。无论在这以前或是以后，我从来没有听到过这样的歌子：它不像吉尔吉斯调子，也不像哈萨克调子，可是其中又有吉尔吉斯风味，又有哈萨克风味。丹尼亚尔的乐曲融合了两个亲近的民族的最优美的曲调，又独出心裁地将它编织成一支和谐的、别具一格的歌曲。这是一支高山和草原之歌，它时而高亢昂扬，像登临吉尔吉斯的高山，时而纵情驰骋，像奔驰在哈萨克草原上。

我倾听着，惊奇得不得了：“好个丹尼亚尔，原来竟是个这么不简单的家伙！谁又能想得到呢？”

我们已经在草原上走着，走在松软的走熟了的大路上，丹尼亚尔的歌声这会儿辽阔地舒展开去，新的歌曲一支接一支，变换自如地唱着。他难道有唱不完的歌？他这是怎么了？他好像就等着这样的一天，就等着这样的时刻。

我于是忽然懂得了他那些引起人们不解和嘲笑的怪癖——他的好遐想、爱孤独和沉默不语。这时我懂得了他为什么整晚整晚地坐在守望台上，为什么一个人留在河边过夜，为什么他总在倾听那些别人听不见的音响，为什么有时他的眼睛会忽然大放光彩，平时十分戒备的眉毛会飞舞起来。这是一个爱得很深沉的人。他所爱的，我感觉到，不仅是一个什么人；这是一种另一样的、伟大的爱——爱生活，爱大地。是的，他把这种爱珍藏在自己心中，珍藏在自己的歌曲中，他为它而生存。感情冷漠的人不能够唱得这样动人，不管他有多么好的嗓子。

当一支歌子的余音似乎停息了时，一阵新的激荡的浪潮，像是又把沉睡的草原惊醒了。草原很感激地在倾听歌手歌唱，那种亲切的曲调使草原如醉如痴。等待收割的、已经熟透的蓝灰色的庄稼，像宽阔的河面似的起伏不定，黎明前的微曦在田野上游荡。水磨旁雄伟的老柳群飒飒地摇动着叶子，河对岸野营地的篝火已经奄奄一息，有一个人，像影子一样，无声无息地在河岸上朝村子的方向纵马飞奔，一会儿消失在果园里，一会儿重新出现。夜风从那儿送来苹果的香气，送来正在吐穗的玉米鲜牛奶般的甜味儿，以及尚未晒干的牛粪块那种暖熏熏的气息。

丹尼亚尔久久地忘情地唱着。迷人的八月之夜，安静下来，听他的歌声。就连马儿也早就换了均匀的步子，像是恐怕扰乱了这种奇妙的境界。

突然，丹尼亚尔在一个最高亢的响亮的音节上中止了歌唱，他吆喝一声，打马飞奔起来。我想，查密莉雅一定也要跟着他奔驰起来，我也准备跟上，但是她动也没动。原来怎样把头偏到一旁坐着，现在还是那样坐着，好像依然在倾听那些萦回在空中的未绝的余音。丹尼亚尔走远了，我们却直到进村，一句话也没有讲。还须要讲什么话呢，要晓得，言语不是在任何时候都能表达得出一切心事的……

从这一天起，我们的生活似乎有点变了。我现在总在等待着一种美好的幸福时刻。一早我们就到打谷场上装车，去车站，我们迫不及待地离开车站，好在归途中倾听丹尼亚尔的歌唱。他的歌声在我心中生了根，每一步它都跟随着我。每天早上，我心中回荡着歌声，穿过湿漉漉的、露珠晶莹的苜蓿地，跑向羁绊住的马匹，而太阳迎面微笑着从山后滚出来。我处处听到这一声音：在簸谷老汉趁风扬起的麦粒的金雨那轻柔的簌簌声中，在草原上空孤独的鹞鹰那悠悠水流般的盘旋飞翔之中，——在我所看到和所听到的一切之中，我都觉得有丹尼亚尔的歌声。

傍晚，我们走在峡谷中的时候，每次我都觉得我跨进了另一个世界。我合上眼睛，倾听丹尼亚尔歌唱，在我面前会出现一些童年时候就异常熟悉、异常亲切的情景：有时在帐幕当头、大雁飞翔的高处，飘过正作春游的蓝雾般的轻柔云片；有时在咚咚响的大地上，蹄声得得、嘶声悠长地驰过夏牧的马群，牝马驹儿抖着未曾剪过的鬣毛，眼里闪着墨黑的、野气的火光，洋洋得意、憨头憨脑地一路跑着追赶自己的妈妈；有时羊群在山包上静静地纷纷散了开来；有时瀑布从悬崖上倾泻而下，它那飞舞乱溅的泡沫的白光耀眼欲花；

有时在河对岸草原上,红日轻柔地落进芨芨草丛里,火红的天边有一个孤独而遥远的骑手,好像正纵马追赶落日——红日已伸手可及——可是也掉进了草丛和暮色之中。

河那边哈萨克草原十分辽阔。草原将我们的群山向两边推开,草原上冷冷清清,人烟稀少……

但是在那个令人难忘的夏天,战争降临的时候,草原上燃起了烽火,一群群战马荡起滚热的尘土,把草原闹得雾腾腾的,四面八方奔驰着差骑。我记得,常常有跃马扬鞭的哈萨克在对岸用牧人那响亮的声音喊着:

“吉尔吉斯弟兄们,快上马:敌人来啦!”然后在阵阵尘烟和滚滚火热的气流中飞驰而去。

草原唤起了所有的人们,我们的第一批骑兵在隆重庄严的震天动地声中,从山地、从平川奔赴前线。千万对金镫敲响,千万名健儿瞩目草原。前面,林立的旗杆上鲜红的旗帜猎猎飘舞;后面,马蹄荡起的尘烟背后,爱妻慈母悲壮的哭声震动大地:“愿草原保佑你们,愿我们的豪杰马那斯①在天之灵保佑你们!”

在人们出发去作战的地方,留下了千百条伤别的路径……

丹尼亚尔通过自己的歌唱,将这种大地之美和动荡不安的境界,整个儿展现在我的面前。他这是在哪里学来的,从谁那里听来的呢?我理解,只有那长年累月用整个心灵怀念过大地,尝够了思恋大地之苦的人,才能这样热爱自己

---

① 马那斯是吉尔吉斯民间史诗《马那斯》中的主人公,是一个勇士。

的土地。在他歌唱的时候,我也看到他本人——一个小男孩,浪迹草原上。可能就在那时候在他心灵中产生了这些歌唱故乡的歌?也许是产生在他行进在炮火纷飞的征途上的时候?

听着丹尼亚尔歌唱,我真想匍匐在地上,像儿子对慈母那样紧紧抱住它,就因为它竟能使人这样地爱。那时我第一次感觉到,有一种新的东西在我心中觉醒了,当时这种东西我还叫不出名称,但这是一种不可克制的东西,这是一种要求——要求把它表现出来,是的,要求表现,不仅要自己能看见、能感触到世界,而且要把自己的观察、思想和感觉带给别人,要对人们叙说出我们的土地之美,像丹尼亚尔叙说得那样感人。对着一种莫名的冲动,我感到一种无端的恐惧和喜悦,使我心脉都停止了跳动。可是我当时还不懂得我需要拿起画笔。

我从小就爱画画。我常常描摹课本上的图画,孩子们都说我描画得丝毫不差。我把画拿给我们的墙报的时候,学校里老师常常夸奖我。但是后来战争开始,我的几个哥哥进了军队,我就和一般大小的孩子们一样,丢下学业,到农庄里劳动。我丢开了颜色和画笔,而且也没有想到,将来有一天会捡起来。可是丹尼亚尔的歌声惊动了我的心灵。我天天好像生活在梦里,我望着世界,眼睛里充满了惊奇,仿佛一切都是头一次看到。

查密莉雅突然变得多么不同了啊!似乎从来就不曾有过那样一个泼泼辣辣、好说好笑的人。一丝朦胧的惆怅的阴影笼罩在她那光彩敛去的眼上。走在路上,她常常一个劲儿地在想着什么。一种缥缈的、梦幻般的微笑，荡漾在她的嘴上，她不知因为一件什么好事暗自高兴，那件事只有她一个人知道。有时候，把粮袋扛到肩上，就这么一个劲儿地站着，怀着一种莫名的胆怯，恰似在她面前有一道汹涌奔腾的急流，她不晓得，可不可以往前走。她躲避着丹尼亚尔，不敢直望他。

有一天，在打谷场上，查密莉雅用一种有气无力、极不自然的抱怨语气对他说：

“把你那军装脱下来行吧？让我给你洗洗！”

然后，她把军装上衣在河里洗过，摊开来晒，自个儿则紧靠着坐下来，久久地用手掌尽力将它摩平，就着太阳瞧瞧磨穿的两肩，摇摇头，又沉默而忧伤地抚摩起来。

在这段时间，查密莉雅只有一次响亮地、快活惹人地笑过，而且眼睛也像过去那样明亮了一阵子。年轻的妇女、姑娘和小伙子们——原来的前方战士们，笑着闹着从苜蓿垛边蜂拥着顺路来到了打谷场上。

“喂，婆娘们，小麦面包不能单是你们吃，要请一请我们，不然，把你们扔到河里去！”小伙子们闹着，亮出了草杈。

“草杈可吓不住我们！自有东西招待我的女伴，你们请自个儿动脑筋！”查密莉雅响亮地答复说。

“那好，把你们一起扔到水里去！”

于是姑娘们和小伙子们交起手来。他们喊着，叫着，笑着，互相把对方往水里推。

“抓住他们，往下拖！”查密莉雅笑得比谁都响，一面又快又灵活地躲避着进攻的小伙子们。

但是，真是怪事，小伙子们好像就看得见查密莉雅一个人。每个人都拼命去捉她、搂她。瞧，有三个小伙子一齐把她抓住了，把她抬到河边举了起来。

“快吻我们，要不，就扔啦！”

“把她扔下去！”

查密莉雅挣扎着，仰起头哈哈大笑，笑着呼唤女伴们前来救援。但是她们正没命地往河岸上跑着，一面去河里捞取自己的头巾。在小伙子们的哈哈大笑声中，查密莉雅飞进水里。她带着散乱的水漉漉的头发从水里爬出来，竟是比原来更美了。湿漉漉的花衫贴在身上，紧紧裹住那一双圆滚滚的健美的大腿和少女的乳房，她却全无觉察地笑着，一面踉踉跄跄地走着，一道道快活的小河，从她那火热的脸上向下流。

“快吻我们！”小伙子们还不放松。

查密莉雅吻了他们，可是又一次飞进了水里，又一次大笑，她把头往后甩着，好甩开那一绺绺湿漉漉、沉甸甸的头发。

打谷场上所有的人，都在笑年轻人玩的花样儿。簸谷老汉扔掉长锹，擦着泪水，他们那褐色的脸上的皱纹，放射着喜悦的、复活片刻的青春光彩。我也衷心地笑了，这一次竟忘记了履行我那保护查密莉雅不准小伙子们侵犯的职责。

唯独丹尼亚尔没笑。我偶然注意到他，便也不笑了。他宽宽地叉开两条腿，孤零零地站在打谷场边上。我以为，他就要冲过去，跑去把查密莉雅从小伙子们手里抢过来。他目不转睛地望着她，目光又是忧郁，又是赞赏，其中有喜悦，也有伤痛。是的，查密莉雅的美又是他的幸福，又是他的痛苦。当小伙子们将她搂住，要她逐个地亲亲时，他低下头去，做出要走开的样子，但是他没有走开。

这时查密莉雅也觉察到了他。她登时敛住笑容，低下头去。

“闹一会儿，该够了！”她出人意料地喝住闹得正欢的小伙子们。

有人还打算去搂她。

“走开！”查密莉雅将小伙子推开，抬起头来，朝丹尼亚尔匆匆投过负疚的一瞥，便跑进灌木丛里去拧衣服。

他们的关系我还不是全都十分清楚，而且得承认，我怕去想这些。但是，当我注意到查密莉雅本是自己要躲着丹尼亚尔，却因而变得郁郁寡欢时，不知怎地我感到很不舒服。最好她还是取笑他，嘲弄他。但是同时，每当夜晚我们走在回村的路上，听着丹尼亚尔歌唱的时候，我深深地为他们感到一种无法解释的喜悦。

在峡谷中查密莉雅坐在车上，进了草原便跳下车来步行。我也步行，在路上走着，听唱歌，这样更好些。一开头我们各靠各的车子走，但是一步一步地，自己也不知不觉地，越来越走近丹尼亚尔。有一种看不见的力量吸引我们向他走去，想在黑暗中仔细瞧瞧他脸上和眼睛的表情，——果真这就是那个孤僻、沉闷的丹尼亚尔他在唱吗？

每次我都留意到，查密莉雅往往十分激动，十分动情，不觉慢慢向他伸过手去,但是这一切他都没有看到,他用手扳住后脑勺,朝两边晃着,望着高处、远处;查密莉雅的手便犹豫不决地落到车厢板上。她于是浑身一抖,急忙抽回手来,站住身子。她站在大路中间,神情沮丧,茫然若失,对着他的背影望很久,然后再往前走。

有时我觉得,我和查密莉雅是被一种同样不可理解的感情搅得心神不宁。也许这种感情老早就藏在我们的心灵中,而现在到了它出头的时候。

查密莉雅干起活儿还是不顾一切,但是在我们难得的休息时刻,我们待在打谷场上的时候,她就坐也不是,站也不是。她靠近簸谷老汉走来走去,有时去帮帮他们的忙,用劲高高地迎风扬几锨小麦,随后突然扔下木锨,朝麦秸垛走去。在那儿,她在阴凉里坐下来,像是害怕孤独似的唤我:

“到这儿来,小兄弟,一块坐一会儿!”

我总在等待着她告诉我一件重大的事,讲一讲是什么使她不安。但是她什么都没讲。她一声不响地把我的头放在她的膝盖上,一面望着远处,一面揪弄着我那毛扎扎的头发,用颤动、滚热的手指抚摩着我的脸。我仰面望着她,望着她那充满不安和苦闷的脸,并且觉得,从她的脸上看出了我自己的神情。她也正被一种东西折磨着,一种东西在她心中蕴积已久,渐渐成熟了,要求出头。她非常害怕这一点。她极端地愿意,同时又极端地不愿意对自己承认她在恋爱,正像我一样,又希望又不希望她爱丹尼亚尔。因为归根结底,她是我父母的儿媳妇,是我哥哥的妻子。

但是这样的想法,在我脑子里只不过停留片刻时间。

我把它驱赶开去。对我来说,真正惬意的事,乃是看到她那孩子般微张着的、多情善感的嘴唇,看到她那泪花迷离的眼睛。她是多么好看,多么美丽,她的一张脸流露着何等光彩照人的灵秀之气,何等炽热的感情。那时候我只不过看到这一切,但不能全部理解。现在我也常常在问自己:爱情也许是一种灵感,就和艺术家、诗人的灵感一样?望着查密莉雅,我真想跑进草原,放声高呼,问大地,问青天:我该怎么办,我将何以对待我心中这种不可理解的不安和这种不可理解的喜悦。于是,有一天,我似乎得到了答案。

我们像往常一样,从车站赶车往回走。夜幕已渐渐张开,星星一簇一簇地在天空闪烁,草原已经向睡魔屈服,只有丹尼亚尔的歌儿打破沉寂,声声扬起,又渐渐消融在柔和、黑暗的远方。我和查密莉雅走在他后面。

这一次丹尼亚尔又是怎么回事——在他的声调中有那么多柔情的、动人肺腑的烦恼和孤独感,使人对他无限同情和怜惜,不由地阵阵热泪涌到喉边。

查密莉雅低下头走着,牢牢地扶住车厢板。当丹尼亚尔的声音再度开始提高时,查密莉雅抬起头来,走着走着,跳到车上,和他坐到一起。她将两臂抱在胸前坐着,如同石像一般。我朝前跑一两步,和他们并排走着,从一旁望着他们。丹尼亚尔在唱着,似乎没有发觉查密莉雅坐在他身旁。我看到,她的手无力地垂下来,挨近丹尼亚尔,将头轻轻地靠在他的肩上。他的声音只颤动了短短一小会儿,就像正跑着的马被鞭打得颠了一下似的,然后又带着新的力量响亮起来。他在歌唱爱情!

我深受感动。草原上仿佛百花怒放，万物惊醒，黑暗被推开，于是我在这辽阔的草原上看到了一对恋人。他们却没注意我，就像这里压根儿没有我这个人似的。我走着，望着他们是如何地忘记了世界上的一切，随着歌子的节拍一块儿摇晃着身子。在我眼前，他们似乎是另外两个人了。这还是那个丹尼亚尔，穿着他那敞开的、破旧的士兵上装，但是他的眼睛似乎在黑暗中放光。这是我那查密莉雅，她贴在他身上，如此娴静而羞怯，眼睫毛上闪烁着泪花。这是两个新的、无比幸福的人。能说这不是幸福？你看，丹尼亚尔把自己对于故乡土地整个伟大的爱——那种使他心中产生出这种感人的音乐的爱，全部献给了她，他为她歌唱，他歌颂她。

我再一次体验到那种难以理解的，总是伴随着丹尼亚尔的歌声而来的激动心情。我忽然明白了我想做什么。我想把他们画下来。

我对自己的念头十分害怕。但是愿望压倒了恐惧。我要把他们画成这个样子，画成幸福的一对儿。是的，就画成他们现在这个样子。可我画得出来吗？又是害怕，又是喜悦，使得我呼吸迫促。我陷入一种甜蜜而沉醉的忘情状态中。我同样是幸福的，因为还不知道，这种大胆的愿望将来会带给我多少困难。我自己下过决心，要像丹尼亚尔那样看待大地，我要用油画颜色把丹尼亚尔的歌子描述出来，我也会有高山、草原、人群、青草、白云、大河。我当时甚至想过："哪里可以弄到油画颜色？学校里不会给的，他们自己都不够用！"似乎全部问题仅在于此了。

丹尼亚尔的歌声突然中断了。这是查密莉雅猛然抱住了他，但她又马上放开，呆然片刻，闪到一旁，并且从车上跳了下来。丹尼亚尔踌躇地勒了一下马缰，马匹停了下来。查密莉雅转身背对着他，站在路上，随后猛地抬起头来，从侧面望着他，勉强忍住眼泪，说：

“你看什么呀？”稍停之后，又冷冷地说：“别看我啦，走吧！”她也走向自己的车子。“你发什么愣？”她突然冲我说，“快上车，拿好自己的缰绳！唉，和你们在一起，够我受的！”

“她一下子又是怎么回事？”我催动马匹，困惑地想。其原因却是不消猜度的：她心里很不好受，因为她有合法的丈夫，还活着，正住在萨拉托夫的野战医院里。但是我实在不愿去想任何问题。我在生她的气，也生我自己的气，而且如果我晓得丹尼亚尔再也不唱歌了，晓得我不管什么时候再也听不到他的歌声了，那我说不定会恨起查密莉雅的。

极度的疲惫使我浑身难受，巴不得快一点捱到家朝麦秸上一躺。急步走着的马儿的脊背在黑暗中上下颤动，车子吃力地颠簸着，缰绳老是要从手里滑脱出去。

在打谷场上，我费力地扯下马轭，摔到车子底下，勉强走到麦秸堆旁，躺倒了。丹尼亚尔这一次自己把马带去吃草。

但是，清早我醒来，心中觉得十分高兴。我要画查密莉雅和丹尼亚尔！我眯起眼睛，就能惟妙惟肖地想象出我将画成的丹尼亚尔和查密莉雅的样子。似乎拿起画笔和颜色就可以画了。

我跑向河边，洗了脸，便奔向绊住的马匹。水湿冰冷的苜蓿，湿漉漉地打在两只光脚丫上，杀得到处是裂口的两脚生疼，但是我心情很好。我跑着，并且一路留心周围的事物。太阳从山后探过头来，可是沟边野生的葵花又向太阳探过头去。白头的芥子贪心地要把它围困起来，但是它不示弱，用它那黄色的舌片同白头芥子抢夺清晨的阳光，喂养那充实紧密的种子盘。这儿是叫车轮碾坏的沟渠过道口，水已经渗到车辙里。这儿是孤零零一小片淡紫色的长得齐腰深的清香的薄荷。我在可爱的土地上跑着，头顶上燕子在竞逐飞翔。啊，多么希望能有油画颜色，好画出清晨的太阳，画出头戴白帽、身披青衣的群山，画出这露珠晶莹的苜蓿和长在沟边的野向日葵。

回到打谷场上，我那喜气洋洋的心情马上暗淡下来。我看到愁眉不展、消瘦了的查密莉雅。看样子她这一夜都没睡，眼睛下面印着两片乌暗的阴影。她没有对我笑，也没有同我讲话。但是当生产队长奥洛兹马特来到时，查密莉雅走到他跟前，也不问好，就说：

“收回你的车子吧！随便把我派到哪里，车站我是不去了！”

“你这是怎么啦，我的好查密莉雅，叫牛虻咬了一口还是怎的？”队长很和善然而惊讶地说。

“牛虻有牛虻落的地方！我的事不劳你多问！我说不愿干，那就是不干！”

笑容从奥洛兹马特脸上消失了。

“愿干也好，不愿干也好，粮食还是要送！”他用拐杖敲着地面说，“要是有谁欺侮你，就讲，我会用我的拐杖敲断他的脖颈！要不是，就别生鬼花样：你运的是战士的粮饷，你自己的丈夫就在里面！”他猛地转过身去，撑着拐杖蹦走了。

查密莉雅感到很难为情，满脸都红了，她朝丹尼亚尔那边望了一眼，轻轻叹了口气。丹尼亚尔站在稍微离开些的地方，背对着她，一冲一冲地在紧马勒上的皮带。全部谈话他都听见了。查密莉雅手里揪弄着鞭子，又站了不大一会儿，然后无可奈何地把手一甩，朝自己的车子走去。

这一天我们回来得比平常都早。丹尼亚尔一路都在催赶马匹。查密莉雅愁眉不展，一言不发。我真不能相信，在我面前是一片晒焦的、黑沉沉的草原。昨天它还完全不是这个样子嘛！仿佛我是在童话中听到过它，而那种使我心情大变的幸福情景，还没有从脑海里消失，似乎我抓住了生活中最精彩的部分。我把它想象得细致入微，这弄得我一天到晚神魂不定。直到我从女司磅员那里偷来一张厚实的白纸，我才心安。我胸中揣着一颗咚咚跳动的心，跑到草垛后面，把纸摊在一张刨得很平的木锨上，——木锨是从簸谷老汉那里顺手牵羊拖来的。

“真主保佑！”就像当年父亲第一次让我骑到马上那样，我小声说，接着我用铅笔在纸上画起来。这是我第一幅拙劣的素描。但是当纸上现出丹尼亚尔的一些特征时，我什么都忘了！我已觉得，纸上已展开那八月的夜晚的草原，我觉得，我听到了丹尼亚尔的歌唱，看到了他本人，他仰着头，袒露着胸膛，也看到查密莉雅贴在他的肩上。这是我第一次独自作的画:这是车子,这是他们俩,这是撩在车前的缰绳,马背在黑暗中颤动,再就是草原,遥远的星星。

我深深陶醉地画着,周围什么都不去注意,直到我头上响起一个人的声音时,我才猛醒过来。

“你怎么回事? 聋了还是怎的?”

这是查密莉雅。我真慌了,满脸通红,画要藏已经来不及了。

“车子早装好了,我们喊了你半天,都喊不应! 你在这儿干什么? ……这是什么?”她问道,并且把画拿起来。“哼!”查密莉雅生气地耸耸肩膀。

我真想钻到地里。查密莉雅对着画望了很久,然后对我抬起伤感、潮湿的眼睛,低声说:

“把它给我吧,小兄弟……我留着做个纪念……”她把纸对折起来,掖到怀里……

我们已经走上大路,可我怎么也不能镇定下来。这一切就像发生在梦里。真不能相信,我竟画出了一些和我所看到的情景很相像的东西。但是内心深处,却已经浮起一种天真的得意洋洋的心情,甚至自命非凡,而一些幻想——一个比一个更大胆,一个比一个更有诱惑力——简直弄得我如醉如痴。我已在打算画许许多多各种各样的画,可不再用铅笔,要用油画颜色。我全没有留意我们走得多快。这是丹尼亚尔在拼命赶马。查密莉雅也不肯落后。她两旁望着,有时不知因为什么微笑起来,笑得动情,可又负疚。我也笑了,就是说,她已经不再生我和丹尼亚尔的气了,要是她肯开口,丹尼亚尔今天会唱的……

这一次我们到车站比平常早得多，马匹可就像洗了个澡。车子还在走着，丹尼亚尔就开始卸粮袋。他要慌着到哪儿去，他出了什么事，很难理解。当火车从旁边经过的时候，他停下来，久久地、心事重重地目送着列车，查密莉雅也朝他望的方向望着，似乎想弄清他脑子里在想什么。

“你过来一下，有一个马掌松了，帮我扯下来吧。”她唤丹尼亚尔说。

当丹尼亚尔从夹在两膝中间的马蹄上把马掌扯下来，站起身来时，查密莉雅望着他的眼睛低声说：

“你怎么回事，不了解还是怎的？……还是世界上就我一个女人？……”

丹尼亚尔一声不响地将眼睛移开了。

“你以为，我心里就轻松？”查密莉雅叹一口气。

丹尼亚尔的眉毛飞舞起来，他带着热恋和忧郁的神情看着她，说了一点什么，但是声音很低，低得使我听不见，然后他快步走向自己的车子，甚至不知为什么显得很高兴。他走着，不住地抚摩着马掌。我瞧着他，感到不解：查密莉雅的话何以能使他感到安慰？要是一个人沉重地叹一口气说：“你以为，我心里就轻松？”这又算得上什么样的安慰？……

我们已经卸完了车，准备走了，这时院子里进来一个伤兵，瘦瘦的，穿着皱皱巴巴的军大衣，背着行李包。几分钟以前，车站上停下了一列火车。伤兵朝四面望望，喊道：

“这儿有谁是库尔库列乌村的？”

“我是库尔库列乌村的！”我回答说，一面在寻思：这是哪一个?

“你是谁家的,小弟弟?”伤兵本待向我走来,但这时他看到了查密莉雅,于是又惊又喜地笑了起来。

“是你,凯里木?”查密莉雅惊讶地喊道。

“哎呀,查密莉雅妹妹!”伤兵向她跑去,双手握住她的手。

原来,这是查密莉雅的同村人。

“这可太巧了!就像事先晓得一样,打这个弯儿算打对了!”他兴奋地说,“我是刚从萨特克那儿来,我们一块儿住在野战医院里,谢天谢地,再过个把月他也要回来啦。临别的时候我对他说:给妻子写封信吧,我一定带到……这就是,拿去吧,原封未动。”凯里木递给查密莉雅一封三角形信笺。

查密莉雅抓住信,表情激动,随后脸色灰白,小心地瞅了瞅丹尼亚尔。他就像当时在打谷场上那样,宽宽地叉开两条腿,孤零零地靠近车子站着,用失望的眼睛望着查密莉雅。

这时人们从四面八方跑来,伤兵立时又看到熟人,又看到亲人,各种问讯纷纷而来。查密莉雅甚至还没来得及因为带信向他道声谢,丹尼亚尔的车子便轰隆轰隆地打她身旁驰过,冲出院子,猛颠猛跳地跨过辙坑,扬起一路灰尘。

“他疯了还是怎的!”人们朝他背后喊。

伤兵已经叫人们领走了,我和查密莉雅依然站在院心里,望着渐渐远去的一团团的灰尘。

“走吧,嫂子。”我说。

“你走，让我一个人待一会儿！”她痛苦地回答说。

就这样，我们第一次分头而行。蒸人的闷热燎烤着干燥的嘴唇。一天来被灼晒得白热化了的干裂、火烫的大地，这会儿似乎正在渐渐冷却，升起一层白茫茫的雾气。在同样白茫茫的蜃气中，西方天际跳动着一颗柔韧的形状无定的太阳。在那苍茫的天际，正在聚拢橙红色的暴风雨的云块。干热的风一阵阵吹来，吹到马面上，像是留下一层白色的水碱，然后猛力撩开马鬃，疾驰而去，到小丘上去拨动艾蒿的细叶。

“要下雨了，是不是？”我想。

我感到自己多么无依无靠，感到多么恐慌！我鞭打着一心想换成慢步行走的马匹。干瘦的长腿野雁，惶惶不安地往山谷中乱窜。大路上吹来一些颜色乌暗的沙漠牛蒡草叶子——我们这儿没有这种东西，这是从哈萨克那边吹来的。太阳已经落下去。周围一个人都没有。只有劳累了一天的草原。

我来到打谷场上，天已经黑下来。寂静无声，没有一丝风。我唤了一声丹尼亚尔。

“他到河边去了，”值夜人回答说，“真太闷气啦，都回家了。没有风，打谷场就没有人光顾！”

我把马匹赶去吃草，并且决定到河边去一下，——我晓得河边丹尼亚尔常去的地方。

他弯着腰，把头垂在膝盖上坐着，正在倾听陡岸下面河水的咆哮声。我真想走过去，抱住他，对他讲几句宽心话。但是我能对他讲什么呀？我在旁边站了一会儿，就回来了。

后来我在麦秸上躺了很久,望着笼罩着乌云的黑沉沉的天空,我在思索:"人世上的事为什么这样复杂,这样难以理解?"

查密莉雅依然没有回来。她到哪里去了呢?我睡不着,虽然累得要命。山峦的上空,乌云深处,不时地闪动着遥远的电光。

丹尼亚尔走来的时候,我还没有睡。他漫无目的地在打谷场上徘徊着,不时望望大路。过了一会儿,来到麦秸垛后面,在我旁边的麦秸上躺了下来。他会到别处去的,现在他不会再留在村里了!可是他往哪里去啊?他孤孤单单,无依无靠,谁又要他呀?我听到渐渐驶近的车子缓慢的轧轧声,已经是睡意蒙眬了。大概,查密莉雅回来了……

不记得我睡了多久,只觉耳边忽然有一个人的脚步声在麦秸上窸窸窣窣响着,像是有一只水湿的翅膀轻轻挨了一下我的肩膀。我睁开眼睛。原来是查密莉雅。她从河边来,穿着拧过了水的凉丝丝的长衫。查密莉雅停下来,不安地朝四下望望,靠近丹尼亚尔坐下来:

"丹尼亚尔,我来了,我自己要来的。"她轻轻地说。

周围一片寂静,闪电无声地滑了下来。

"你在难过?很难过,是吧?"

又是一片寂静,只听到一块被冲刷下来的土块掉到河里去时轻柔的溅水声。

"难道是我的错?你也没有错……"

远处群山之上雷声隆隆。查密莉雅的侧面被闪电照得雪亮。她四下望了望,便伏到丹尼亚尔身上。她的肩膀在丹尼亚尔的手臂中抽搐地抖动着。她在麦秸上伸直身子，挨着丹尼亚尔躺下了。

急喘喘的风从草原里奔来，卷起麦秸团团打转，撞到打谷场边歪斜的帐篷上，又斜刺里跑到大路上陀螺似的滴溜溜乱转。蓝色的寒光又在乌云中飞掣，焦雷带着干枯的断裂声在头上喀嚓喀嚓响着。叫人又怕又喜——一场大雷雨，最后一场夏季大雷雨就要来临。

"难道你以为我会舍得了你，去爱他?"查密莉雅热烈地悄声说，"不会的，决不！他什么时候也没有爱过我。就连问候也不过在信末尾附笔写一下。我才不稀罕他和他那背时的爱情，让人们爱怎么讲就怎么讲好啦！我的亲人儿，孤孤单单的人儿，谁也别想把你夺走！我老早就爱你了。当我还没有认识你的时候，我在爱着，等待着你，你终于来了，就像知道我在等你似的。"

蔚蓝色的闪电，一个接一个婀娜多姿地朝陡岸下面的河里直钻。一滴滴倾斜的冷雨，沙沙地打在麦秸上。

"查密莉雅，亲爱的查玛尔苔!"丹尼亚尔悄声说，他用哈萨克语和吉尔吉斯语中最亲热的叫法叫着她的名字。"转过脸来，让我好好看看你!"

雷雨大作。

帐篷上吹落的毛毡在地上噗噗跳动着，像被击落的鸟儿在拍打翅膀。大雨一阵猛似一阵地倾注着，像是在狂吻大地，雨脚被风撩得歪歪倒倒的。沉雷像猛烈的山崩似的隆隆滚动，斜穿过整个天空。群山之上闪耀着远方闪电明亮的火光，就像春天火红的郁金香。疾风在深谷里呼啸，如癫如狂。

大雨在下,我将身子裹到麦秸里躺着,我感觉到,一颗心在我手底下跳动得多么猛烈。我是多么幸福。我有这样一种感觉:仿佛是大病之后第一次看到阳光。雨打在我身上,闪电照在我身上,但我心境舒畅,我带着微笑沉沉睡去,已经不清楚:是丹尼亚尔和查密莉雅在窃窃私语,还是渐渐平缓的夜雨在窸窣地敲打麦秸。

这会儿雨水要多了,秋天快到了。空气中已是常常散发着艾蒿和泡透的麦秸的秋意绵绵的、湿漉漉的气息。秋天,又是什么在等待着我们?关于这一点,不知怎的我全没去想。

在那个秋天,辍学两年之后,我又进了学校。课后我时常到河边陡岸上去,坐在此时已经空旷无人的当日的打谷场边。我在这里用学生颜料画出自己的第一批素描画。甚至依我那时的看法,我都觉得不够满意。

“颜色不行!能有真正的油画颜色就好了!”我对自己说,虽然我还想象不出,真正的油画颜色该是什么样子。

只是在若干年后,我才见到了用铅管装着的真正的油画颜色。

颜色归颜色。可是看起来依然是老师说得对:画画必须学习。谈到学画,过去连想也不敢想,当哥哥们一直杳无音信,妈妈对我这个唯一的儿子,两家的男子汉和养家人,怎么也不肯放手的时候,哪里还能谈到学画?我连提都不敢提。可是秋天就像故意逗弄人似的,显得分外美丽,就等你去画它。

清凉的库尔库列乌河水已经落下去了，浅水处露出水面的顽石上，长满了暗绿色和橙红色的苔藓。光秃的柔情的河柳染过早霜，已变成红色，但是小白杨树却还保留着结实的黄色叶子。

烟熏雨淋的牧马人的帐篷，在河湾里再生草地上显得黑魆魆的，出烟孔上缭绕着一缕缕浓浓的蓝灰色炊烟。瘦长强壮的牡马凄凉地放声长嘶，因为牝马四散回家了，牡马留在马群里，一直留到春天，自然不会安生。山上回来的牲畜，一群一群地在收割后的田地上走来走去。干枯焦黄的草原上，横七竖八地交叉着印满蹄迹的路径。

很快便吹起了草原风，天空昏暗下来，下起一场一场的冷雨——这是雪的先兆。有一天，是一个差强人意的日子，我来到河上——我真十分欣赏浅滩上那火红的山梨树丛。我在离河滩不远处的河柳丛中坐下来，已是傍晚时候。忽然我看到有两个人，从各方面判断，他们是徒步过河的。这是丹尼亚尔和查密莉雅。我目不转睛地望着他们那严峻的、惶惶不安的面孔。丹尼亚尔背着行李包，急匆匆地走着，敞开的军大衣的两襟，碰打着他那破旧的厚油布靴筒。查密莉雅戴着一顶白色浅帽，浅帽这会儿歪到了脑后，身上穿着她最漂亮的那件花衫，这件花衫是她爱穿着在市集上露两下子的，花衫上面罩一件棉绒对襟女褂。她一只手提着一个不大的包袱，另一只手攥着丹尼亚尔的旅行包的皮带。他们一路在谈着什么事。

他们已经走在直穿休耕地的长满芨芨草的小路上，我望着他们的背影，不知怎么办才好。也许，该喊一声？但是舌头恰似粘在上颚上了。

最后的紫红色的夕照，顺着贴山急行的斑驳的云排滑走了，天立刻黑了下来。丹尼亚尔和查密莉雅头也不回地朝小站的方向走去。他们的头在芨芨草丛里又晃了两三次，随后就不见了。

"查密莉雅……雅……雅！"我使足所有的力气喊。

"雅……雅……雅……雅！"到处响起回声。

"查密莉雅……雅……雅！"我又喊了一次，然后不顾一切地跑进水里，过河去追赶他们。

冰冷的水花，大片大片地飞到我的脸上，衣服湿透了，可我还是急不择路地往前跑，突然碰到一点什么东西，重重地摔倒在地上。我躺在地上，没有抬头，我泪流满面。似乎黑暗来到了我的头上。芨芨草的秆儿尖细而忧郁地叫啸着。

"查密莉雅！查密莉雅！"我咽着眼泪，呜呜地哭着。

我和我最亲最爱的两个人告别了。只是这会儿躺在地上的时候，我忽然理解到，我在爱查密莉雅。是的，这是我初次的，依然是孩子的爱情。

我将头埋到湿漉漉的臂肘中躺了很久。我不仅告别了查密莉雅和丹尼亚尔，也告别了我的童年。

当我好容易摸黑回到家时，院子里乱哄哄的，马镫叮当响着，有人在备马，奥斯芒喝得醉醺醺的，在马上抖着威风，可着嗓子大叫：

"早就该把这个偷生的狗杂种赶出村子。简直是全族的耻辱,全族丢丑!他要落到我手里,就地干掉他,吃官司就吃官司,决不能听凭随便一个叫花子就来拐走我们的女人!喂咦,哥儿们,跨上马,他哪里也跑不掉,到车站去保准追得到!”

我浑身一冷:他们朝哪里去追?但是当我确信无疑追赶的人将是顺大路去车站,而不是往小站时,便悄悄溜进房里,连头裹进父亲的皮袄,不让任何人看到我的眼泪。

村里当时有多少流言蜚语啊!女人们争先恐后地议论查密莉雅:

“真蠢!这样的人家,她要走掉,有福自己糟蹋了!”

“我倒要问问,她看上的是哪一点?他的全部家业就是那件破大氅和满是窟窿的靴子!”

“自然就甭提牲畜满院了!无亲无故的流浪汉,叫花子——有多大家底子,全在身上。没什么,多情女会有懊悔的一天,可那就晚了。”

“真是天大的怪事!萨特克凭哪一点不是个好丈夫,凭哪一点不是个好当家的?全村头一个好男子!”

“还有那婆婆呢!这样的婆婆老天爷可不是让每个人都能摊得上的!那样的家主娘更是天底下难找!蠢女人,糊里糊涂把自己毁了!”

可能,只有我一个人没有议论我原来的嫂嫂查密莉雅。就算丹尼亚尔只有一件破大氅和满是窟窿的靴子,但是我晓得,在精神上他比我们所有的人都富有。我不能,决不能相信,查密莉雅和他在一起会不幸福。只不过我很可怜妈妈。我觉得,她原来的精力都随着查密莉雅一块儿不见了。

她懊丧,消瘦,而且就我现在理解的,她怎么也不能承认,生活有时会如此猝然地打碎旧的基石。要是风暴吹倒的是一棵强劲的树,它就再也不能起来了。以前妈妈不肯找任何人替她穿针引线,好强心不容她这样。可这会儿,有一天我从学校回来,看到妈妈的手打着颤,她看不到针鼻儿,在哭着。

“来,把线穿上!”她吩咐我,又沉重地叹一口气。“查密莉雅不知去哪儿了……唉,她要是不走,会是家里多好的一个管家的!走啦……不要家了……可为啥要走?还是我们家错待她来?……”

我真想抱住妈妈,安慰安慰她,对她讲讲丹尼亚尔是怎样一个人,但是我不敢,那我会叫她一辈子抬不起头来。

我清白无辜地卷入这桩事里边,后来终归不再成为秘密……

萨特克很快便回来了。他自然很难过,虽然在拼命喝酒时对奥斯芒说:

“走啦,她正该有这种下场。谁知道会死在哪里。我们这时代女人有的是。就连一个金发女人,也换不到一个顶无用处的小伙子。”

“这话对!”奥斯芒回答说,“就可惜当时他没有落到我手里,要干掉他,就完事大吉了,至于她,揪住头发,拴到马尾巴上了事!说不定,是到南方去了,去种棉花或是找哈萨克去了,他倒不是头一次流浪了!只不过我弄不懂,这到底是怎么搞的,事前谁也不晓得,连想也不曾想到。这全是她,不要脸的,一手安排的!我真该把她……”

听着这些话，我真想对奥斯芒说："你一定没忘记她在割草场上怎样呵斥你。你才是个不要脸的家伙！"

有一天我坐在家里，正在给学校里的墙报画一点什么。妈妈在炉边忙碌着。忽然萨特克闯进屋来。他脸色灰白，眼睛凶狠地眯缝着，朝我奔来，把一张纸搡到我鼻子底下。

"这是你画的？"

我急坏了。这是我的第一张画。栩栩如生的丹尼亚尔和查密莉雅这会儿正望着我。

"是我。"

"这是谁？"他用一个指头戳着纸说。

"丹尼亚尔。"

"叛逆！"萨特克冲着我的脸叫喊道。

他把画撕得粉碎，喀嚓把门一摔，走了出去。

经过很久的闷人的沉默之后，妈妈问我：

"你早就晓得？"

"是的，早就晓得。"

她靠在炉上，带着那样的责备和困惑神情望着我。当我说"我还要把他们画出来"时，她伤心而无可奈何地摇了摇头。

我望着散在地上的碎纸片，一种难以忍受的凌辱使我十分气恼。随便把我当做叛逆吧。我背叛了谁？背叛了家庭？背叛了我们的家族？但我没有违背情理，没有违背真正的情理，我觉得他们两个人的所作所为合情合理！我无法对任何人讲明这件事，就连妈妈也不会理解我。

一切东西在我眼里都变得模糊起来，碎纸片就如活的一样，好像在地上旋转。丹尼亚尔和查密莉雅从画上望着我的那一时刻，深深地印入了我的脑海，以致我忽然觉得，仿佛我听到了丹尼亚尔的歌声——就是他在那难忘的八月之夜唱的那支歌。我想起他们是怎样离开村子的，我于是急不可耐地想踏上征途，和他们一样，大胆、坚决地走上艰难的追求幸福的道路。

“我要出去学习……你告诉爸爸，我想成个画家！”我坚定地对妈妈说。

我原是认定，她会责备我，而且会讲起在战争中牺牲的哥哥，会哭起来的。但是，使我吃惊的是，她没有哭，只不过凄然地小声说：

“去吧……你们翅膀长硬了，就各飞各的吧……我们哪里晓得，你们能不能飞得高？也许，你们对。去吧……也许到了外面会改变主意……画画，抹颜色——这不算手艺……学学就知道了……就是别忘了自己的家……”

从那天起，小房和我们分了家。我不久就出外学习了。

这就是事情的全部经过。

从艺术学校毕业之后，我被送进美术学院，我向学院提交了自己的毕业创作——这就是我幻想了很久的那幅画。

不难猜到，这幅画上画的是丹尼亚尔和查密莉雅。他们走在秋日的草原路上。他们面前是辽阔、明朗的远方。

虽说我的画还不完美——艺术不是一日之功——但是它对我来说却是无限可贵的，它是我第一次有意识的创作冲动。

现在我也常有失败，常有对自己失掉信心的沉重时刻。

这时我就非要去看看这幅我最心爱的画，非要去看看丹尼亚尔和查密莉雅不可。我久久地望着他们，每次都和他们进行交谈：

“如今你们在哪里？你们走着什么样的道路？现在我们草原上有很多新的道路——去阿尔泰，去西伯利亚，在全哈萨克斯坦到处有路可通！有许许多多勇敢的人在那儿劳动着。也许，你们是到那些地区去了？我的查密莉雅，你走了，穿过辽阔的草原，头也不回地走了。也许，你疲倦了，也许，你对自己失掉了信心？你就偎依到丹尼亚尔身上吧。让他为你唱起他那歌唱爱情、歌唱大地、歌唱生活的歌！让草原翩跹起舞，变幻出万紫千红！让那八月之夜在你脑海里萦回！朝前走吧，查密莉雅，不要后悔，你已经找到了你那得来不易的幸福！”

我望着他们，并且听到了丹尼亚尔的声音。他也在召唤我踏上征途——就是说，该是动身的时候了。我要穿过草原回到自己的村子，我会在村里看到新的色调的。

但愿我画的每一笔，都飞扬着丹尼亚尔的歌声！但愿我画的每一笔，都跳动着查密莉雅的心！

力冈 译

永别了，古利萨雷！

一

一辆破旧的四轮大车上，坐着一位老人。毛色浅黄的溜蹄马古利萨雷①也已经老了，很老很老了……

这段通向高原的缓坡很长，爬起来着实叫人心烦。四周是灰色的、荒秃秃的小山。每逢冬天，山风袭来，卷起满地积雪；到了夏天，酷暑难熬，活像座人间地狱。

对塔纳巴伊来说，这段坡路实在是一种惩罚。他不喜欢慢腾腾地赶路，嘿，那简直叫人受不了。年轻的时候，他常去区中心办事，回来的路上，他总是快马加鞭，飞身上山。他用鞭子使劲抽马，一点也不心疼牲口。有时，他和一起赶路的人坐的是双牛驾的四轮大车。碰到这种场合，他总是一声不响地拿过自己的衣服，跳下车，宁愿走着上坡。他大步流星，像冲锋似的，一口气登上高原才歇脚。他在那里大口大口地吸着空气，等着下面慢慢爬上来的老牛破车。由于走得太快，他的心怦怦直跳，胸口隐隐作痛。尽管这样，

① 古利萨雷为吉尔吉斯语，即毛茛，是一种多年生草本植物，开黄色小花。此处为马名。

他还是觉得比坐牛车要痛快得多。

已故的乔罗对他朋友的这种怪脾气，老爱取笑一番。他曾说：

“塔纳巴伊，你想知道你为什么老不走运吗？没有耐性。就是这样。什么事你都想快呀快呀，世界革命恨不得三下两下就大功告成！别说革命了，就连一条普普通通的路，那段出亚历山大罗夫卡的慢坡，你都受不了。人家赶路，都不慌不忙；可你呢，跳下车，跑着上山，就像背后有群狼追赶似的。结果有什么好处呢？一点儿好处也没有，还不是坐在上边等别人。要说世界革命，靠你单枪匹马也是搞不成的。你记住吧，在大伙儿赶上来之前，你就得等着。”

但这已经是很久很久以前的事了。

这一回，塔纳巴伊坐在车上，不一会儿就过了亚历山大罗夫卡的这段慢坡。看来，习惯了，服老啦。他悠着劲不紧不慢地赶着车。现在他出门总是一个人。从前跟他一块儿结伴搭伙，沿这条热热闹闹的路赶路的人，现在已经不好找了。有的在战争中牺牲了；有的去世了；有的老了，待在家里享清福了。而年轻人出门，现在都坐汽车，谁愿跟他一起，赶着可怜巴巴的老马活受罪呢！

车轮在古道上辘辘作响。路还远着哩。前面是一片草原，过去是一条水渠，之后，还得走一段山前小路。

塔纳巴伊早已发觉，马好像支持不住了，越来越没劲了。可是，因为一路上尽想着那些颇不轻松的往事，所以也没有太在意。难道真会这么倒霉，马会在半路上累倒吗？

从来没有出过这样的事。会到家的，会拉到家的……

他哪里知道，他的这匹老马古利萨雷（它因为长了一身不同寻常的黄灿灿的毛而得名），现在是它一生中最后一次爬过这段亚历山大罗夫卡的慢坡了。此刻，马正吃力地拉着他，走完它最后的路程。他哪里知道，古利萨雷像吃了醉心花①，脑袋昏沉沉的；它感到天旋地转，眼前尽是五颜六色的圆圈在飘忽游移；大地在猛烈晃动，时而这一侧，时而另一侧，触到了天际。他哪里知道，古利萨雷不时感到，它前面的路猝然中断，眼前一片漆黑。于是它仿佛觉得，在它要去的前方，那应该是群山的地方，却似乎有一片赤褐色的烟雾在浮动。

古利萨雷早就感到胸口阵阵隐痛，颈轭压得它喘不过气来；皮马套歪到一侧，像刀割似的勒着；而在颈轭右下侧，有个尖东西老是扎着肉。这可能是一根刺，要不就是从颈轭的毡衬垫里露出来的一颗钉子。肩上一块擦伤的地方，原来已长上老茧，此刻伤口裂开了，灼痛得厉害，还痒得难受。四条腿变得越来越沉，仿佛陷进了一片刚刚翻耕过的湿漉漉的地里。

但老马还是忍着剧痛，拖着艰难的步子；老人塔纳巴伊只偶尔扯一扯缰绳，催赶一下马匹，依然在想着自己的心事。有多少往事值得他回忆啊！

车轮在古道上辘辘作响。这时候古利萨雷还是迈着它习惯的溜蹄马的步式，还是那种与众不同的节奏和碎步。

---

① 牧场上的一种毒草。

这种步式，从它头一回直起腿来，跟着母亲——一匹长鬃的高头大马，在草地上不大有把握地迈出第一步起，它就一次也没有搞错过。

古利萨雷生下来就是匹溜蹄马。因为这种出名的步式，它一生出足了风头，也吃尽了苦头。要在从前，有谁会想到让它来驾辕呢，那简直是对它的侮辱。但是，俗话说得好：马要是倒霉，喝水也得戴上嚼子；人要是遭灾，过浅滩也得穿上靴子。

这一切都是很久很久以前的事了。此刻，溜蹄马正竭尽它最后的气力，走完它最后的路程。有生以来，它从来没有这样慢地走向行程的终点，也从来没有这样快地接近生命的结束。终点线离它始终有一步之隔。

车轮在古道上辘辘作响。

古利萨雷感到蹄子下的土地在晃动。在它逐渐消逝的记忆中，隐隐约约闪现出那遥远的夏日，那山间露珠晶莹的柔软的草地，那美妙异常的、不可思议的世界。在那个世界里，太阳常常像马那样嘶叫着，从一个山头跳到另一个山头。而它，傻呵呵的，立刻飞跑起来，去追赶太阳，跑过草地，跑过小河，跑过小树丛，直到那匹领群的头马气势汹汹地竖起耳朵，追上它，把它赶回马群时为止。在很久很久以前，马群好像是四脚朝天在湖水深处转悠似的，而它的母亲——一匹长鬃高头大马，一眨眼的工夫，仿佛变成了一朵暖洋洋的奶花花似的云团。从小它就喜欢那种时刻——一眨眼，母亲变成了一朵柔声打着响鼻的云团。母亲的乳房胀得鼓鼓的，奶汁是那么甜美，满嘴都是冒着泡的奶水，那样冲，那样甜，呛得它都透不过气来了。但它还是喜欢钻到高大的、长鬃毛的母亲的肚皮底下站着。这是多么甘美，多么使它陶醉的奶汁呀！整个世界——太阳、大地、母亲，都溶在这一小口奶汁里了。已经撑得饱饱的了，可是还想再吮上一口，再吮上一口……

唉！可惜好景不长。很快一切都变了。天上的太阳不再像马那样嘶叫，不再从一个山头跳到另一个山头。太阳总是严格地从东边升起，照例在西边落山。马群也不再是四脚朝天地转悠了。马匹所到之处，草地上一片吧嗒吧嗒的吃草声，草地被踩得乱七八糟，到处露出黑土。马匹所到之处，浅滩上的石头咔嚓咔嚓直响，都给踩裂了。长鬃的高头大马原来是个严厉的母亲。一旦溜蹄马吃得太撑了，妈妈总是狠狠地咬它的颈脖。奶水已经不够吃了，该吃草了。生活开始了。这种生活持续了许多年，而此刻就要结束了。

在整个漫长的一生中，溜蹄马从来没有想起过那个永远消逝了的夏天。后来，它备上了马鞍，跑过各式各样的道路，驮过形形色色的骑手，而路——却永远没有尽头。只有此刻，当太阳重又跳动起来，大地在脚下晃动，当它眼花缭乱、晕晕乎乎的时候，它仿佛又重回到了那个被遗忘了的夏天。那些山，那片露珠晶莹的草地，那些马群，那匹长鬃的高头大马，此刻都奇怪地、忽隐忽现地在它的眼前闪动。于是，它鼓起劲来，挺直身子，绝望地蹬着腿，想从车轭下挣脱出来，想甩掉颈箍、车辕，想脱出身来，投到那个已经消逝的、现在又突然展现在它面前的世界里去。可惜这种幻象总是扑朔迷离，使它十分苦恼。母亲像它小时候那样，柔声地叫着，在呼唤它。马群也像它小时候那样，飞跑着，它们的身子、尾巴老是碰着它。而它，却已经精疲力尽，无法战胜若隐若现的昏暗的暴风雪。暴风雪越来越猖獗，狂风吹过，像无数条坚硬的尾巴抽打在它身上，雪直往眼睛和鼻孔里钻。它浑身热汗淋淋，却又冷得打战。而那个可望而不可即的世界却悄悄地在漫天风雪中湮没了，消失了。群山、草地、小河也都不见了，马群跑掉了。在它前面，只剩下它的母亲——那匹长鬃的高头大马的模模糊糊的身影。只有母亲不想丢下它，在召唤着它。于是溜蹄马竭尽全力，一声长嘶，哀哀地痛哭起来。可是，那声音却连自己也听不到了。一切都消失了，暴风雪也消失了。车轮不再辘辘作响，连颈轭下的伤口也不再疼痛了。

溜蹄马停下来，身子不断地摇来晃去。眼睛疼得都睁不开了，可是脑子里却不断地响着那奇怪的辘辘声。

塔纳巴伊把缰绳扔到车上，不大利索地爬下车来，伸了伸发麻的双脚，然后愁眉苦脸地走到马跟前。

“哎，你真不争气！”塔纳巴伊瞅着溜蹄马小声骂道。

那马站着，老大的脑袋已经从颈轭里脱出来，耷拉在瘦骨嶙峋的细长脖子上。溜蹄马的条条肋骨吃力地上下起伏着，牵动着大胯骨下干瘦、松弛的皮肉。曾几何时，它的毛色油光闪亮，金灿灿的；而此刻，浑身的汗水和污泥把它染成褐色的了。一条条汗水和着青灰色的泥沫，顺着粗大的骶骨淌到肚子上、腿上、蹄子上。

“我好像没有赶过你呀。”塔纳巴伊小声嘟哝着，慌了手脚。他急忙松开马肚带，解下轭套的结绳，摘掉马嚼子。

嚼环上满是黏糊糊、热乎乎的唾沫。他用皮袄袖子给溜蹄马擦干净嘴、脸和脖颈，随后向大车奔去，收起剩下的干草，凑齐了半抱，扔到马脚下。可是那马只顾浑身打战，连碰也不碰一下草料。

塔纳巴伊抓起一把干草，送到溜蹄马的嘴边。

"喏，张嘴，吃吧。哎，你怎么啦！"

溜蹄马的嘴微微动了一下，但却接不住干草。塔纳巴伊看了看马的眼睛，心一沉，脸色顿时变了。马的眼眶周围布满了皱纹，眼睫毛都掉光了。在深深凹陷的、半睁半闭的眼睛里，他什么也没有看到。两只眼睛已经昏暗无光，就像被废弃的破屋里的两扇窗，显得黑洞洞的。

塔纳巴伊心慌意乱地朝四野里张望了一下：远处是群山，周围是空荡荡的草原，路上连个人影也没有。在这个季节，这一带的行人是十分稀少的。

老人和老马孤零零地伫立在这荒凉的古道上。

已经是二月末了。平地上的雪早已化了，只是在沟壑里，在长过芦苇的低洼地里，还散见着最后的一堆堆积雪，那样子就像冬天躲在狼窝里的狼脊背一样。微风送来阵阵积雪的气息，大地却还是封冻的，瓦灰色的，显得毫无生气。冬末的山区一片荒凉，无处可以投宿。瞧这情景，塔纳巴伊的心都凉了。

他扬起蓬松、斑白的胡须，把褪了色的皮袄袖子搭在额上，久久地注视着西边的天空。一轮落日悬挂在天边的云彩之中，向地平线泻下了一片柔和得像轻烟似的晚霞。没有迹象表明天气要变坏，但还是很冷，不免叫人担惊受怕。

“早知如此，不出车就好了，”塔纳巴伊发起愁来，“如今前不着村，后不着店，只能待在这野地里。我这不是让马白白送死吗！”

是呀，看来他应该明天早上动身才好。要是白天赶路，即便发生什么情况，总会碰到个过路的人。可他今天到晌午才动身。在这种季节难道能这么干吗？

塔纳巴伊爬上一个小山包，瞧瞧远处会不会有过往的汽车。但是，路上两头什么也看不见，什么也听不着。他只好又慢慢折回到大车跟前。

“真不该出门！”塔纳巴伊又一次想道。为了这个改不了的急性子，他已经责备过自己无数次了。他懊恼万分，生起气来，埋怨自己，也恨那桩促使他急急忙忙离开儿子家门的事由。当然应该住上一夜，也好让马喘口气，歇上一歇。而他竟……

塔纳巴伊气呼呼地把手一挥。“不，说什么我也不能留下。就是靠两条腿，我也得走回家去！”他辩白道，“难道能这样跟公公说话吗？不管怎么着，我总还是父亲吧！‘瞧你，既然一辈子在山沟沟里放羊放马的，那又何苦入党呢！到头来，还不是叫人家给撵出来了！……’儿子也好不到哪里去，一声不吭，连眼皮子都不敢抬一抬。要是那婆娘对他说：别理你父亲，那他准会不理的。窝囊废，还想当官呢！唉！说这些干什么呢！现在的人，可不像过去了，不像过去了。”

塔纳巴伊感到一阵燥热，他解开衬衣的领子，急促地喘着气，绕着大车，来回踱着，已经把马，把赶路，把黑夜就要到来的事统统忘记了。怎么也平静不下来。在儿子家里，他克制了自己，认为犯不着同儿媳妇吵吵嚷嚷，那会有损自己的体面。而此刻，他却勃然大怒，真想把他一路上痛苦地想到的一切，当着她的面发泄一通："不是你接受我入党的，也不是你开除我出党的。儿媳妇，你打哪儿知道当时的情况？现在来指手画脚，当然容易。眼下人人都有文化了，得向你致敬！可那阵子，我们担当多少责任啊！对父亲，对母亲，对朋友和仇人，对自己，对街坊的狗——总而言之，对世上的一切都得负责。至于出党，这事你管不着！这是我的事，儿媳妇，这事你管不着！"

"这事你管不着！"他大声重复说，一边在大车旁狠劲地跺着脚。"这事你管不着！"他不断重复这句话。遗憾和糟糕的是，仿佛除了这句"你管不着！"他就再也无话可说了。

他一直围着大车走来走去，后来才想起，他应该想点什么办法。是呀，总不能在这里一直待到天亮吧。

古利萨雷套着马具，还是那样呆呆地、一动不动地站在原地。它佝偻着身子，四条腿蜷缩着，看上去活像一具僵尸。

"你怎么啦？"塔纳巴伊跳到马跟前，这才听到它轻微的、拖长的呻吟声。"你这是打盹了，不舒服了，还是难受了，老伙计？"他急忙摸了摸溜蹄马冷冰冰的耳朵，又把手伸进马的鬃毛里。呀，里边也一样：冷冰冰的，还湿乎乎的。但最叫他感到可怕的是，他已经感觉不出马鬃惯常的分量了。"太老了。鬃毛都稀疏了，轻得像绒毛了。唉！咱们都老了,咱们都快要完蛋了。”他伤心地想道。他犹豫不决地站起来,不知如何是好。要是把马同车子都扔下,一个人走回去,那也得到半夜才能到家,才能摸回到峡谷里他那座看守人的岗棚。现在他跟老伴儿住在那里的饲料基地上。在小河上游一千五百米的地方,住着他的近邻——一个看水员。夏天塔纳巴伊看管草场,冬天照看黄鹌菜,不让牧民们过早地把干草弄走或者给糟蹋了。

去年秋天,有一回他去村办事处有点事。新任的生产队长,一个外地来的年纪轻轻的农艺师对他说:

“老人家,您去一趟马棚,我们给您挑了一匹马。马是老了点儿,说实话,不过对您的工作还是合适的。”

“什么样的一匹马呀?”塔纳巴伊警觉起来,“又是一匹老马吧?”

“您到那里瞧瞧吧。一匹大黄马。您应当认识,都说您从前骑过的。”

塔纳巴伊到马棚去了。当他一眼看到院子里的溜蹄马时,他的心疼得都揪在一起了。“呀,这回咱们总算又见面了!”他暗自对这匹瘦弱不堪的老马说。但他下不了狠心加以拒绝。他就把马牵回家去了。

一到家,老伴儿差点认不出溜蹄马来了。

“塔纳巴伊,这果真是古利萨雷吗?”她惊奇不已地问。

“是它,就是它,这有什么好大惊小怪的!”塔纳巴伊小声嘟哝着,竭力不去正眼看他的老伴儿。

他们两人都不难想起有关古利萨雷的往事。年轻的时候,塔纳巴伊犯过错误。为了避开这个令人难堪的话题,他瓮声瓮气地对她说：

“喂，干什么老站着，给我热点儿吃的。我饿得都像只狗了。”

“我这是在想，”她回答说，“这就叫岁月不饶人呵！你要不说这是古利萨雷，我都认不出来了。”

“这有什么好奇怪的。你以为，咱们俩的模样就比它强？每样东西都有它的黄金时代。”

“我也那么想，”她若有所思地摇了摇头，又好心地取笑说，“说不定每天晚上你又得骑上你的溜蹄马出去转悠了吧？——我批准了。”

“哪能呢。”他尴尬地把手一挥，转过身去，背对着老伴。对玩笑本可以一笑置之，而他，却不好意思起来，于是便爬到草棚的搁板上取干草去了。他在那里折腾了好半天。他原以为她把这事忘了，看来，她并没有忘记。

从烟囱里冒出缕缕炊烟，老伴把冷了的午饭热了热，而他，却还在摆弄他的干草。后来，她在门口，大声喊道：

“快下来吧，要不饭又凉了。”

以后，她再也没有提起过这桩往事来。本来嘛，又何苦呢！……

整整一秋和一冬，塔纳巴伊细心照料着溜蹄马。古利萨雷的牙全掉了，只剩下光秃秃的牙床，他便把麸子煮熟，把胡萝卜切碎喂它。看来，他把马又调养好了，这本是意料中的事。可眼下拿它怎么办呢？

不，他下不了狠心把马扔在路上。

“怎么办？古利萨雷，咱们就这么站着吗？”塔纳巴伊用手推了推它，马摇晃了一下，换了换脚，“噢，你等着，我马上就回来。”

他用鞭把从大车底部挑出一个空麻袋——那是用来装土豆给儿媳妇送去的——从里面掏出一小包东西。里面放着老伴儿为他烤的路上吃的干粮。他顾不上吃，就把这包东西忘了。塔纳巴伊掰了半块饼子，撩起棉袄的下摆接着，把饼子捻碎，送到马跟前。古利萨雷呼哧呼哧地闻着饼子的香味，但却张不开嘴来。于是塔纳巴伊伸过手去喂它，往它嘴里塞了几小块饼，马开始咀嚼起来。

“吃吧，吃吧，兴许咱们能对付着赶到家的，是吧？”塔纳巴伊高兴起来，“兴许咱们能悄悄地、慢慢地赶到家的，是吧？到了家就不怕了，我和老伴儿会把你调养好。”他一边喂着，一边说着。口水从马嘴里流到他颤抖的手上，他高兴极了，因为口水有点热气了。

于是，他抓起溜蹄马的缰绳。

“得了，咱们走吧！别再站着了，走吧！”他坚决地命令说。

溜蹄马迈起腿来，大车吱咯作响，车轮又慢慢地在路上滚动起来。于是，老人老马又慢腾腾地走动起来。

“没一点儿劲了，”塔纳巴伊在车旁跟着，还是想着马的事，“古利萨雷，你今年多大啦？二十了吧？好像还不止。看来，有二十好几了……”

二

他头一回见着溜蹄马，已经是战后了。

上等兵塔纳巴伊·巴卡索夫在西线和东线都打过仗。日本关东军投降之后,他就复员了。总而言之,这六年的士兵生涯,他差不多是一步一步艰苦地走过来的。老天爷保佑,他的运气还不错:就是一回坐车时震伤了,另一回一块弹片伤了胸部。他在野战医院里躺了两个多月,后来又赶回了自己的部队。

可是当他回到家乡时,车站上的小贩们都管他叫老汉了。得了吧,这多半是开玩笑。不过,塔纳巴伊对此并不恼火。他当然不算年轻了,但是也不能算老。看上去有点老态:打了几年仗,面孔自然是饱经风霜的了,嘴边也掺杂儿根白胡茬儿。不过无论体格,无论精神,他都是结结实实的。过了一年,妻子生了个闺女,后来又生了一个。两个女儿现在都已出嫁,有了孩子了。夏天常常回来。大女婿是个司机,常常把两家人都带上,开着汽车,到山里来看望老人。是的,老人们对女儿和女婿毫无怨言,就是儿子不怎么争气。不过,这说来话长……

那阵子刚刚胜利,在回家的路上塔纳巴伊感到,好像真正的生活眼下才开始。心情舒畅极了。在沿途的一些大站上,都有管乐队迎送过往的军用列车。妻子在家里等着,儿子快八岁了,该上学了。塔纳巴伊在车上的感受,仿佛是第二次获得了生命,仿佛万千往事,都已不值一提。真想忘记一切,真想一个心眼只考虑未来。而未来,看来是简单明了的:要过日子,要抚养孩子,要搞好生产,要盖房子,总之一句话——要生活。对此,不应该再有什么干扰,因为过去所做的一切,只是为了保证今天能最终过上这种真正的生活——人们日日夜夜梦寐以求的生活。正是为了这种生活，人们才在战场上流血牺牲，争取胜利。

于是塔纳巴伊感到，他得赶紧生活，赶紧生活！为了未来，他应该贡献出自己毕生的精力！

开头，他在打铁铺里抡大锤。他原本是这方面的巧手，现在好不容易又摸到了铁砧，于是他从早到晚，挥着胳膊，使劲锤呀锤呀，使得那个铁匠忙不迭地翻转着锤子下烧红的铁块。直到如今，他的耳际还不时响起打铁铺里叮叮当当的声音。这种声音常常能压倒一切忧虑和操心的事。那阵子粮食奇缺，衣衫破烂，妇女们光着脚板穿胶皮套鞋，孩子们不识糖味，农庄债务累累，银行账款冻结——对这一切，塔纳巴伊挥舞铁锤，表示不屑一顾。他使劲抡着大锤，铁砧叮当作响，蓝色的火花四下飞溅。他呼哧呼哧地喘着粗气，使劲挥着锤子，心里只有一个念头："一切都会好转的。最最根本的是，我们胜利了，我们胜利了！"仿佛锤子也在随声伴唱："胜利了，胜利了！"在那些日子里，不止他一个人，几乎所有的人，都成天陶醉在胜利的欢乐之中，仿佛胜利可以代替面包似的。

后来塔纳巴伊到山里放马去了。是乔罗说服他去干的。已故的乔罗当时是农庄主席，整个战争年代他一直担任这个职务。由于有心脏病，他没有入伍。但尽管在后方待着，却衰老得厉害。塔纳巴伊一回来，立即就看出来了。

换了别人，未必能说服他离开打铁铺，改行去放马。但是乔罗是他的老朋友了。从前他们两人一起入了团，一起宣传过集体化运动，一起清算过富农。特别是他——塔纳巴伊——当时可积极哩。凡是上了富农名单的人，他一个也不手软……

乔罗到打铁铺找他，终于把他说服了。看起来，乔罗对此相当满意。

“我真担心你一头扎进打铁铺出不来了。”乔罗笑眯眯地说。

乔罗一副病容：骨瘦如柴，脖子细长，凹陷的面颊上，满是皱纹。天气再怎么暖和，哪怕到了夏天，他也照样穿着那件脱不下身的棉袄。

在离打铁铺不远的一条水沟边，他们找了个地方蹲下，开始交谈起来。塔纳巴伊不由得想起年轻时候的乔罗。那阵子，村子里数他有文化，是个出众的小伙子。他为人稳重，厚道，大家都敬重他。塔纳巴伊可不喜欢他的厚道。在一些会上，他常常跳起来，狠狠地批评乔罗在对敌斗争中不能容忍的软弱性。他的这种批评常常十分尖锐，简直像报上的社论似的——凡是他在读报时听来的东西，他都能背出来。有几次连他自己都感到那些话的分量。不过结果往往还不错。

“你知道吗，前天我进了一趟山，”乔罗说开了，“老人们都在问：是不是当兵的都回来了？我说，是的，凡是活着的，都回来了。‘那什么时候他们才来接活呢？’我回答说，已经都在干活儿了：谁在地里，谁去了工地，谁在哪儿。‘这些我们早知道了。可谁来放马呢？他们得等我们断了气才来吧？好在我们也活不了几天了。’我都感到过意不去。你知道，他们为什么提这个呢？战争一开始，我们就让这些老人进山放马了。一直到现在,他们还在山里。我不是对你一个人才这么说,这种活儿可不是老人们的差使。成年累月在马背上颠着,日日夜夜不得安宁。到了冬天,夜里的滋味够人受的！你还记得杰尔比什巴伊吧？他就是那样在马鞍上活活冻死的。而这些老人有时还驯马呢,说是部队需要军马。你倒不妨试试,上了七十岁的年纪,再让魔鬼拖着你这个山坡坡那个山沟沟跑跑看。连骨头都收不回来。得好好谢谢他们:总算挺过来了。可那些当兵的一回来,鼻子翘到天上去了。说什么出了国了,世面见多了,让他们去放马就不愿干了。他们说,干什么非得让我去荒山野岭里东跑西颠呢？就是这么回事。所以你一定得帮帮忙,塔纳巴伊。你要去了,到时候我就好让别人去了。"

"好吧,乔罗,我先跟老婆商量商量。"塔纳巴伊回答说,一边在心里却想开了:"什么样闹腾的日子没过过呀,你呀,乔罗,却还是老样子。一副好心肠,自己却一点点耗尽了。兴许,这是个长处。战场上形形色色的事见多了,待人接物还是厚道点好。兴许,这才是为人的根本。"

到此他们就分手了。

塔纳巴伊朝打铁铺走去,但乔罗忽然又叫住他:

"你等等,塔纳巴伊!"他骑马赶上了他,在鞍韂上弯下身来,察看着他的脸色,"顺便问一句,你没有生气吧?"他低声问道,"你知道,怎么也抽不出空来。真想能坐下来,像从前那样,好好谈谈心。多少年没有见面啦。我原以为,仗打完了,日子会松快些。可现在的操心事,一点儿也不比过去少。有时候连眼都合不上,脑子里纠缠着各式各样的念头。怎么办呢？得把生产搞上去，让大家吃饱，还得全面完成各项任务。现在的人，可不比从前了，都想过得好一点……”

可他们始终没有找到机会，坐到一起促膝谈一谈。而岁月无情，到后来就为时晚矣。

就这样，塔纳巴伊到山里放马去了。在那里，在托尔戈伊的马群里，他头一回见到了那匹才一岁半的浑身黄茸茸的小马驹。

“老人家，你给留下了什么宝贝呀？马群可不怎么样，是吧？”当他们清点过马的匹数，从马栏里放出马群时，塔纳巴伊对牧马人挖苦说。

托尔戈伊是个干瘦老头儿，满是皱纹的脸上没有一根胡茬。他身材矮小，像个半大的孩子。头上扣着一顶老大的毛蓬蓬的羊皮帽，活像个蘑菇。这类老汉动作敏捷，专爱挑剔，喜欢嚷嚷。

但是，托尔戈伊这回却没有发作。

“马群就是马群，都那样。”他心平气和地回答，“没什么好夸口的，你放一阵子，就会清楚的。”

“老爷子，我这是随便说说的。”塔纳巴伊小声和解地说。

“有一匹好马！”托尔戈伊把落到眼上的羊皮帽往上推了推，蹬着马镫，微微欠起身来，挥着鞭子指点着说，“瞧那匹小黄马，就是在右边吃草的那匹。有朝一日，会大有出息的。”

“就是那匹圆滚滚的？看上去，骨架子小了点儿，腰短了点儿。”

“这马发育慢些。等长大了，肯定是匹千里驹。”

“它有什么好的？哪点出众呢？”

“天生的溜蹄马。”

“那又怎么样呢？”

“这种马少见。要在过去，就是无价之宝。赛马的时候，若能抢上这种马，把脑袋搭上也舍得。”

“得，咱们瞧瞧去！”塔纳巴伊提议说。

他们催赶着马匹，在马群的外沿跑着，把小黄马轰到一旁，然后在它后面赶着。小公马不反对跑一跑舒展舒展筋骨。它高高兴兴地抖动了一下额鬃，打个响鼻，跑了起来。那马迈着整齐而迅速的溜蹄马的步式飞跑起来，犹如脱弦的飞箭。它跑了大半个圈子，想跑回马群里去。塔纳巴伊兴致勃勃地观赏着小黄马的飞跑，大声叫好：

“啊！瞧，跑得多快！瞧！”

“可你刚才怎么说的！”老马倌愤愤地回答。

他们策马在溜蹄马的后头小跑着，像观看赛马时的小孩子那样，大声嚷嚷着。他们的喊声仿佛在催赶小公马，它跑得越来越快了，跑得那样轻松自如，不乱步伐，稳稳当当，像在飞似的。

他们不得不让自己的马大跑起来，而那匹小公马却始终保持那种溜蹄马的节奏继续跑着。

“你看，塔纳巴伊！”托尔戈伊在飞奔的马上挥着他的帽子，大声叫道，“这马的听觉特别灵，就像手碰上一把刀子那样。你瞧，它听到喊声，更加来劲了！哎，哎，哎！”

当小黄马终于回到马群时,他们才不再去管它,可是自己却因为策马飞奔而久久不能平静下来。

“太好了!谢谢你,托尔戈伊,你养了一匹好马。看了都叫人心里痛快!”

“是好马,”老人同意说,“不过,你得留神,”突然他变得严厉起来,一边用手搔着后脑勺,“别夸奖了。夸奖多了,反会不吉利的。不到时候,先别嚷嚷。一匹出色的溜蹄马,好比一个漂亮的姑娘,追逐的人可多哩。姑娘家的命运是:落到好人家手里,就会开花,让人高兴;落到哪个坏蛋手里,瞧着她都叫人难受。一点办法也没有。一匹出色的马,也是一样。弄不好,就毁了它。跑着跑着,都会失蹄的。”

“不用担心,老人家,要知道,这种事我也在行,不是小娃娃。”

“那倒是。这马的名字叫古利萨雷,记住了。”

“古利萨雷?”

“对。去年夏天我的小孙女上这儿来玩了。这是她给马起的名字。她可喜欢啦。那阵子,它才是一周岁的马驹子。记住,叫古利萨雷。”

托尔戈伊是个爱唠叨的老头。整整一宿,千叮咛万嘱咐的,塔纳巴伊只好耐着性子听着。

第二天,塔纳巴伊把托尔戈伊和他的老伴儿儿送出七俄里①之外。剩下空空的毡包,往后该由他的一家人来住了。还有一座毡包留给他的帮手住。可是帮手一时还没有

① 俄里,俄制长度单位,1 俄里约为 1.0668 千米。

着落，暂时只有他一人留下。

分手时，托尔戈伊再一次提醒说：

“小黄马先别碰它，也别让别人管它。开春了，你亲自驯它。你要注意，千万小心点儿。等马上了鞍，你骑的时候，别使劲赶它。你要是乱扯缰绳，弄错了溜蹄马的步式，你就把这马给毁了。还有，你得注意，开头几天，别让马在劲头上喝多了水。水淌到腿上，会生湿癣的。你要是出门，把马骑来让我瞅瞅，要是我还没咽气的话……”

托尔戈伊和他的老伴儿走了，带走了驮着家什的骆驼，给他留下了马群、毡包和重重叠叠的山……

古利萨雷哪里知道，关于它引起了多少话题，往后还会引起多少议论和风波呢！……

古利萨雷照样自由自在地生活在马群里，一切依然如故：还是那些山，还是那片草地和河流。只是原来的老汉不见了，换了一个牧马人了。那人穿一件灰色的军大衣，戴一顶有护耳的军帽。新主人嗓子有点沙哑，不过声音很洪亮，很威严。马群很快就跟他搞熟了。既然他喜欢，就让他到处遛遛腿吧。

后来下雪了。常常下雪，老也不化。马这时得用蹄子扒开积雪才能找到草吃。山风把主人的脸吹得发黑，一双手变得又粗又硬。现在他穿上毡靴了，还穿上一件老大的羊皮袄。古利萨雷全身长起了长长的毛，可它还是感到很冷，特别是到了夜里。每逢朔风凛冽的夜晚，马群都一声不响地紧紧地挤成一团，身上蒙着一层霜花，一直站到太阳出来。这时，主人骑在马上原地打转，拍打着衣袖，搓揉着脸。

有时候离开片刻,不久又回来了。最好是他一刻也不离开马群。不管他冻得大声嚷嚷,还是小声哼哼,马群会突然昂起头来,竖起耳朵倾听。这当儿,要是确信主人就在身旁,马群又会在呼啸的夜风中打起盹来。那年冬天,古利萨雷就记住了塔纳巴伊的声音,而且从此以后,就终生不忘了。

有一天夜里,山里起了一场暴风雪。刀割似的雪片纷纷而下,钻进马的鬃毛,压下马的尾巴,糊住马的眼睛。马群惶惶不安起来。它们挤成一团,浑身打战。母马不安地惊叫起来,把小马驹子直往马群里轰,结果把古利萨雷挤到最外头,怎么也挤不进去了。溜蹄马开始尥蹶子,左推右搡,最后还是落在外边——这下遭到了那匹领群的公马的严厉惩处。那匹头马一直在外围转来转去,用蹄子踢着雪,把马群往一块儿轰。有时它急急地跑到一边,带着威胁的神情略微低下头,竖起耳朵,消失在黑暗之中,只听到它的响鼻声。有时它又跑回马群,一副凶狠威严的架势。它看到古利萨雷落在外头,就跳起来,朝它猛扑过去,一转身,用后蹄朝它的肋部猛地一踢。这一脚真厉害,古利萨雷差点儿没有憋死。它感到肚子里有什么东西咕噜一声响,疼得它一声尖叫,好不容易才稳住脚跟。这之后,它再也不想逞能了。它紧挨着马群,乖乖地站着,感到肋部疼痛难受,心里着实恼恨那匹凶狠的头马。马群安静下来了,于是它听到一阵隐隐约约的拖长的声音,它这是头一回听到了狼群的嗥叫声。它感到,仿佛生命猝然而止,全身都发僵了。马群战栗着,神情紧张地倾听着。周围又沉静下来。可是这种死寂太恐怖了。大雪漫天飞舞,簌簌地落在古利萨雷扬起的嘴脸上。主人在哪儿？此时此刻多么需要他，哪怕能听到他的声音，闻到他身上羊皮袄的烟味也好。可他却不在。古利萨雷斜着眼看了一下近旁，不禁吓呆了：仿佛有个什么影子，在黑暗中贴着雪地，一闪而过。古利萨雷猛地往一旁跳开，一下子马群骚动起来，乱了阵势。惊炸的马群大声尖叫着，嘶鸣着，以排山倒海之势，向伸手不见五指的黑夜飞奔而去。已经没有任何力量能够阻挡得住了。马群拼命向前冲去，如同山崩时从峭壁上泻下的无数岩石，互相撞击着。古利萨雷莫名其妙地只顾狂奔疾驰。突然，一声枪响，接着，又是一声。飞马听到了主人狂怒的吆喝声。喊声从侧面的地方传来，截住了马群的去路，过后又出现在前面了。此刻，马群迎上了这个经久不息的吆喝声，那声音便领着马群前进。现在主人又跟它们在一起了。主人冒着随时有掉进裂缝和深渊的危险，在前面飞奔。他的喊声变得有气无力了，后来完全嘶哑了。但他还是不住地“嗨，嗨，嗨，嗨！”地吆喝着。于是马群跟在后面跑着，渐渐地摆脱了追逐它们的恐怖。

黎明时，塔纳巴伊才把马群赶回原来的地方。直到这时，马群才停歇下来。马身上的热气像浓雾似的在马群上空冉冉升起，马的两肋都费劲地鼓动着，这些马，惊魂未定，全身还在不停地打战。一张张冒着热气的嘴在扒着雪地。塔纳巴伊也在弄雪吃。他蹲在地上，抓起一把把冰冷的白雪，直接往嘴巴里送。后来他忽然双手捂住脸，屏息不动了。雪还是不停地飞舞，落到热气腾腾的马背上，雪化了，变成混浊的黄泥浆，一滴滴往下淌着……

厚厚的雪慢慢融化了，地面露出来了。之后，绿茵遍地，古利萨雷很快就长得膘肥体壮了。马脱毛了，换上了一身油光闪亮的新毛。冬天啦，饲料不足啦，仿佛在记忆中都无影无踪了。马是不会记住这些的；只有人，还没有忘怀。塔纳巴伊记得那严寒；记得狼嗥的黑夜；记得骑在马上冻僵了的难受劲；记得在篝火旁烤着发木的手脚，咬着牙，以免哭出来的情景；记得春天的冰冻，像铅一般沉重的疮痂封住了大地；记得一些瘦马倒毙了；记得有一次下山，在办事处连眼皮子都没抬，就在马匹死亡登记表上签了字，接着一下子暴跳如雷，大声吼叫，用拳头捶着主席的办公桌：

“你别这样瞅我！我不是法西斯！马棚在哪儿？饲料在哪儿？燕麦在哪儿？盐在哪儿？尽让我们喝西北风！难道就这样叫我们养马吗？你瞧瞧我们穿的什么破烂！你去瞧瞧我们住的毡包，瞧瞧我过的日子！从来没吃顿饱饭。就是打仗，也比现在强似百倍。而你，那样瞅着我，倒像是我把这些马掐死了似的！”

还记得主席可怕的沉默，他的死灰般的脸；记得后来自己又为这些话羞愧万分，只好请求他原谅。

“得了，你，你原谅我吧，我发火了。”他结结巴巴好不容易挤出几个字来。

“倒是你应该原谅我。”乔罗对他说。

后来，当主席叫来了仓库管理员，塔纳巴伊更是无地自容了。乔罗吩咐说：

“给他五千克面粉。”

“那幼儿园怎么办?”

“什么幼儿园,你老是糊涂!给吧!”乔罗不客气地命令道。

塔纳巴伊本想坚决拒绝,说马奶快下来了,不久就会有马奶酒了。但当他看了一眼主席,明白了他的苦心,就只好不做声了。以后每当他吃起面条时,他总感到像烫了嘴似的。他把匙一放,说:

“你怎么啦,想把我烫死还是怎么的?”

“那你就等会儿凉了再吃,又不是小孩子了。”妻子心平气和地回答。

这一桩桩,一件件,他都记得清清楚楚……

已经是五月了。公马的叫声中带着哭腔,常常互相冲撞起来,干起架来,要不,就追逐别的马群里的年轻母马。牧马人拼命地奔跑,轰开干架的马,大声呵斥着,有时挥动着鞭子,免不了也参加一场格斗。古利萨雷还不懂得这号事。有时阳光灿烂,有时细雨霏霏,小草从马蹄下面钻出来了。草地绿油油绿油油的,而在草地上空,白皑皑的雪岭冰峰闪闪发光。这年春天,溜蹄马古利萨雷跨进了美妙的青春年代。古利萨雷从一头毛茸茸的矮小的马驹子,变成一匹身架匀称、结结实实的小公马。它长高了,原来那种柔和的线条不见了,它的躯体变成一个三角形:前胸宽宽的,臀部很窄。它的头长成真正的溜蹄马式的头了——瘦削,头前部突出,两眼间距很大,嘴唇紧缩而富有弹性。不过所有这一切,它还无心顾及。只有一种强烈的欲望支配着它(这给它的主人添了不少麻烦),那就是酷爱奔跑。它常常领着一帮同龄的马儿，纵情驰骋。它一马当先，像颗金色的流星似的，急驰而去。有一股无穷无尽的力量驱赶着它，使它不知疲惫地奔上峻岭，冲下山坡，越过怪石嶙峋的河岸和陡峭的隘道，穿过丛林和谷地。哪怕到了深夜，当它在星空下酣睡的时候，它仿佛还梦见，大地在它脚下飞驰而过，风卷着鬃毛在耳边呼啸，马蹄又急又快，像铃铛那样，清脆悦耳。

古利萨雷对主人的态度，同它对一切与己无关的事物一样。说不上喜欢他，但也没什么反感，因为对方并不限制它的自由。除非它们跑得太远了，主人追赶时才骂上几句。有那么一两回，主人用套马杆抽过溜蹄马的屁股。古利萨雷全身哆嗦起来，但与其说是因为挨了打，还不如说是出乎意外。这下，古利萨雷跑得更欢了。在回来的路上，它跑得越快，拿着套马杆在它后面跑着的主人就越高兴。溜蹄马听到身后啧啧的赞许声，听到主人骑在马上的歌声。碰到这种时刻，它就喜欢主人，喜欢在歌声下飞跑。后来它把这些歌都听熟了——各种各样的歌：有的欢乐，有的忧伤；有的长，有的短；有的有歌词，有的只是曲子。它还喜欢主人给它们喂盐吃。几个木橛子上架着一个长长的木槽，主人往里面撒着一把把的盐粒。所有的马都使劲朝里边挤——这可是最大的享受。古利萨雷这下也尝到盐味了。

有一回，主人敲着空桶，开始吆喝马群。马从四面八方跑来，挤到木槽跟前。古利萨雷挤在马中间，品尝着盐味。当主人和他的帮手操着套马杆，围着马群转来转去的时候，它也满不在乎。这事跟它无关，因为通常套马杆总是套那些供坐骑的马，喂乳驹的母马，或者别的什么马，可从来没有套过它。它是自由自在的。突然，鬃毛搓成的套索在它的头上滑下，扣住了脖子。古利萨雷不明白这是怎么回事。它也不怕这个活套，继续舐着盐粒。要是套索套上了别的马，别的马就会扬起前蹄，直立起来，然后拼命冲开去。可古利萨雷却纹丝不动。后来，它想到河边去喝水，便从马群里挤出来。脖子上的活套拉紧了，扯住了它。这样的事，可从来也没有发生过。古利萨雷往后一跳，打了个响鼻，瞪着眼睛，然后往上一蹿，直立起来。刹那间，周围的马四散跑开了，只剩下它，面对着两个操着套马杆拽住它的人。主人站在前头，后面是另一个牧马人。一眨眼的工夫，就围上了一大帮小家伙。他们是牧马人的孩子，是不久前来到这里的。由于他们老是围着马群没完没了的跳呀蹦呀，早就叫古利萨雷烦透了。

溜蹄马感到胆战心惊。它猛地一蹿，又直立起来，这样折腾了好几回。太阳变成无数圆圆的火球，在它眼前闪烁、飘落；群山和大地在旋转；人，一个个仰面倒下去。霎时间，它的眼前一片漆黑，那样可怕，那样空虚，急得它只顾用两只前蹄拼命乱蹬。

不管溜蹄马怎么挣扎，活套却越拉越紧。古利萨雷被勒得喘不过气来，但它不是避开人群，反倒直冲人们猛扑过来。大伙儿急忙四散逃开。圈套松了一会儿，于是古利萨雷跑起来，把几个人拖倒在地上。女人们大声惊叫，忙把孩子们往毡包里轰。这当儿，牧马人已经站起身来，只听得“啪”的一声响，套索重又落在古利萨雷的脖子上。这一回，紧得连大气都出不来了。一下子，古利萨雷感到头晕目眩，呼吸困难，精疲力竭，这才站住不动了。

主人拉紧手里的套马杆，开始从侧面朝它这边走来。古利萨雷斜瞪着眼睛，瞧着他。主人的衣服撕破了，脸擦伤了，但他的眼神并不凶狠。他喘着粗气，吧嗒着出血的嘴唇，像是耳语似的小声说：

“驾！驾！古利萨雷，别怕，站住，站住！”

他的帮手，跟在他后头，紧拽着套马索，也小心翼翼地跟了过来。主人的手终于够得着溜蹄马了。他抚摩着它的头，也没有转过身子，一边简短地、急急地对帮手说：

“笼头！”

那人忙把马笼头塞到他手里。

“别动，古利萨雷，别动，小乖乖！”主人一边说着，一边用一只手蒙住溜蹄马的眼睛，把笼头套在它的头上。

现在，该给它戴上嚼环，备上马鞍了。当马笼头套到头上时，它打了个响鼻，又想冲开去。但是主人及时抓住了它的上腭。

“缠绳！”主人向帮手又喊了一声。那人跑过来，很快用一根皮条做成的缠绳套住上唇，再用一根棍子绞几下，缠好。

溜蹄马痛得一屁股坐到地上，再也反抗不得了。冰冷的铁制的嚼环磕着牙齿，叮当作响，掐进了两边的嘴角。有什么东西扔到它背上，拉扯着，几根皮带勒紧了它的胸脯，使得它的身子来回直晃。不过，这已经算不了一回事了。它只感到嘴上那种撕肠裂肺的、不能想象的疼痛。眼珠子都翻到额头上去了。连动都不能动一下，喘口气都不行。它甚至都没有觉察到，主人已神不知鬼不觉地一下子骑到它身上了。直到从它嘴里取下缠绳，它才清醒过来。

有那么几分钟，古利萨雷一无所知地、呆呆地站着，只感到全身捆得紧紧的，身子沉甸甸的。后来，它斜着一只眼从肩头瞧过去，蓦地发现背上有个人。它大吃一惊，猛地往一边冲去。但是嚼环撕裂着嘴巴，疼痛难忍，而那人用两条腿紧紧地夹着它的肚子。溜蹄马往上一蹿，又直立起来，愤怒而狂暴地长嘶一声，急得来回直窜，不时尥着蹶子。它鼓起全身的劲头，想甩下身上的重压；它朝一旁猛冲过去，但是套索不让它跑开去——那套马索的另一端由骑在马上的帮手紧紧地踩在马镫里。这时，它只能兜着圈子跑。它跑着，期待着什么时候套索断了，它可以立刻跑开，可以自由自在地飞跑。可是套索没有断，它也只能无可奈何地兜着圈子跑。这正是人们要它干的。主人不时用鞭子抽它，用靴后跟磕它。有两回，溜蹄马还是把主人掀翻了下来。但是他一跃而起，又跳上鞍去。

这样持续了好久好久。头都晕了，周围的地在旋转，毡房在旋转，远处四散的马群在旋转，群山在旋转，连天上的云也在旋转。后来，它实在累了，便换成大步走着。真渴呀！

但是又不给它饮水。到了晚上，也不给它卸下马鞍，只是稍稍松了松马肚带，把它拴在马桩上歇着。笼头上的缰绳紧紧地缠在鞍桥上，这样马头就只能平直地挺着，这个姿势它也就无法卧倒了。马镫收了起来，也放在鞍桥上。就这样，它站了整整一宿。古利萨雷无可奈何地站着，被它经历的那些不可思议的事情弄得神情沮丧。嚼环在嘴里老是碍事，稍稍一动，就会引起钻心的疼痛，那股铁腥味也真不好受。嘴角肿起的包早就扯破了。肋下皮带磨破的地方又痛又痒。在毡制的鞍垫下，擦伤的背感到酸痛难受。真想能喝上口水呀！它听到河水哗哗在响，这使它更加干渴难耐。在河那边，跟往常一样，马群在吃草。传来嘚嘚的马蹄声、马的嘶叫声和值夜的牧马人的吆喝声。人们坐在毡包外的篝火边歇着了。孩子们逗着狗玩，学着狗汪汪地叫。而溜蹄马站在一旁，谁也不搭理它。

后来，月亮升起来了。群山悄悄地从昏暗中浮现出来，在朦胧的月色下微微晃悠着。满天的星星，闪闪发光，越来越低地垂向地面。古利萨雷被困在那个地方，老老实实、一动不动地站着。好像有谁在找它。它听到那匹小红马的嘶叫声——就是那匹跟它一起长大、形影不离的小母马。小红马的额际有块像星星那样的白斑。它喜欢跟溜蹄马一起飞跑。一批公马已经在它后面追逐了，可是它就是不理它们，总是跟溜蹄马一起跑着，远远躲开那些公马。小红马还是马驹子，而古利萨雷也没有成年，不会做出那些公马想干的勾当。

此刻小红马正在近处嘶叫着。对，这是它！古利萨雷能准确无误地听出它的声音来。溜蹄马本想也长嘶一声来回答它，但又害怕张开那张撕裂的肿起的嘴。这太疼了。最后，还是小红马找到了它。小红马迈着轻轻的步子，跑到跟前，在月光下闪动着它额际的那块星星样的白斑。它的尾巴和腿都是湿淋淋的。它蹚过小河而来，随身带着河水的凉气。小红马先用面颊碰了碰古利萨雷，然后到处闻着，用它那柔软温暖的嘴唇轻轻地蹭着它。小红马柔声地打着响鼻，招呼溜蹄马跟它一起离开这儿。而古利萨雷却动弹不得。后来，小红马把头搁在古利萨雷的脖子上，用牙齿在它的鬃毛里搔着痒痒。本来，古利萨雷理应把头也搁在小红马的脖子上，给它搔一搔脖子上的鬣毛。但是古利萨雷对小红马的温存无以为报。它连动都无法动一下。它只想喝水。要是小红马让它饮足了水，该有多好！最后，小红马跑开了。古利萨雷目送着它，直到它的身影融化在河对面的一片沉沉夜色之中。它来了，又走了。泪水夺眶而出，顺着面颊，大滴大滴往下淌，无声无息地落到前蹄上。溜蹄马有生以来第一次哭了。

一大早，主人来了。他环顾了一下四周春意盎然的群山，伸了个懒腰。他笑呵呵的，——突然感到骨头一阵酸痛，不禁哼哼起来：

"哎哟，古利萨雷，瞧你昨天把我摔的！怎么样？冷得哆嗦了吧？瞧，肚子都饿瘪了。"

他拍了拍溜蹄马的脖子，絮絮叨叨地对它说了不少亲昵的话，逗趣的话。古利萨雷哪儿能听懂人说的话呢。塔纳巴伊说：

"得了，你别生气了，老弟。你总不能一辈子不干事瞎逛荡呀。你会习惯的，一切都会顺顺当当的。至于说，吃了点苦头，那么，不这样是不行的。老弟，生活就是那么回事，它逼得你四个蹄子都钉上马掌。可往后，你再遇到路上磕磕碰碰的石头，你就不用犯愁了。你饿了，是吧？想饮水吧？我知道……”

塔纳巴伊把溜蹄马牵到河边。他小心翼翼地从它磨破的嘴里取下嚼环。古利萨雷颤巍巍地俯向水面，感到一阵寒气，眼睛都感到酸痛了。呵！多么甜美的水！为此，它多么感激它的主人啊！

就这样，古利萨雷很快就习惯了备鞍，丝毫也不感到马具的拘束了。驮着骑手，它感到轻松愉快。主人不时轻轻地勒住缰绳，而它却急着向前飞奔，一路上响起溜蹄马式的细碎的马蹄声。古利萨雷学会了驮着人跑得又快又稳，这一点叫大家赞不绝口：

“你让它驮一桶水，保准一滴不洒！”

那位从前的牧马人托尔戈伊老汉对塔纳巴伊说：

“你驯了一匹好马，谢谢啦！你等着瞧吧，你的溜蹄马会成为马中的明星的！”

三

一辆破旧的四轮大车，在空旷的路上吱呀吱呀地慢慢爬行。车轮声时断时续。溜蹄马已经精疲力竭，不时停下步来。在这黄昏的死寂中，它只听到自己耳朵里清清楚楚地回响着“怦怦怦”的心跳声……

老人塔纳巴伊让马喘口气，在一旁等着，随后，抓住衔铁旁的马缰绳：

“走吧，古利萨雷，走吧，天色不早了。”

老人和老马又慢慢腾腾地走起来，走了约莫一个半钟头的时光，直到溜蹄马完全停下步来。它已经再也拉不动大车了。塔纳巴伊重又围着马忙乱起来：

“你怎么啦，古利萨雷，啊？你瞧，天快黑了！”

但是，马不明白他的话。它套着全副马具站在那里，头沉甸甸的，它已经感到无法控制，因而不断地晃来晃去，整个身子已经东歪西倒，而耳际依然回响着那震耳欲聋的“怦怦怦”的心跳声。

“噢，你原谅我，”塔纳巴伊说道，“我早想到这一招就好了。这该死的车，该死的马具，滚他妈的！其实，只要能把你弄回家就行了。”

他把老羊皮袄往地上一扔，急急忙忙给马卸套。把马从车辕下牵出来，把颈轭从头上摘掉，随后，把全套马具扔到车上。

“这下好了！”他说完，披上皮袄，瞅了一下卸了套的溜蹄马。那马，不戴颈轭，没有挽具，头显得特别大，站在这寒气逼人、暮色苍茫的草原上，活像个幽灵。“我的天，你变成什么模样了，古利萨雷？”塔纳巴伊喃喃自语，“要是托尔戈伊这会儿看到你，在棺材里也会躺不住的……”

他牵着溜蹄马，又慢慢地向前走去。老人，老马。后面是扔下的大车，而前头，在西边的方向，一大片紫黑色的阴影落在路上。夜色正悄悄地湮没着整个草原，遮住了群山，抹去了地平线。

塔纳巴伊蹒跚着，回忆着漫长岁月中跟溜蹄马有关的件件往事。他不禁面带苦笑想起人们来：“我们全都一样。

只是到生命垂危的时候，比如谁病重了，快死了，我们这才想起他们来。到这时刻，我们才恍然大悟，我们失去了谁，他为人如何，有什么长处，做了哪些好事。可是，对那些不会说话的牲口，能说些什么呢？古利萨雷驮过的人多啦！谁没有骑过它呢！现在老了，大家都把它忘了。此刻，它只能勉勉强强地迈着腿，可从前，它是匹什么样的马啊！……”

于是，他又重新回想起来。他感到奇怪的是，怎么好久好久没有想起过去的事了。已往的一切，又浮上心头。看来，什么东西也不会无影无踪地销声匿迹的。过去他很少回忆往事，说确切点，是不让自己去回想。而此刻，在跟他儿子、儿媳妇的一席谈话之后，当他牵着奄奄一息的溜蹄马，在这茫茫夜色中踽踽独行的时候，他不禁悲痛万分、无限忧伤地回忆起已往的岁月。于是，一切又重新栩栩如生地展现在他的面前。

他一边走着，一边沉思默想；而溜蹄马在后面费劲地拖着步子，常常扯住了缰绳。老人的手发麻了，他就把缰绳换到另一个肩膀上，依旧拽着身后的溜蹄马。后来，连他也感到拉着费劲，他就让溜蹄马歇上一歇。他想了一下，索性把马笼头也摘了下来。

“你在前头走，能走多快就多快，我在后面跟着。我不会把你扔下的。”他说，“喂，走吧，慢慢儿地走。”

现在，溜蹄马在前面走着，塔纳巴伊在后面跟着，把马笼头搭在肩上。马笼头他是绝不会丢掉的。当古利萨雷停下步来，塔纳巴伊就等着；当古利萨雷又有点力气了，老人老马便又一起在路上慢慢走着。

塔纳巴伊不禁苦笑了。他想起,也正是在这条路上,当年古利萨雷像飞一样疾驰而过,身后扬起一片滚滚的烟尘。牧民们都说,单凭这股尘土,他们在几俄里之外,就知道这是溜蹄马在飞跑。马蹄过处,尘土像条飞舞的白色带子,在无风的日子里,悬浮在大路上空,如同喷气式飞机喷出的一股烟雾。遇上这种时刻,牧民会站住,把手遮在额头上,喃喃自语:“那是古利萨雷在飞跑!”并且不无妒意地想,此刻又不知是哪个幸运儿跨在溜蹄马上迎风飞驰了。对吉尔吉斯人来说,能骑上这样的骏马飞跃驰骋,是莫大的荣幸。

古利萨雷驮过无数的农庄主席。各式各样的都有:有的聪明能干,有的刚愎自用;有的廉洁奉公,有的不干不净。但是无一例外,他们全都喜欢溜蹄马:从上任的第一天起就跃跃欲试,直到离职的最后一天才肯下马。“这会儿他们都在哪儿了呢?他们会不会偶尔也想起这匹一天到晚为他们奔跑过的古利萨雷呢?”塔纳巴伊想道。

最后,他们好不容易走到一座横跨峡谷的桥跟前。他们又停了下来。

溜蹄马蜷曲起腿来,想在地上躺下。但是塔纳巴伊不让它这么干,因为一经躺下,再费多大的劲,也就拽不起它来了。

“起来,起来!”他大声喝道,还用马笼头敲了一下马头。因为打了马,他心里十分难过,但还是不断地吼叫着:“你怎么啦,听不明白吗?你找死啦?不行,不能这么干!起来!起来!起来!”他一把揪住鬃毛,使劲拽着马。

古利萨雷吃力地挺直了腿，痛苦地呻吟着。尽管已经天黑，塔纳巴伊还是不敢看一下马的眼睛。他抚摩着它，到处摸索着，然后低下头，把耳朵贴近马的右肋。在马的胸膛里，心脏断断续续地，像缠上水草的水车轮子那样，呼哧呼哧地响着。他弯着腰，挨着马站了好久，直到他感到腰酸背痛，才直起身来。他摇了摇头，叹了口气，决定冒一下险，回到刚才的桥那儿，不走大路，而折入一条顺着峡谷的小道。那条小道直通山里，这样走可以抄点近路，早点赶回家。说真的，夜里迷了路可不是好玩的，但塔纳巴伊十分自信，这一带的路他了如指掌，只要马能挺得住就好了。

老人正这么思量着，远处亮起了两盏车灯。灯光像一对明晃晃的圆球，蓦地从黑暗中闪现出来，而且越来越近，射出一片长长的晃动的光束，照着前面的道路。塔纳巴伊牵着溜蹄马站在桥旁。汽车也帮不了他的忙，但是塔纳巴伊依旧等着——不过是无意识地等着罢了。"总算来了一辆车。"他满意地想，因为路上终于有人了。卡车的前灯射出强烈的光束刺着他的眼睛，他便用手挡住灯光。

坐在驾驶室的两个人，吃惊地打量着站在桥旁的老人，打量着他身旁的一匹老朽的驽马。那马既没有鞍子，也没有笼头，简直不像匹马，倒像一只死乞白赖跟在人后头的癞皮狗。刹那间，强烈的灯光直射过来，于是老人和老马一下子变成了两个没有形体的惨白的躯壳。

"真有意思，他一个人夜里待在这儿干什么？"坐在司机旁边的一个又高又瘦、戴着护耳皮帽的小伙子说。

"准是他，那边的大车准是他丢的。"司机解释着，刹住车,“你怎么啦,老头儿?”他从驾驶室里探出头来喊道,“那边路上的大车是你扔下的吧?”

“是的,是我。”塔纳巴伊答道。

“就是嘛。一瞧,一辆快要散架的四轮大车横在路上。近处没一个人。本想把马具捡起来,可那玩意儿也没啥用了。”

塔纳巴伊一声不响。

司机从驾驶室里爬出来,一股强烈的伏特加酒味直冲老人而来。他走了几步,便在路旁撒起尿来。

“出了什么事啦?”他转身问道。

“马走不动了。马有病,也老了。”

“嗯。那现在上哪儿去?”

“回家去。回萨雷戈乌峡谷。”

“嘘——”司机打个呼哨,说,“进山去?不顺道。要不,上车来。这样吧,我把你捎到国营农场,你在那里歇一宿,天亮再走。”

“谢谢了,我得带上马。”

“就这具活尸?你把它扔了喂狗得了。把它往峡谷里一推——这就完事了:老鸦会来收尸的。要不要我们来帮忙?”

“你走吧。”塔纳巴伊很不高兴地从牙缝里挤出了一句。

“得,随你的便。”司机冷笑一声,钻进驾驶室,“砰”一声关上车门,说道,“这老头犯傻!”

卡车开动了,也带走了那片昏暗的灯光。在卡车尾灯暗红色的灯光照耀下,桥在峡谷上空吃劲地轧轧作响。

“你干什么挖苦人家呢，要是你碰到这号事，你怎么办？”过了桥头，坐在司机身旁戴着护耳帽的小伙子说道。

“废话！……”司机打着呵欠，转动起方向盘，“我碰到的事，成千上万。我说的都是正经话。你想想，那马都老掉牙了。那是旧时代的残余。现在，老弟，技术主宰一切。干什么都得靠技术。打起仗来也是一样。这样的老头儿老马早就该报销了。”

“你真狠心！”小伙子说。

“呸！我管得着吗！”那人回答说。

卡车开走了，周围又是一片黑暗，眼睛又慢慢习惯了。这时候，塔纳巴伊催赶了一下溜蹄马：

“喂，走吧，驾！驾！你倒是迈腿呀！”

过了桥头，他牵着马离开大路，拐上一条小道。现在老人老马在峡谷上面一条隐约可见的羊肠小道上慢慢向前移动。月亮刚刚从山后露了出来。群星在等待着月亮的升起，在冷冷清清的天空中，凄凄惨惨地闪烁着。

四

在古利萨雷受到调练的那年，马群很迟才从秋季牧场上撤下来。那一年的秋天比往年要长，冬天也不算很冷，虽说常常下雪，但过不多久就化了。饲料充足。开了春，马群又都来到山前地带，单等草原发绿，马群就要下山了。

战后这一年，也许是塔纳巴伊一生中最美好的时刻。“老年”这匹灰马，虽说已在近处的山口等着他了，但目前，塔纳巴伊骑的却是一匹年轻力壮的黄茸茸的溜蹄马。要是这匹溜蹄马迟几年弄到手,他就未必能感受到驾驭古利萨雷的那种幸福,那种激昂心情。是的,塔纳巴伊有时也并不反对在众人面前抖抖威风。骑上溜蹄马,就像腾云驾雾,他又怎能不神气神气呢！这点,古利萨雷也挺明白。特别是当塔纳巴伊策马回村经过田野时,一路上总要遇见一群群吵吵嚷嚷下地的妇女。在老远的地方,他就在马鞍上挺起胸来,全身不知何故紧张起来。他的这种激动心情也传给了溜蹄马。古利萨雷把尾巴抬得差不多跟背一般平,鬃毛迎着风层层展开。马儿不时喷喷鼻子,一边曲里拐弯地跑着,轻轻松松地驮着身上的骑手。系着白头巾、红头巾的妇女们纷纷朝两旁让路,有的掉到庄稼长得老高的绿油油的麦田里。瞧,她们个个像着了魔似的,一下都站住了,一下都转过身来,闪出一张张笑脸,一双双发亮的眼睛,一排排雪白的牙齿。

“哎,马倌！你站——住！——”

紧跟着,身后一片笑语喧哗:

“小心点儿,你要是摔下来,我们可要逮人的！”

有时候她们真的手拉着手,截住去路,动手逮他。有什么法子呢！有时娘们儿也喜欢胡闹一阵。她们会把塔纳巴伊拖下马来,哈哈大笑,嚷着叫着,夺下他手里的马鞭:

“快说,什么时候给我们送马奶酒来？”

“我们一天到晚在地里忙得要死,你倒好,骑着溜蹄马,成天瞎逛荡！”

“谁碍着你们啦？你们也来放马呀！不过得先给你们

当家的嘱咐嘱咐,让他们另找个婆娘。到了山里,看不把你们冻死,个个冻成冰棍儿!"

"哎哟,原来是这样!"于是,她们又动手动脚的,要拉他扯他。

但是,塔纳巴伊从来没有一次让别人骑过他的溜蹄马——就连那个女人也不例外。虽说每次遇见她,心里总不能平静,每回他都情不自禁地要勒住溜蹄马,让它慢慢走着。就是连她,也从未骑过他的马。当然,也有可能,她本来就不想骑。

这一年,塔纳巴伊被选进了监察委员会。他常常得回村去,差不多每一回都会在路上遇见那个女人。从办事处出来,他十有八九是气呼呼的。这一点,古利萨雷根据他的眼神、声音和手的动作,知道得清清楚楚。但要是遇上她,塔纳巴伊便和颜悦色起来。

"喂,走慢点,上哪儿这么急!"他小声嘟哝着,一边让这匹烈性子的溜蹄马安静下来。等赶上了那个女人,他就让马大步走着。

他们两人便悄声细语地交谈起来,要不就默默无言地走着。古利萨雷感到主人的心情变轻松了,声音变柔和了,手也变得温暖了。所以,溜蹄马就喜欢在路上碰上这个女人。

可是马怎么能知道,农庄的生活有多艰难,劳动日差不多分文不付;它又怎能知道,监察委员塔纳巴伊·巴卡索夫在办事处一再质问:事情怎么会搞成这个样子的?到底哪年哪月才能过上好日子,到时候能对国家有所贡献,让大家不白白劳动呢？

去年粮食歉收，饲料不足；而今年，为了让全区不丢脸，竟把超产的粮食和牲口替别的农庄上缴了。往后怎么办，庄员指靠什么，这些就不得而知了。岁月匆匆，关于战争，人们渐渐淡忘了，而生活却依然如故：从自留的菜园子里收点东西，要不就打点主意从地里捞点什么回来。集体农庄一文不名：粮食、乳类、肉，样样亏损。夏天，牲畜大量繁殖；到了冬天，一切化为乌有：牲口一批批饿死冻死。应该及早盖起马棚和牛栏，建立起饲料基地，可是建筑材料没有着落，谁也不批货。至于住房，经过这些年的战争，早就破烂不堪了。要说有人盖上新房，那准是那帮成天跑自由市场贩卖牲口和土豆的人。这号人现在成了气候，连建筑材料他们也能从后门搞到手。

“不，不应当这样。同志们，这不正常，这里头有毛病。”塔纳巴伊说，“我就不信，事情该是这样。要么是我们不会干活，要么是你们领导无方。”

“什么不应当这样？什么领导无方？”会计塞给他一叠单子，“你瞧瞧这些计划……这是收入，这是支出，这是借方，这是贷方，这是差额。没有盈利，只有亏损。你还要什么？你可以从头到尾查一查。就你是共产党员，我们都是人民的敌人，是这样吗？”

有人插话了，于是吵吵嚷嚷，大家争论不休。塔纳巴伊抱着脑袋坐在那里。他在苦苦思索，这一切是怎么发生的。他为集体农庄感到痛心，不仅因为他在农庄劳动，还有别的一些特殊的原因。有人跟塔纳巴伊有宿怨。他清楚，现在这些人在背地里讥笑他，要是遇见他，总是挑衅地盯着他的脸，仿佛说：喂，情况怎么样？是不是你还要来一次没收富农的财产？只是眼下我们的油水不大了。你在哪儿爬上去的，还从哪儿给滚下来。咳，怎么在火线上没有把你打死了呢！……

他只是用目光来回答：等着瞧吧，混蛋们，反正得照我们的主意办事！可是这些人又不是异己分子，都是自己人。就拿他的哥哥库鲁巴伊来说吧，现在他已经上了年纪了，战前在西伯利亚蹲了七年。他的儿子都长大了，个个跟父亲一样，把塔纳巴伊恨死了。是呀，他们凭什么得喜欢他呢？说不定他们的子子孙孙都要同塔纳巴伊一家结下不解之仇。这也是事出有因的。事过境迁，可人们的怨气没消。过去那样对待库鲁巴伊对不对呢？难道他不就是个勤俭持家的当家人，一个中农吗？手足情谊又在哪儿呢？库鲁巴伊是父亲前妻生的，而他是后妻生的，可是照吉尔吉斯的风俗，这样的兄弟等于一个娘肚子里生的。这么说，他是六亲不认了，那阵子有多少流言蜚语啊！现在，当然啰，可以重新评说评说。可当时呢？难道不是为了集体农庄他才这么干的吗？这么做对不对呢？过去他从来没有怀疑过，可是经过一场战争，有时候就不这么想了。对个人，对集体农庄，这样做是不是树敌过多了呢？

“哎，你怎么老坐着，塔纳巴伊，你倒是说话呀！”人们让他继续参加讨论。于是，还是那些事情：冬天得把各家院里的粪肥收集起来，送到地里；大车没有轮子，这么说，得买点榆木，买点铁皮，做几个木头轮子。可哪儿来这笔钱呢？

立个什么名目，会不会给点贷款呢？银行可不信空话。旧渠得整修，还得挖新渠，这工程又大又难。冬天大家没法出工，因为地上了冻，土是刨不动的。等开了春，活儿就应接不暇了：得播种，接羔，间苗，还得割草……畜牧业怎么办？接羔的房子在哪儿？奶厂的情况也不妙：牛圈的顶棚糟烂了，饲料不够吃，奶牛不出奶。一天到晚讨论来讨论去，结果又怎么样呢？有多少火烧眉毛的事要办，有多少困难和不足啊！有时候一想起来都叫人寒心。

但人们还是鼓起勇气，把这些问题重又提到党组会议和农庄管理委员会上进行了讨论。主席是乔罗。后来只有塔纳巴伊才看重他。批评起来当然容易得多。塔纳巴伊管的只是一群马，而乔罗，对农庄里的每一个人，每一件事都得负责。是的，乔罗是个硬汉子。有时候，看起来事情搞得一团糟：在区里，有人冲着他敲桌子；在农庄，有人揪住他的胸脯不放。遇上这种种情况，乔罗却从来也没有灰心丧气。处在他的位置，塔纳巴伊早就得发疯，要不就得上吊了。而乔罗，却照样管着农庄的事务，坚守岗位，一直到后来心脏病太严重了，还担任了两年多的党支部书记。乔罗善于跟别人谈心，鼓起对方的信心。结果常常是，听了他的话，塔纳巴伊重又相信一切都会好转，相信总有一天会过上好日子，正如革命刚开始时人人盼望的那样。只有一次，他对乔罗的信任发生了动摇，不过那一次，也多半是他自己的过错……

溜蹄马当然不清楚塔纳巴伊心里在想什么，它只见到他从办事处出来，皱着眉头，怒气冲冲的。他猛地跳上马鞍，狠劲地扯着缰绳。溜蹄马觉得出来，主人心情很坏。尽管塔纳巴伊从来没有打过它，但是碰到这种时刻，溜蹄马还是怕它的主人。要是在路上遇到那个女人，马就知道，主人的心情准会好转，他会和气起来，会轻轻勒住它，会跟她悄声细语地说起话来，而她的手就会在古利萨雷的鬃毛上蹭来蹭去，搂搂它的脖子。谁的手也没有她的手那样柔软。这是一双奇妙的手，那么富有弹性，那么敏感，如同那匹额际长着一颗星星的小红马的嘴唇一样。世界上没有一个人的眼睛能同她的相比。塔纳巴伊微微欠着身子跟她说着话，而她，一会儿笑逐颜开，一会儿又满脸愁云，摇着头，不同意他说的什么话。她的一双眼睛，忽儿闪亮，忽儿发黑，恰似月色下湍急的溪水底下的石子。分手的时候，她总是频频回顾，不断地摇头叹息。

这之后，塔纳巴伊一路上便陷入沉思。他松开缰绳，于是溜蹄马就随心所欲、自由自在地小步跑着。马鞍上好像没有主人似的；无论是他，无论是马，好像都出神入化了似的；好像歌声也是自然流露似的。轻轻地，含混地，伴随着古利萨雷富有节奏的马蹄声，塔纳巴伊在哼着歌子，唱着先人们的痛苦和忧伤。而溜蹄马，选了一条熟悉的小径，驮着他，涉过小河，进了草原，回到马群那里……

古利萨雷喜欢主人这时的心情，它按照自己独特的方式也喜欢这个女人。它能认出她的体态，认出她走路的姿势，凭它灵敏的嗅觉，甚至能闻出她身上散发出来的那股奇异的花香——那是丁香花的香味。她的脖子上挂着一串用干丁香花芽穿起来的项链。

“你瞧，它多么喜欢你，贝贝桑。”塔纳巴伊对她说，“你好好摸摸它，多摸摸。瞧，它竖着耳朵听着呐。简直像头牛犊子。有了它，现在马群不得安生了。你要是放任不管，它就跟公马咬架，像狗似的。现在只好把它骑出来，我都担心，会不会伤了它的筋骨。还太娇嫩呢。”

“是呀，它倒是喜欢的。”她若有所思地回答说。

“你是想说，旁人不喜欢？”

“我不是这个意思。现在我们都不是那种谈情说爱的年龄了。我挺可怜你。”

“那是为什么？”

“你不是那种人。往后你会痛苦的。”

“那你呢？”

“我算什么？——一个大兵的老婆，寡妇。而你……”

“我，是监察委员。这会儿路上碰见了你，有几件事向你调查调查。”塔纳巴伊想开个玩笑。

“你怎么老是在调查情况呢，小心点儿。”

“哎，我这又怎么啦？这不是——我走我的路，你走你的路。”

“我是走我的路，咱们俩走的不是一条道。好吧，再见了。我没工夫。”

“你听着，贝贝桑！”

“什么呀？别这样，塔纳巴伊。何苦呢？你是聪明人。没有你，我已经够受的了。”

“怎么啦，我是你的仇人还是怎么的？”

“你这是跟自己过不去。”

“怎么理解呢?”

“随你的便。”

她走了,而塔纳巴伊骑着马在大街上走着,装成去什么地方办事的样子。他拐个弯,朝磨坊或学校的方向走去,兜了个圈子,又回到了原来的地方,为的是哪怕能远远地再看望一番。看着她从婆婆家走出来(上工的时候,她把女儿放在那里),牵着小姑娘的手,朝村子尽头的家院走去。她身上的一切,包括她那种竭力不朝他这边张望、径直走路的样子,她那黑头巾下白净净的脸,她的小闺女,还有旁边跑着的小狗,——所有这一切,他都感到无比的亲切。

最后,她进了院子,消失不见了。这时候,他才朝前赶路。一路上他想象着:她如何开了门,进了空荡荡的家,如何脱下破旧的棉外套,只穿一件连衣裙跑去打水,如何生了火,给小姑娘梳洗、喂饭,如何从牛群里接回母牛,最后,到了夜里,如何孤单单地躺在黑漆漆的、冷清清的屋里,反反复复地说服自己,也说服他:他们两人无法相爱,他是个拖家带口的人,在他这样的年龄还爱上别人未免可笑,什么事情都得适可而止,他的妻子是个好人,所以更不应当使她的丈夫再为别的女人烦恼。

塔纳巴伊思绪万千,很不自在。“看来,命中没有缘分。”他思忖着,凝视着河那边烟雾缭绕的远方。他哼起一支支古老的曲子,把那些烦心的事:农庄啦,孩子们的衣服鞋子啦,朋友仇人啦,已经好几年不讲话的哥哥库鲁巴伊啦,还有那偶然梦见、但总要出一身冷汗的战争啦——把这人世间的一切烦恼,统统抛到脑后。他暂时忘记了他经受过的一切,以致他都没有觉察到,马正在浅滩上涉水过河,等上了岸,重又奔跑起来。一直到溜蹄马感到近处的马群,加快了步子飞跑的时候,塔纳巴伊这才回过神来。

“驾！古利萨雷,你这是往哪儿跑?!”塔纳巴伊如梦初醒,便抓紧了缰绳。

五

不管怎么说,那个年头无论对塔纳巴伊,还是对溜蹄马来说,都是黄金时代。一匹千里驹的名声,不下于一个足球健将的荣誉。昨天的毛孩子,成天在后院追着足球,今天忽然间变成了天之骄子,变成了行家议论的中心,群众欢呼的对象。只要他能命中球门,他的声誉便与日俱增。后来,他渐渐退出球场,最后被彻底遗忘。而首先把他忘记的,往往是欢呼声喊得最响的人。一代球王终于让位于后起之秀。一匹千里马出名的过程,也是如此。当它在比赛中独占鳌头时,它声名鹊起。唯一的差别也许只在于:马是无人忌恨的。马是不会嫉妒马的,而人,谢天谢地,还没有学会忌恨起马来。尽管,怎么说好呢?——有了嫉妒心,就会不择手段。真有这样的情况:有人嫉妒心太重,为了报复,竟把钉子钉到对方马的蹄子里。哎哟,这可是恶毒透顶的嫉妒心肠！……不过,这事且由它去吧！……

托尔戈伊老汉的预言实现了。这一年的春天,溜蹄马像颗明星,一跃而起。男男女女,老老少少,所有的人都异口同声:“古利萨雷!”“塔纳巴伊的溜蹄马!”“咱们村的宝贝！”……

而那些拖鼻涕的娃娃们，还没有学会发“P”这个卷舌音呢，个个学着溜蹄马飞跑的架势，在尘土飞扬的大街上奔来跑去，争先恐后地直嚷嚷：“我是古利萨雷！”“不，我是古利萨雷！”“妈妈，你说，我是古利萨雷！”“驾，冲啊！哎——我是古利萨雷！”……

什么叫荣誉，它有多大的威力，这点溜蹄马是在它参加第一次赛马时才有所了解的。那天正是五一节。

群众大会之后，在河边的大片牧场上举行各种竞技比赛。无数的人群，或步行，或骑马，从四面八方汇集起来。有的是从邻近的国营农场来的，有的是从山里来的，有的甚至是从哈萨克斯坦赶来的。哈萨克人把他们的骏马排成一溜，让大家观看欣赏。

大伙儿都说，像这样盛大的节日，在战后还是头一回哩。

一大早，塔纳巴伊就给古利萨雷备上马鞍，特别仔细地检查了马肚带，又试了试马镫系得是不是结实。溜蹄马从他的闪光的眼睛和颤抖的双手，预感到即将发生非同寻常的事情。主人显得十分激动。

“喂，古利萨雷，给我留神点，不许有错！”他一边给古利萨雷梳理着马鬃和额发，一边小声地叨叨，“你听着，可不要给自己丢脸！你听着，咱们没有这个权利！”

人们吵吵嚷嚷，跑来跑去，在这种激动不安的气氛中，感觉出人们热切期待的心情。邻近的几处放牧点上的牧民们，早已备好了自己的坐骑。野小子们也都上了马，大声喊叫着，在四周穿梭似的跑来跑去。随后牧民们从四处集合拢来，一齐向河边拥去。

牧场上人欢马叫，古利萨雷困惑不解。河面上空，牧场上空，河滩地两旁的小山包上空，回响着一片笑语喧哗。那些五颜六色的头巾和衣裙，那些鲜红的旗子，那些雪白的妇女头饰，弄得古利萨雷眼花缭乱。所有的马都备上了最精巧的马具。马镫铿锵作响，马嚼子和马脖子上的小银铃清脆悦耳。

驮着骑手的群马，在队列里拥挤着，急躁不安地倒换着蹄子，刨着泥地，跃跃欲试。几个老人——大会的裁判，在圆场上显示着矫健的骑姿。

古利萨雷感到，它的心情越来越紧张，全身的力量与时俱增。它觉得周身火烧火燎似的，而要摆脱这种状况，就得立即冲进场地，飞奔而去。

当裁判发出进入场子的信号，塔纳巴伊便松开缰绳。溜蹄马载着他飞到场子中央，打了个盘旋，不知往何处奔跑。两旁的人群里响起一片喊叫声：

“古利萨雷！古利萨雷！……”

凡是参加这次赛马的人，都出场了。不下五十多名骑手。

“请求人民的祝福！”大会的总指挥庄严地宣布。

剃着光头、额上缠着手巾的骑手们举起五指伸开的双手，在夹道欢呼的人群中间走过。于是从队伍的这头到那头，响起了异口同声的祝福声：“阿门！”于是几百双手举到额头，随后，手心贴着脸面，像一股股山涧似的落下来。

这之后，骑手们扬鞭抖缰，飞驰而去，奔向设在九千米开外的起跑处。

与此同时，场地上开始表演各种竞技：徒步的人跟骑手角斗，骑手摔跤，跑着马捡起地上的硬币等等。不过这些都只是开场锣鼓，好戏将在骑手们飞驰而去的地方开始。

古利萨雷在途中急躁不安起来，它不明白为什么主人老是勒住缰绳。周围的马欢蹦乱跳，神气活现。马是那么多，而且全都在飞奔疾驰，溜蹄马不禁勃然大怒，急得它全身颤动起来。

最后，所有的马头挨着头在起跑线上排成一行，裁判纵马在队列的正面从这一头跑到那一头，然后举起一条白毛巾。大家屏住气息，兴奋激昂，严阵以待。手上的毛巾挥了一下。群马立即冲了出去。古利萨雷精神大振，跟随着也猛冲前去。急骤的马蹄，像千百个鼓槌，擂得大地咚咚作响，扬起了滚滚烟尘。在骑手们的呐喊声和吆喝声中，群马都舒展开四肢，疯狂地疾驰起来。只有古利萨雷，因为不会跃步大跑，还是用它那溜蹄马的步式跑着。这是它的弱点，也是它的力量所在。

开始的时候，所有的马都挤在一起，但几分钟后渐渐拉了开来。古利萨雷对此毫无觉察。它只看到一些跑得飞快的马已经赶过了它，跑到前面的大路上去了。马蹄下飞迸出来的发热的碎石子和一块块干泥巴纷纷打到脸上。四周，群马在飞腾，骑手在呐喊，皮鞭在呼啸。升起了团团烟尘，越聚越多，像朵朵云彩在地面上空飞扬。空气中散发着浓浓的汗味、靴油味和马群践踏后的艾蒿的气味。

就这样差不多跑了一半的路程。溜蹄马的前面还有十几匹马在飞奔,那种快速,是它望尘莫及的。在它身旁渐渐安静下来:不少马落在后头了,但是,还有马在前面遥遥领先,而缰绳又老是不让它自由奔腾,这使得溜蹄马狂暴异常。由于恼怒,也由于疾风,它的两眼发黑,道路飞一般地在脚下消失,太阳像个徐徐下落的火球,迎面滚动。热汗湿透了全身,溜蹄马出的汗越多,便越感到轻松自如。

终于,那些跑马感到有些累了,渐渐放慢了速度,而溜蹄马才刚刚来劲。“驾! 古利萨雷,驾!”它听到主人的声音,于是太阳在它面前滚动得更快了。在它眼前,闪过一张张被赶上又被甩在后面的、气得扭歪了的骑手的脸,一根根在空中飞舞的马鞭,一个个龇牙咧嘴、气喘吁吁的马头。刹那间,马勒和缰绳失去了控制,古利萨雷不再感到鞍子和骑手的存在——它周身燃烧着一股想腾云驾雾的烈火。

在它前面始终有两匹飞马并驾齐驱,一匹马青灰色,另一匹火红色。两匹马各不相让,风驰电掣般地跑着,身后不断响着骑手们的叫喊声和马鞭的呼啸声。这是两匹强劲有力的跑马。古利萨雷久久地追赶着它们,只是到了一段上坡路时才终于超了过去。它飞身跃上一个小山包,仿佛蹿上一个高高的浪峰,瞬息间它轻似鸿毛,凌空飞腾。它感到喘不过气来,阳光明晃晃地更加刺眼,于是它飞一般地冲下坡去,但很快就听到身后追赶的马蹄声。那青灰马和火红马并不服输,它们从两边同时追了上来,紧紧挨着它,再也不落后一步了。

就这样,三匹马飞速前进,头挨着头,变成了一个整体的运动。古利萨雷仿佛觉得，它们此刻根本不是在飞跑，而是处在某种奇异的、失去知觉、失去音响、停滞不动的境况之中。甚至可以看清楚身旁两匹马的眼神，它们紧张得拉长了的脸，紧紧咬住的嚼铁、笼头和缰绳。青灰马目光凶悍、固执；而火红马激动异常，它的目光犹豫不定地朝两旁转溜。正是它头一个开始落后了。先是它略带愧色的迷惘的眼神消失了，随后它的脸、它的一对胀鼓鼓的鼻孔隐没了，最后连马也不见了。而青灰马也渐渐落后了，它紧紧追赶着，显得更加痛苦，为时更长。它仿佛在狂奔中正渐渐死去，它的眼睛由于无能为力，由于恼恨，渐渐发直。它还是落后了，尽管始终不愿认输。

当劲敌被甩在后头，仿佛呼吸也感到轻快些了。而在前面，已经现出了银光闪闪的河湾，绿茵如毯的草地，从那里隐约传来了人群的吼叫声。那些最最卖劲的拉拉队员们原来早已在路旁等着了。他们骑在马上，大声喊叫着“加油！加油！赶上！赶上！”在路旁飞跑。这时刻溜蹄马突然感到一阵虚弱。还有一段距离。后头怎么样，是否还有马在追赶——这一点，古利萨雷已经一无所知了。它感到再也跑不动了，它没有一点气力了。

但是在前面，人声鼎沸，人头浮动，那些骑马的、不骑马的人们已经挥动着袖子迎面奔跑过来，喊叫声越来越近，越来越响了。忽然间，溜蹄马清清楚楚听到人们在叫：“古利萨雷！古利萨雷！古利萨雷！……”于是古利萨雷像吸进空气那样，把这些叫喊声、赞许声和欢呼声都吸进了体内。它精神为之一振，带着这股新的力量，向前猛冲过去。嗨，人哪，人哪，什么样的奇迹是人所不能创造的呵！……

在经久不息的喧哗声中，欢呼声中，古利萨雷跑过了闹哄哄的欢迎者的夹道，然后它放慢步子，在牧场上兜着圈子。

且慢，这还没有完。此刻，无论是古利萨雷，还是它的主人，都身不由己了。当溜蹄马稍稍缓过气来，安静下来，人群从四面八方蜂拥而来，把胜利者团团围住。于是，重又响起了一片欢呼声："古利萨雷！古利萨雷！古利萨雷！"与此同时，也响起了它主人的名字："塔纳巴伊！塔纳巴伊！塔纳巴伊！"

人们还为溜蹄马准备了出色的接待场面。威风凛凛的、腾云驾雾似的古利萨雷被带上一处高台。它，昂首挺立，双目炯炯发光。溜蹄马在一片赞美声中如痴如醉，它时而扬鬃舞尾，时而侧身迈步，那架势，仿佛要腾空而起，再一次纵情驰骋。它知道，此刻它英姿勃勃，矫健剽悍，而且名声赫赫。

塔纳巴伊骑在马上，以胜利者的姿态，举起五指伸开的双手，绕着人群，各处转悠。于是从人群的这头到那头，重又响起异口同声的祝福声："阿门！"又是几百双手举到额头，随后手心贴着脸面，像一股股山涧似的落下来。

这当儿，在数不清的人群中间，溜蹄马忽然看到了那个熟悉的女人。当她的手掩面而下时，古利萨雷一下子就认出她来，虽说这回她头上系的不是那块小小的黑头巾，而是一块白披巾。她站在人群前头，那样容光焕发，那样喜气洋洋，一双眼睛，如同阳光下急流中的石子闪闪发亮，一眨不眨地瞅着他们。古利萨雷习惯地朝她的方向探过身子，想在她身旁待上一会儿，好让主人跟她交谈几句，好让她用那双美妙的手——如同那匹额际有颗星星的小红马的嘴唇那样柔软的敏感的手，蹭蹭它的鬃毛，搂搂它的脖子。可是不知为什么，塔纳巴伊却拉了一下缰绳，转向别处。溜蹄马又探过身来，朝她走去。简直不明白主人的心思。难道主人没有看到，这里站着那个女人，他，主人，不是该跟她聊上几句的吗？……

第二天，五月二号，同样是古利萨雷的节日。这一天中午，草原上举行一种别开生面的足球赛——叼羊比赛。队员人人骑着马，不过争夺的不是足球，而是一只无头的死羊。山羊的毛又长又结实，所以骑手们很容易从马上抓住羊腿或者羊皮。

草原上重又响起祝福声。大地重又响起擂鼓般的轰隆声。一大帮热心的拉拉队员骑在马上狂呼乱叫，围着那些参加抢羊比赛的骑手们奔来跑去。而古利萨雷再次成了这一天的主角。这一回，由于它名声在外，一上场就成了争夺中的劲敌。但是，塔纳巴伊体惜它的精力，准备待到比赛结束时，到“阿拉曼”时，才让它使出全部劲来。因为到那时将宣布自由争夺开始——谁灵活，快速，谁就可以把山羊拖回自己的村里。大伙儿都盼着这“阿拉曼”，因为这是整个大会的压轴戏，另外，任何一个骑手都有权参加，谁不想碰碰自己的运气呢。

五月的太阳，这时已沉落到远方的哈萨克斯坦那边去了。那太阳，像个大蛋黄似的，圆鼓鼓的，混沌沌的，甚至不用眯缝起眼睛，就可以直直地看着它。

黄昏以前，吉尔吉斯人和哈萨克人一直飞跑不息。骑手们在马上探身向下，抢起死羊来。他们穷追猛赶，你争我夺，一会儿乱哄哄地扭成一团，一会儿呐喊着，朝原野上四散奔去。

直到草原上跳动着长长的五光十色的影子，老人们最后决定"阿拉曼"开始。死羊被扔进场内。"阿拉曼！……"

骑手们从四面八方冲向死羊，挤成一堆，谁都想从地上抢起死羊。但是太挤了，要捡起羊来却不那么简单。马都气得龇牙咧嘴，像发了疯似的乱转着，撕咬着。古利萨雷在这场争夺战中一筹莫展。它多想立即飞到开阔的草原之上，但塔纳巴伊却怎么也抢不着山羊。骤然，响起一声刺耳的尖叫："截住，哈萨克人抢着了！"只见从骑者的圈子里，冲出一个哈萨克小伙子，骑着一匹野性勃发的红鬃马，身上的一件军便服已经撕破了。他猛冲开去，一手拽紧死羊，并用脚镫夹住。

"截住！截住红鬃马！"大伙儿喊叫着，穷追猛赶起来，"快，塔纳巴伊，眼下只有你能追上他了！"

马镫下挂着晃荡的山羊，哈萨克人纵马朝太阳落山的方向疾驰。仿佛是，再过片刻，他就会飞进这个烧得通红的太阳，化作一股红色的烟雾。

古利萨雷真不明白为什么主人老勒住缰绳。但是塔纳巴伊心里清楚，必须让这位哈萨克的神骑手既要甩开后面追逐的人群，又要远离赶来帮忙的哈萨克老乡们。一旦他们的飞骑团团围住红鬃马，那么再费多大的劲，也都无法夺下这头已经失了手的山羊了。只有单独跟他角斗，可能还有成功的希望。

塔纳巴伊看准时机，让溜蹄马全速飞奔。古利萨雷的整个身子贴着地面，那大地似乎要撞上落日了。于是，后面的马蹄声和呐喊声一下子落后了，远去了，而跟红鬃马的距离越来越缩短了。那马，因为载着重物，所以赶上它并不怎么困难。塔纳巴伊拨过溜蹄马，转到红鬃马的右侧。因为死羊由骑手的腿夹着，正挂在马的右侧。瞧，两匹马已经并驾齐驱了。塔纳巴伊从马鞍上弯下身来，想拽住羊腿，把羊夺过来。但是哈萨克人敏捷地把战利品从右侧一下扔到左侧。两匹马继续朝太阳的方向飞奔。此刻，塔纳巴伊得稍稍放慢速度，以便从左侧靠上去。很难驾驭溜蹄马，让它离开红鬃马，但最后还是巧妙地绕了过去。可是这个穿着破上衣的哈萨克人又把死羊扔回到原来的一侧。

“好小子！”塔纳巴伊火辣辣地大叫一声。

两匹马继续朝太阳的方向飞驰。

再不冒险就不行了。于是塔纳巴伊把溜蹄马紧紧地贴近红鬃马，自己扑过去趴到对方的鞍鞒上。那人想挣脱开去，但是塔纳巴伊死活不放。溜蹄马的速度和灵巧使他差不多躺在红鬃马的脖子上了。他从右侧行动很是得劲，他腾出双手，够着了死羊，使劲拽将过来。一下子，他就把山羊夺过一半了。

“抓紧了，哈萨克老弟！”塔纳巴伊喊了一声。

“胡扯！老乡，我不放！”那人回答。

于是开始了一场飞马上的争夺。两人扭成一团，犹如两只雄鹰撕食一只猎获物；他们声嘶力竭地喊叫着，像猛兽似的咆哮着，怒吼着，互相恫吓着；他们的手掐在一起，指甲里都渗出鲜血来了。扭成一团的骑手把两匹马紧紧连在一起，它们并蹄狂奔起来，像是急急地去追赶那如血的残阳。

感谢我们的祖先，给我们的骑手们留下如此剽悍的竞赛！

此刻，死羊落在他们中间。他们在两匹飞骑中间悬空拽着它。好戏快要收场了。双方已经不再出声，只是咬紧牙关，使出全身力气，死命拽着山羊，都想抢过来，夹到自己的腿下，然后挣脱出来，飞速跑开。哈萨克人年轻力壮，他的一双大手，十分有劲。另外，比起塔纳巴伊来，他到底要年轻得多。但是经验，这是无价之宝。塔纳巴伊出其不意，从马镫中抽出右脚，顶住红鬃马的腰部。他把山羊使劲往身边一拽，同时用脚猛蹬对手的马，于是那人的手慢慢松开了。

“坐稳了！”得胜者又及时警告了对方。

这一蹬，塔纳巴伊差点没有飞下鞍来，但他还是稳住了。欢呼声脱口而出。他让溜蹄马来个急转弯，猛跑开去，把决斗中夺来的当之无愧的战利品紧紧夹在马镫下面。而迎面已经有一大帮狂呼乱叫的骑手们飞奔过来。

“古利萨雷！古利萨雷抢着了！”

一大群哈萨克人冲上来重新争夺。

“哎！截住塔纳巴伊，逮住他！”

此刻最要紧的是避开再次争夺，让本村人赶紧把他围在中间，掩护起来。

塔纳巴伊又一次掉转马头，甩开哈萨克人，跑向另一方去。“谢谢你，古利萨雷！谢谢你，好样的！”他心里默默地感谢着溜蹄马。因为古利萨雷就着身子的细微的倾斜，忽东忽西地飞奔着，每回都躲开了后面的追逐。

差不多贴近地面，溜蹄马又来了个急转弯，从一处很难拐的地方冲了出来，径直向前飞奔而去。这当儿，塔纳巴伊的本村人飞驰过来，在他的两侧摆开，又堵住了他的后路，紧紧地围成一团，一起飞逃开去。可是，追赶的人马又截住了去路，又得掉转方向，又得飞跑开去。一群群你追我赶的骑手们，恰似一群飞雁忽然间扑腾着翅膀急速而下，在广阔的草原上飞驰着。四野里扬起团团尘埃，回响着阵阵喊叫声。有的连人带马摔倒了，有的从别人的头上一跃而过，有的一瘸一拐地去追赶自己的马匹——但是无一例外，个个兴高采烈，精神抖擞。比赛中谁也不用承担责任。本来嘛，冒险与勇敢，原本是一对孪生兄弟……

落山的太阳只露出个边缘，天快断黑了。但是，“阿拉曼”在颇有凉意的苍茫暮色中继续进行，飞奔的马蹄把大地擂得打战。此刻，已经没有人再喊叫了，已经没有人再追赶了。但是，沉溺于狂奔疾驰的骑手们，仍然在继续驰骋。散成一线的飞骑，伴随着万马奔腾的节奏和乐声，像一排乌黑的波浪，从一个山包冲上另一个山包，滚滚向前。是否此情此景才使得骑手们个个全神贯注，默默无语呢？是否此情此景才产生了哈萨克的冬不拉①和吉尔吉斯

---

① 哈萨克民间弦乐器，形状像半个西瓜加上长柄，有四根弦。

的科穆兹①那低沉呜咽的琴声呢？……

已经快到河边了。河面在一片黑乎乎的灌木丛后面闪着幽暗的银光。离河已经不远了。过了河，进了村，比赛就结束了。塔纳巴伊和他四周的骑手还是紧紧地挨在一起飞奔。古利萨雷被围在中间跑着，如同护航舰簇拥下的主力舰一般。

但是古利萨雷已经累了，已经累极了：这一天过得太艰难了。溜蹄马已经精疲力竭，它身旁的两个神骑手紧紧抓住它的马勒，不让它倒下。其他的人在后边，在两侧掩护着塔纳巴伊。而塔纳巴伊已经趴到横在马鞍前的山羊身上了。他的头东歪西倒的，他好不容易才支撑住，没有从马鞍上掉下来。此刻，如果没有旁边护卫的骑手，无论是他本人，还是他的溜蹄马，都已寸步难行了。可能，在从前，人们带着捕获物逃走时的情景就是这样；可能，人们去抢救被俘的受伤的英雄时就是这样……

瞧，河到了。瞧，那牧场，那宽宽的砾石浅滩，在夜色中已经隐约可见了。

骑手们飞马冲进水里。河水像开了锅，立即变混浊了。黑乎乎的水花四下飞溅，马蹄声震耳欲聋，骑手们忙把溜蹄马拉上岸来。结束啦！胜利啦！

有人从塔纳巴伊的马鞍上拖下死羊，跑进村子。

哈萨克人停在河对岸。

“谢谢你们参加了赛马！”吉尔吉斯人向他们喊道。

---

① 吉尔吉斯的一种民间弹拨乐器。

“祝各位身体健康！咱们秋后再见！”他们回着话，随后掉转马头，回去了。

天已经完全黑了。塔纳巴伊正在人家做客，而溜蹄马同别的马一起拴在院子里的马桩上。古利萨雷从来没有像今天这样疲累不堪，也许只有驯马的第一天有那么点儿劲头。不过与今天相比，那就算不了一回事了。这时候，屋子里正七嘴八舌地议论着它呢。

“来，塔纳巴伊，咱们为古利萨雷干一杯。要没有它，咱们今天可赢不了。”

“是啊，那匹红鬃马壮实得像头狮子。小伙子也挺有劲，将来准是他们的神骑手。”

“这没错。直到现在我都忘不了，古利萨雷为了不让人截住，像根草似的贴着地面飞跑。瞧那情景，叫人连大气都不敢出。”

“那还用说。要在从前，勇士们骑上它，敢单骑入阵，袭击敌人。那不是普通的马，那是神话中的踩风驹。”

“塔纳巴伊，你打算什么时候放它去找母马呢？”

“眼下它就跟在母马的屁股后头转了。还早了点。到明年开春，正是时候。今年秋天，我得好好放放它，养得它膘肥体壮……”

喝得醉醺醺的人们坐了很久很久，回想着白天“阿拉曼”的详情细节，历数着溜蹄马的种种长处。而古利萨雷站在院子里，因为汗出得太多而唇干舌燥，不得不咬着嚼环。它非得饿到天明。但此刻倒不是饥饿在折磨着它。它只觉得肩背酸疼万分,腿好像不是自己的了,蹄子烧得火辣辣的,而脑海里却一个劲地响着赛马时的嗡嗡声。它仿佛听到骑手们还在呐喊,仿佛觉得群马还在后头追赶。它不时打着寒噤,虽然打着呼噜,却一直警惕地竖起两只耳朵。真想到草地上躺上一会儿,或者到牧场上跟马群一起散散心,游荡一番。可是主人却被人留住了。

不久,塔纳巴伊摇摇晃晃地从黑暗中走了出来。他身上发出一股强烈的辛辣的气味。这在他是少有的情况。一年之后,溜蹄马不得不跟另一个人打上交道,此人可是一天到晚发出这种气味。它恨死了那个人,恨死了那种讨厌的气味。

塔纳巴伊走到溜蹄马跟前,拍拍它的脖子,把手伸进鞍垫下摸了摸,说:

“凉了一点儿了吧?累了吧?我也是他妈的累死了。你别斜着眼睛瞧人,我是喝了点酒,那是为了祝贺你。是节日啊。再说,喝得也不多。我的事,我心里有数。这点,你可注意。就是在战场上,我也知道分寸。得了,古利萨雷,你别斜着眼睛瞧人。咱们马上就回马群那里去,好好歇上一歇……”

主人紧了紧马肚带,跟屋子里出来的人又交谈了几句。大家翻身上马,各自回家去了。

塔纳巴伊在沉睡的山村街道上策马独行。四野里寂静无声。窗户都黑了。隐隐约约传来田野上拖拉机的隆隆声。一轮明月已经高高地悬在群山之巅,各处的花园里盛开的苹果树沐浴在洁白的月色之中。什么地方有只夜莺在婉转歌唱。不知什么原因,夜莺孤零零地独自啼叫,歌声在整个村子上空回荡。它歌唱着,又细心聆听着自己的歌喉。歌声戛然而止,过不多久,夜莺重又开始啼鸣。

塔纳巴伊勒住了溜蹄马。

“真美!”他大声叹道,“多静哪！只有夜莺在啼叫。你懂吗,古利萨雷,啊？你急着想回马群,而我……”

他过了打铁铺。从那里本该走村子最外头的一条街折到河边,再从那里回到放牧马群的驻地。但是,主人不知为什么掉转马头,朝另一个方向走去。他来到中间的一条街,走到街尽头,在住着那个女人的院子前面停了下来。跑出来一只小狗——就是那只跟小姑娘寸步不离的小狗。小狗叫了一声,就摇起尾巴来,不响了。主人在马鞍上默不作声,他在想着自己的心事。后来他叹了口气,犹豫不决地扯了扯缰绳。

溜蹄马便朝前走去。塔纳巴伊拐了个弯,下了坡,朝河的方向走去。等上了大路,就催赶起马来。古利萨雷早就想尽快回到牧场去了。马驮着他,沿着一片草地跑着。到河跟前了。马蹄嘚嘚,敲击着河岸。河水冰凉彻骨,哗哗作响。到了浅滩中央,主人突然间拉紧缰绳,猛地勒转马头。古利萨雷晃了一下脑袋,表示主人搞错了方向。他们没有必要再返回去。这么一来,还得走多久？但是主人没有理它,反给了它一鞭子。古利萨雷可不喜欢挨打。它气呼呼地咬着嚼环,很不乐意地服从了命令,朝后转过身来,驮着他重又走过草地,走上大路,又回到了那个院子跟前。

在院子前,主人又局促不安起来。他把马笼头忽儿往这边拉,忽儿往那边扯,叫你都弄不清楚,他到底要干什么。就这样,主人和它站在院子外头。其实,大门是没有的。所谓门,就是一个歪歪斜斜的门框子。小狗又跑出来,又叫了一声,又摇起尾巴来,不响了。屋里静悄悄的,黑乎乎的。

塔纳巴伊跳下马,牵着溜蹄马进了院子。他走到窗子跟前,用一个手指敲了敲玻璃窗。

“谁在外头?”里面传出了人声。

“是我,贝贝桑,你开开门。你听见了吗,是我!”

屋里点起了灯,于是窗子里透出昏暗的亮光。

“你干什么?都这么晚了,从哪儿来?”贝贝桑出现在门口。她穿着一身白衣裙,敞着领子,黑黑的浓发披在肩上。从她身上散发出一股温暖的气息,还有某种奇妙的花香。

“你别见怪,”塔纳巴伊小声说道,“赛马赛得太迟了。我累了,马也乏得要命了。马得好好歇上一歇,可牧场太远了点,这你也知道。”

贝贝桑默不作声。

她的一双眼睛忽然闪亮了一下,随后又熄灭了,如同月光下急流里的石子。溜蹄马盼着她走过来搂搂它的脖子,但是她没有这样做。

“真冷,”贝贝桑抽缩了一下肩膀,“噢,你站着干什么?进来吧,既然是这样的话。咳,你呀,亏你想得出来。”她轻轻地笑了,“瞧你在马上那副局促不安的为难劲,叫人心里也不好受呀!瞧你像个孩子似的!”

“我马上就来。先把马给拴上。”

“拴在那边土墙的角落里。”

主人的手从来没有抖得这么厉害过。他慌里慌张地摘下马嚼子,费了不少工夫折腾着马肚带:松了一边的带子,另一边的却给忘了。

他跟她一起进了屋,不久,窗里的灯光熄灭了。

站在别人家的院子里过夜,这对溜蹄马来说,实在很不习惯。

月色正浓。古利萨雷举目朝院墙上头张望,它看到夜幕中高耸的群山,沉浸在一片乳白色的、蓝幽幽的月光之中。它警觉地转动着耳朵,细心谛听着动静。灌渠里的水,淙淙作响。远方的田野里传来拖拉机的隆隆声,不知谁家的花园里,还是那只孤独的夜莺在啼啭。

从邻居家的苹果树上纷纷落下的白色花瓣,悄没声息地落在马头上,马鬃上。

天色微微有点亮了。溜蹄马倒换着蹄子站着,把身子的重量时而支在这条腿上,时而挪到那条腿上。它站着,耐心地等着主人的到来。它当然不知道,往后它还得在这个院子里站上好多次,度过短暂的黑夜,一直等到天明。

天蒙蒙亮时,塔纳巴伊走出屋来,一双暖乎乎的手给古利萨雷套上了笼头。这时刻,连他的手也散发出那股奇妙的花香来。

贝贝桑走出来送塔纳巴伊。她依偎在他的胸前,而他便长时间地吻着她。

“胡子扎人,”她小声低语,“赶紧走吧,瞧,都天亮了。”她转过身,准备进屋去。

“贝贝桑,你上这儿来!”塔纳巴伊叫她,“听着,你得搂搂它,跟它也亲热亲热。”他朝溜蹄马点头示意,“往后,你可不能委屈了我们两个!”

“啊,我都忘了,”她笑盈盈地说,“瞧,一身苹果花。”她一边喃喃地说着些亲切的话语,一边用那双奇妙的手抚摩着它。那手是那样柔软,那样敏感,如同那匹额际有颗星星的小红马的嘴唇一样。

过了河,主人哼起歌子来。随着他的歌声,走起来特别舒坦。真想快快跑回牧场,跑到马群中间。

在这些五月的夜晚,塔纳巴伊交上了好运。正好轮到他夜里值班。这样,溜蹄马就开始了某种夜间的生活方式。白天,它吃草、休息;到了夜里,主人先把马群赶到谷地,之后骑上它又朝那个院子急急跑去。一大清早,天还黑乎乎的,他像偷马贼那样,抄着那些无人觉察的草原小径,又急急奔回留在谷地的马群身旁。主人先把四散的马群赶到一起,点了匹数,这才安下心来。溜蹄马感到着实为难。主人急急忙忙两头来回跑着,天黑黑的,又没有路,每天夜里这么奔跑,可不轻松。可是主人却偏偏喜欢这么干。

古利萨雷盼的却是另一回事。要按它的心意,它最好一刻也不离开马群。它慢慢地思情了。原先它同那匹领群的公马和睦相处,可是后来,因为它们同时追逐一匹母马,它们之间的冲突就一天天频繁起来。溜蹄马不时伸长脖子,翘起尾巴,在马群面前弄姿作态。它响亮而婉转地嘶叫着,变得烦躁不安,时不时咬着母马的大腿。而那些母马,显然是喜欢它这么干的。它们都依恋着它,这引起了头马的醋意。溜蹄马大大地消瘦了，因为那匹公马又老又凶，是干架的能手。可是溜蹄马情愿烦躁不安，情愿躲着领群的公马，也比整夜站在别人家院子里强。在这里，它常常愁苦地思念着那些母马。它长时间地倒换着腿，踢着蹄子，只是到后来才慢慢安定下来。谁知道这样的夜间奔跑要持续多久，要不是发生了那桩事故的话……

一天夜里，溜蹄马照例站在院子里思念着马群。它在等着主人。慢慢地，它开始打起盹来了。马笼头上的缰绳高高地系在房檐下的一根木梁上。这样一来，它就无法躺下了：只要它的头一耷拉，嚼环就会掐进两边的嘴角。可它还是止不住地瞌睡。空气中十分沉闷，乌云布满了天空。

正当古利萨雷蒙蒙眬眬昏昏欲睡的时候，忽然之间，它听到树枝剧烈地摇晃，树叶哗哗作响，仿佛无数人突然袭来，在肆无忌惮地砍林伐木似的。狂风扫过院子，把一只空奶桶吹倒了，滚得咚咚直响。绳子上的衣服被掀起来，刮跑了。小狗哀哀尖叫，急得东奔西窜，不知何处藏身才好。溜蹄马气呼呼地打了个响鼻，竖起耳朵，屏住气息，一动不动地站着。它抬起头来，朝院墙上空张望。它聚精会神地凝视着可疑的越来越黑的夜空，盯着草原的方向张望，——某种阴森可怕的隆隆声正从那边滚滚而来。转眼之间，夜空像伐倒的林子一样噼啪乱响，雷声轰鸣，闪电把乌云撕成条条碎片。暴雨倾盆而下。溜蹄马像挨了重重的一鞭，扯着拴住的缰绳猛冲开去，绝望地嘶叫了一声，表达了对马群的担心。在它内心深处，激起了保护同类的本能。这种本能召唤它前往救援。于是它像发了疯似的，拼命扯着笼头，咬着嚼环，拽着鬃绳，竭力想摆脱掉把它死死地困在这里的种种束缚。它急得团团转，用蹄子刨着土，不停地嘶叫着，希望能听到马群的回应。但是只有暴风雨在呼啸，在怒吼。唉！要是此刻能够挣脱开这根拴着的缰绳，该有多好！……

主人穿了一件贴身的白衬衫冲出屋来，在他身后，是那个女人，也穿着一件白衣服。一眨眼的工夫，他们在暴雨下立即变成黑乎乎的了。在他们水淋淋的脸上，在他们惊恐万分的眼神里，掠过了蓝色的闪光，同时，在漆黑的夜空中闪现了一下房子的一角和被风吹得砰砰作响的大门。

"站住！站住！"塔纳巴伊冲着马吼叫起来，想给它解开绳子。但是那马已经认不出他来了。溜蹄马像头猛兽似的扑向主人，用蹄子猛踢着院墙，拼命想挣开绳子冲出去。塔纳巴伊紧贴着墙根，悄悄走到它跟前，朝它猛扑过去，双手抱住马头，把身子挂在笼头上。

"快解开绳子！"他向女人喊了一声。

她刚刚松开缰绳，溜蹄马已腾空直立起来，把塔纳巴伊拖着满院转。

"给鞭子，快！"

贝贝桑扑过去取鞭子。

"站住！站住！我打死你！"塔纳巴伊大声叫着，朝马头上狠狠地猛抽一鞭。他必须立刻上马，他必须立刻出现在马群之中。那里怎么样了？风暴把马群都卷到哪里去了？

溜蹄马同样想回到马群中去，听从大祸临头时它强烈本能的召唤,毫不耽搁,立即向那出事的地方飞去。正因为如此,它才昂首长嘶,才腾空直立;正因为如此,它才想冲出樊笼。而雨,倾盆而下,雷电交加,那霹雳惊雷,把惶惶不安的夜空震得发颤。

"抓紧了!"塔纳巴伊对贝贝桑命令道。趁她抓住马笼头的片刻,他纵身上马。他还没有来得及坐下,只是抓住了一把鬃毛,而古利萨雷已飞出院子,把那个女人撞倒在水洼里,还拖了一小段路。

古利萨雷已经不再听命于马勒、鞭子和主人的吆喝了。它自个儿穿过狂风怒吼的黑夜,顶着像鞭子一样的暴雨飞跑,只凭着它的嗅觉猜度着道路。它驮着此刻已无能为力的主人,冒着哗哗的雨水,伴着隆隆的雷电,越过汹涌的急流,穿过荆棘丛林,跃过沟壑深涧,它身不由己地向前飞跑,飞跑。在这之前,无论是赛马,还是"阿拉曼",古利萨雷都没有像在这个暴风骤雨的黑夜里那样狂奔疾驰过。

塔纳巴伊都记不清了,这匹恶魔似的溜蹄马怎么驮着他,又把他带到了什么地方。他只觉得雨像熊熊的火舌,灼伤着他的脸和身子。脑子里只有一个念头在打鼓:"马群怎样了?马都在什么地方?老天爷保佑,千万别冲到下游地带的铁轨上去呀。会翻车的!保佑我,真主!保佑我,祖宗的英灵!马群呀,你们在哪儿?别失蹄,古利萨雷!千万别失蹄!到草原上去,到草原上去,找马群去!"

而草原上,雷电交加,白色的火蛇顿时把黑夜照得透亮。而后,黑暗重又合上,雷电又在发狂。暴雨猛抽着疾风……

忽而电光刷刷，忽而一片漆黑；忽而电光刷刷，忽而一片漆黑……

溜蹄马不时腾空直立，张开嘴巴，厉声嘶鸣。它在呼叫，在召唤，在寻找，在等待。“你们在哪儿？你们在哪儿？答应一声呀！”回答它的是惊天的炸雷。于是它又继续飞奔，继续寻找，又一次穿进暴风骤雨……

忽而电光刷刷，忽而一片漆黑；忽而电光刷刷，忽而一片漆黑……

暴风雨直到第二天清晨才平息下来。乌云渐渐散去，但在东边的天际，雷声未息——还在轰隆轰隆长时间地响着。惨遭蹂躏的大地处处冒着青烟。

几个牧人在四围跑来跑去，搜寻着失散的马匹。

而塔纳巴伊的妻子正在找他。说得确切些，她没有找他，她只是在等着他。当天夜里，她同几个邻居一起，跨上马就赶来帮忙了。马群找到了，把它们轰进了一处深沟。而塔纳巴伊却不见人影。都以为他迷路了。可她心里明白，他是不会迷路的。后来当邻居的小伙子高兴地嚷起来：“瞧他，扎伊达尔婶子，他回来了！”并跑去迎他时，扎伊达尔都没有挪动一下步子。她在马上默默地看着这个浪子回头的丈夫。

塔纳巴伊一声不响，脸色吓人，只穿着一件水淋淋的衬衫，光着头，骑着在一夜之间消瘦了许多的古利萨雷回来了。溜蹄马的右腿微微有点跛。

“我们找遍您啦！”迎上来的小伙子高高兴兴地对他说，“扎伊达尔婶子都快急死啦！……”

哎,毛孩子,毛孩子……

“迷了路了。”塔纳巴伊含混地嘟哝了一声。

他和妻子就这样见面了。彼此没有说一句话。等那小伙子去峭壁下赶马群时,妻子这才悄悄说道:

“你怎么啦,连衣服都来不及穿。还好,总算还有条裤子,还有双靴子。不害臊吗?你可不是小伙子了。孩子都快成人了,而你……”

塔纳巴伊一声不响。他能说些什么呢?

这当儿,小伙子把马群赶来了。所有的马和马驹子都安然无恙。

“咱们回家吧,阿尔蒂克。”扎伊达尔叫过小伙子,“今天咱们两人的事儿就忙不完了。毡包都让风吹散架了。回去收拾去吧。”

她又压低嗓子,对塔纳巴伊说:

“你在这里先待一会儿。我给你送点吃的来,送几件衣服来。这副样子,怎么能见人呀?”

“我在底下等着。”塔纳巴伊点头说。

他们走了。塔纳巴伊把马群赶去放牧。赶了很长的时间。太阳出来了,天气暖和起来。草原上处处冒着热气,万物重又苏醒过来。到处散发着雨水的潮气和嫩草的清香。

马群不慌不忙地在山坡上,在洼地里懒懒散散地踱着。来到了一处小山包。塔纳巴伊举目眺望,仿佛眼前出现了另一个世界:远远的天际,抹着轻烟似的一片白云,天空一望无际,晴朗开阔,而在远处的草原上,一列火车在吐着白烟。

塔纳巴伊跳下马来,在草地上走着。“嗖”的一声,近旁一只云雀惊蹿而起,飞到空中,唧唧啾啾地叫起来。塔纳巴伊耷拉着脑袋,迈着步,忽然间扑倒在地。

古利萨雷从未见过主人这副样子。他,趴在地上躺着,肩膀在剧烈地抽搐。他失声痛哭:他羞愧,他悲伤。他心里明白,他失去了一生中最后的幸福。而云雀还是一个劲儿地啾啾叫着……

第二天,所有的畜群都动身上山了。直到来年开春,他们才能回到这个地方。他们沿着村子近处的河流和河滩地放牧。走过一群群的羊、牛、马。骆驼和马驮着什物走着,女人和孩子骑在马上走着,长毛蓬松的狗跑着。四野里一片嘈杂声:人的吆喝声,马的嘶鸣声,羊的咩咩声……

塔纳巴伊赶着马群,过了一片很大的牧场,然后上了一个小山包——就是那个不久前赛马时人们在这里狂呼乱叫的地方。他竭力不朝村子那边张望。当古利萨雷蓦地转身朝村头那个院子的方向走去的时候,它却挨了一鞭子。就这样,他们没有拐到那个女人家里,——她的那双奇妙的手那样柔软,那样敏感,如同那匹额际有颗星星的小红马的嘴唇一样……

马群欢蹦乱跳地跑着。

真想主人能哼起歌来,但他却没有吭声。村子落在后头了。再见吧,村子!前面是绵绵的群山在等着。再见吧,草原,来年开春再见!前面是绵绵的群山在等着。

六

临近午夜了。再往前,古利萨雷就走不动了。它一瘸一拐总算勉勉强强拖到了这里的峡谷,一路上走走停停,差不多歇了几十次。但要穿过这片峡谷,它实在无能为力了。老人塔纳巴伊也明白,对这匹马,他无权要求更多的东西了。古利萨雷痛苦地哼哼着,像人那样哼哼着。当它要躺下的时候,塔纳巴伊也就不再阻拦了。

古利萨雷躺在冰冷的地上,不停地呻吟,它的头来回晃动。它感到很冷,冷得浑身直打哆嗦。塔纳巴伊脱下身上的皮袄,盖在马身上。

“怎么样,你不好受了吧?不行了吧?瞧你都冻僵了,古利萨雷。你可从来没有这样过。”

塔纳巴伊嘟嘟哝哝唠叨了一阵,但是溜蹄马已经什么声音也听不见了。它的心仿佛跳到脑袋里去了。忽而憋住了,心跳中断了,忽而又喘过气来,那样震耳欲聋:怦怦怦,怦怦怦……就像马群为躲开追捕的人而狼狈逃窜似的。

一轮明月从山后升起,高高地悬挂在雾蒙蒙的天空。一颗流星无声无息地飞坠而下,随后熄灭了……

“你在这里躺一会儿,我去弄点枯树枝来。”老人说道。

他在近处来来回回走了好久,搜罗着去年的枯枝杂草。手上扎了许多刺,才弄到一抱柴火。他朝山谷底下走去;手里拿着一把刀以防万一。幸好在那里发现了几丛柽柳。他喜出望外:这下可以升起一堆真正的篝火了。

古利萨雷一向害怕近旁的火,可现在它不怕了。它突然闻到一股烟味,这才感到身子慢慢暖和过来。塔纳巴伊默默地坐在麻袋上,把树枝掺和着茅草往篝火上添,一边烤着手,一边看着火。有时站起身来,摆弄好盖在马身上的皮袄,之后,重又在火边坐下。

古利萨雷暖和过来了,不再打战了。但是眼睛里还是一片昏暗,心里憋得难受,还是喘不过气来。篝火忽而落下去,经风一吹,忽而又跳起来。坐在对面的老人——和它相处很久很久的主人,忽而不见了,忽而又出现在它的面前。昏昏沉沉的溜蹄马似乎觉得,仿佛它和主人还在那个暴风雨的黑夜里在草原上飞奔,它厉声嘶叫着,腾空直立,在寻找马群,可周围却没有马群。那白晃晃的火蛇忽而闪亮,忽而又熄灭了。

忽而电光刷刷,忽而一片漆黑;忽而电光刷刷,忽而一片漆黑……

七

冬天过去了,暂时过去了。它让牧民们感到,世上的日子并不是那么难过了。天气暖和起来,牲口就要长膘。奶啦,肉啦,吃不完。到了节日,又要举行赛马了。再就是,那种习以为常的生活——接羔,剪毛,照料羊羔子、牛犊子、马驹子,四出游牧放牲口。另外,每个人还有他的一摊子私事:生老病死,悲欢离合,为孩子们学得好而高兴,听到他们在寄宿学校的不快的消息而苦恼——说什么,还不如在村里学得好呢……这样的事还少吗,谁家的操心事不是一大堆。暂且把冬天的那些愁苦先撂下吧。什么饥饿啦,瘟疫啦,冰冻啦,还有那破破烂烂的毡房,冰窖似的牲口棚——让这一切统统留在报表和总结里,且待来年再说吧。等冬天突然到来——到时候再骑上白毛骆驼四出奔跑,管它是山沟沟,是草原,先把牧人找来,然后再对他发一通脾气。尽管这一切可以暂时忘怀,但是塔纳巴伊却记得清清楚楚。虽说是二十世纪了,可冬天却一如往常……

那时候,年年都是如此。一群群瘦得皮包骨的羊、马、牛下山来了,在草原上四处游荡。春天到了。总算把冬天熬过来了。

这年春天,古利萨雷领了一群母马。塔纳巴伊现在很少骑它,挺心疼它。再说,交配的季节快到了,也不兴这样干了。

看来,古利萨雷是匹出色的头马。它细心照料着那些毛茸茸的金马驹子,简直像它们的父亲一样。只要哪匹母马没有照看周到,它立即跑过来,不让小驹子摔倒了,或者离开了马群。另外,古利萨雷还有一个长处:它不喜欢无缘无故惊动马群。一旦出现什么情况,它立刻把马群赶得远远的。

这年冬天,集体农庄有些变化。上头派来了一名新的主席。乔罗交代完工作,住进区医院去了——他的心脏病犯得很厉害。塔纳巴伊一直打算去看看他的朋友,可哪儿脱得开身呢!牧人,就像拖了一大堆子女的母亲,成年累月操劳不息,特别到了冬天和春天。牲口可不是机器,可以电钮一按,自己开动的。就这样,塔纳巴伊竟没有去成区医院:没有顶替他的人。他的老婆算是他的帮手——总得挣点工资养家糊口。虽说一个劳动日值不了几个钱,但是两个人劳动,总比一个人挣得多些。

可扎伊达尔那阵子怀里还有奶娃娃,她如何替得了他呢?白天黑夜,都是他一个人放马。塔纳巴伊一直张罗着,准备同邻居商量换个工,这时候有消息说乔罗出院了,已经回村了。于是他和老婆决定,等下了山,两人再去看望他。可是当他们刚刚来到谷地,刚刚找了一块地方安了毡包,就发生了一桩事情,想起这事,塔纳巴伊至今无法平静……

溜蹄马的名声,真是祸福难测。名声越大,头头脑脑的人物眼红的就越多。

有一天,塔纳巴伊大清早就把马群赶出去放牧了,过后,才回来吃早饭。他怀里抱着小闺女坐着,喝着茶,和老婆拉扯着家务事。该去寄宿学校一趟看看儿子,顺便去车站附近的市场,到旧货摊上给老婆孩子买几件衣服。

"要这样的话,扎伊达尔,我还得把溜蹄马给套上。"塔纳巴伊端起茶碗,喝了几口,说,"要不然,就赶不回来了。我这是骑最后一趟,往后就绝不碰它了。"

"行了,你自己看着办吧。"她同意了。

外面传来一阵马蹄声:有人上他们这儿来了。

"瞧瞧去,谁来了?"他对老婆说。

妻子出去了。回来时说,是"养马场主任伊勃拉伊姆"来了,另外,还有一个什么人。

塔纳巴伊不快地站起身来,抱着女儿走出包去。虽说他不大喜欢这个养马场主任伊勃拉伊姆，不过，客人嘛，还得欢迎。至于说为什么不喜欢，塔纳巴伊自己也说不清楚。这个伊勃拉伊姆，人好像还随和，但跟旁人不同，总有那么点溜奸耍滑的。最主要的是，他啥事也不干，就知道三天两头来回统计他那些牲口的头数。养马场根本谈不上什么正正经经的繁殖良种的工作，只是让每个牧马人各管各的一摊子事，主任从不过问。在党员会上，塔纳巴伊不止一次提起过这种情况，大家都没有二话，连伊勃拉伊姆本人也同意，甚至对批评意见还表示感谢。可情况却依然如故。亏得乔罗亲自挑选的马倌都是些办事认真的老实人。

伊勃拉伊姆翻身下马，彬彬有礼地把双手一摊。

“您好，掌柜的！”——他把所有的马倌都叫掌柜的。

“你好！”塔纳巴伊敷敷衍衍地搭着腔，握了握来人的手。

“日子过得不赖吧？家里人都好吧？马群怎么样？塔纳克，您本人怎么样？”伊勃拉伊姆一口气倒出了一连串倒背如流的问候，同时把肥颤颤的腮帮子一咧，做出一张司空见惯的笑脸来。

“都凑合。”

“谢天谢地。您的事，我是从来也不操心的。”

“到包里坐。”

扎伊达尔为客人们铺了一块新毡，毡上还放了一块特制的羊皮坐垫——这些，伊勃拉伊姆都注意到了。

“您好，扎伊达尔嫂子。您身体怎么样？对你家掌柜的侍候得不错吧？”

“您好！请上这边来坐。”

大家坐下了。

“给我们来碗马奶酒。”塔纳巴伊对老婆吩咐道。

大家喝着马奶酒，说东道西地闲聊起来。

“当前最最牢靠的，还算是畜牧业，——虽说到了夏天才有奶有肉。”伊勃拉伊姆大发议论，“瞧大田里或是别的作业队，可真是啥也没有。所以说，现在要抓住牲口不放。我说的对吧，扎伊达尔嫂子？”

扎伊达尔点了点头，而塔纳巴伊却一声没吭。这情况，他清楚，再说，这些话伊勃拉伊姆也不知叨叨过多少遍了。这位养马场主任，总是不放过任何机会宣扬一番，说什么畜牧业这一行如何如何吃香。塔纳巴伊真想顶他一下：好什么呀，要是人人都抓住有奶有肉的美差不放的话，那别的人会怎么样？到何年何月才能结束这种无报酬的劳动呢？难道战前是这种景况的吗？那时候到了秋天，家家户户都往回拉两三车粮食。可如今呢？男女老少都随身带个空袋子，好在外头捡点什么东西回来。自己种庄稼，可自己吃不着粮食！这好在哪儿呢？成天穷开会，瞎指挥，靠这个能撑多久！还不是为了这些事，乔罗把心都操碎了！现在，他除了对别人说几句宽心话外，连个劳动报酬都付不出。可是，要把这些憋在心里的话跟伊勃拉伊姆谈谈，那肯定是白费劲。再说，塔纳巴伊此刻也不想谈下去。最好立即把客人送走，套上溜蹄马，办完事好早点赶回来。他们干什么来了？当然也不便打听。

“我怎么不认得你呢，大兄弟？”塔纳巴伊对伊勃拉伊姆的同伴——一个年纪轻轻的，不爱多言语的小伙子说，“你是不是故去的阿巴拉克的儿子？”

“没错，塔纳克，我就是。”

“哦，日子过得真快！你这是瞧瞧马群来了？挺感兴趣的？”

“噢，不，我们……”

“他是跟我一块来的，”伊勃拉伊姆连忙打断他的话，“我们是办公事来的。这个，待会儿再说。你们的马奶酒，扎伊达尔嫂子，好极啦！味道特浓。来，再来一碗！”

大家重又闲聊起来。塔纳巴伊觉得不对味儿，可怎么也猜不透，伊勃拉伊姆这回找他有何贵干。末了，伊勃拉伊姆从口袋里掏出一张纸来。

“塔纳克，我们找您办件公事。瞧，这是公函。请看一下。”

塔纳巴伊不出声地、一字一顿地读着。读着读着，他简直都不相信自己的眼睛了。纸上龙飞凤舞似的写着几个大字：

马倌巴卡索夫：

将溜蹄马古利萨雷送交马厩，供坐骑用。此令。

农庄主席（潦草的签名）

1950 年 3 月 5 日

这个突如其来的事情，出乎塔纳巴伊的意料，他默默地把那纸折成四叠，塞进军便服上面的口袋里，垂下眼睛，坐了很长的工夫。胸口在隐隐作痛。本来，这事也说不上什么突然。他养马，就是为了日后把马交给别人使用——套车或者坐骑。这些年来，他给各个生产队送的马还少吗！但是要交出古利萨雷——这个他办不到！于是他急急地转着脑子，想办法怎样才能保住古利萨雷。该好好地动动脑筋。得让自己冷静下来。而伊勃拉伊姆开始有点不安了。

"瞧，就为这么件小事找您来了，塔纳克。"他小心翼翼地作了说明。

"好，伊勃拉伊姆，"塔纳巴伊心平气和地看了他一眼，"这事跑不到哪儿去。来，咱们再喝上几碗，再聊一聊。"

"好吧。当然啦，您是个通情达理的人，塔纳克。"

"通情达理！我可不上你花言巧语的当！"塔纳巴伊恼火起来，心里嘀咕道。

于是又开始闲聊起来。此刻，已经不必忙着赶路了。

就这样，塔纳巴伊第一次同新来的农庄主席发生了冲突。说得确切些，不是同他本人，而是同他那潦草得无法辨认的签名发生了冲突。至于农庄主席本人，塔纳巴伊还没有照过面呢：他来上任接替乔罗时，塔纳巴伊正在山里过冬。都说农庄主席挺厉害，一副大干部的架势。头一次会上，就来了个下马威，说什么：谁要是吊儿郎当，必定严加处分；谁要是完不成起码的劳动日，就请他吃官司。他还说，农庄的种种不幸就在于规模太小，现在得合并、扩大，不久的将来，情况必然要改观。说什么，正是为了这个目的，上级才派他到这里来，所以他的主要任务，就是要按照农业和畜牧业先进技术的各项规定，来进行经营和管理。为此，人人得参加一个农业小组或者畜牧小组进行学习。

真也如此，不久就组织好了学习——到处张贴起宣传画，也有人来讲课。至于说，不少牧民上课时打瞌睡，那就是他们自己的事了……

“塔纳克，我们该动身了。”伊勃拉伊姆带着挑衅的神色瞧了瞧塔纳巴伊，开始抻起翻下的皮靴筒，抖一抖、掸一掸自己的狐皮帽。

“是这样，主任，你告诉农庄主席：古利萨雷我绝不交出来。它现在是我这群马的头马，它得给母马配种。”

“哎哟哟，塔纳克，我们可以用五匹公马换它一匹，保证你的每一匹母马都不怀空胎。难道这也成问题吗？”伊勃拉伊姆感到很是吃惊。他本来挺满意，心想事情进行得很顺利，可冷不防……唉！要是对方不是塔纳巴伊，而是换了旁人，那就根本不用多费口舌。但是，塔纳巴伊就是塔纳巴伊，他连自己的哥哥都不讲情面，这点就得有所考虑。这会儿，还得放软点。

“谁稀罕你那五匹公马！”塔纳巴伊擦了擦额上的汗，沉默了片刻，决定单刀直入，“你的主席怎么啦，没有马骑还是怎么的？马棚里的马都死绝啦？干什么非得古利萨雷不成？”

“哟，怎么能这么说呢，塔纳克？农庄主席可是我们的上级领导，对他应当尊重。要知道，他三天两头上区里开会，外面也有不少人来找他。农庄主席，到处抛头露面的，大伙儿都瞅得见，所以说……”

“所以说什么？换了别的马，人家就认不出他这个主席啦？就说抛头露面，那就一定得骑古利萨雷不可？”

"一定不一定,说不上。不过,好像应该如此。拿您来说吧,塔纳克,战时当过兵。难道说您出门坐小汽车,而您的将军却乘大卡车?当然不会的。将军有将军的排场,士兵有士兵的待遇。在理吧?"

"这是两码事。"塔纳巴伊还是不同意,不过已经有点迟疑了。为什么是两码事,他没有说明,也无法说明。他感到对古利萨雷的包围圈越来越小了,于是他气冲冲地说:"就是不给。要是不中意,就撤了我的职。我回打铁铺去。到了那里,你们总不能把我的铁锤也抢了吧!"

"何必这样呢,塔纳克?我们对您都挺尊敬,挺器重。而您,像个孩子似的。您这样做,难道合适吗?"伊勃拉伊姆有点坐不住了。看来,倒了八辈子霉。是他出的主意,是他打的包票,是他自告奋勇来的,可眼下碰上这头犟骡子,把事情闹僵了。

伊勃拉伊姆出了口大气,对扎伊达尔说:

"您评评理,扎伊达尔嫂子,一匹马算得了什么,即便溜蹄马,那又怎么样?马群里有的是马,随便挑哪匹不行。人家来了,又是上级派来的……"

"那你干什么那么卖劲呢?"扎伊达尔问。

伊勃拉伊姆一下子张口结舌了,他把两手一摊,说:

"干什么?纪律嘛。这是给我派的任务,我是个小人物。反正不是为自己。至于我,你让我骑小毛驴,我也不在乎。要不,你问问阿巴拉克的儿子,是不是派他来接溜蹄马的。"

那人默默地点了点头。

“这可不好，”伊勃拉伊姆赶快接下去说，“农庄主席可是上级给我们派来的，他是我们的客人，而我们村子竟连匹像样的马都舍不得给他。大伙儿知道了，会怎么说？吉尔吉斯人哪儿见过这种事的？”

“那也好啊，”塔纳巴伊接过话来，“让全村人都知道好了。我要找乔罗，让他来评评理。”

“您以为乔罗会说不给吗？事先都跟他商量好了。您这么干，只会叫他为难。这好比背后捣鬼。瞧，新任的主席你不买账，倒去找下了台的主席告状。乔罗是个有病的人。干什么去破坏他同农庄主席的关系呢？乔罗还要担任支部书记，他还得跟主席共事。干什么去碍事……”

当话题转到乔罗时，塔纳巴伊不做声了。大家都闭口无言了。扎伊达尔深深地叹了口气。

“给吧，”她对丈夫说，“别让他们耽搁了。”

“这才是理呢，早该如此了。谢谢您，扎伊达尔嫂子！”

难怪伊勃拉伊姆这么千恩万谢哩。这事过后不久，他就从养马场主任一跃而成为主管畜牧业的农庄副主席了……

塔纳巴伊骑在马上，垂下眼睛，虽然没有张望，但一切都历历在目。他看到，古利萨雷给逮住了，给它戴上了一副新的不带嚼环的马笼头——原来的那一副塔纳巴伊说什么也不给。他看到，古利萨雷不愿离开马群，它扯着阿巴拉克的儿子手里的缰绳猛冲开去，而伊勃拉伊姆忽而从这边，忽而从那边，策马赶来，挥着胳膊，用鞭子猛抽古利萨雷。他看到溜蹄马的一双眼睛，它那慌乱的眼神，仿佛在问：干什么这两个陌生人要把它同母马和马驹子分开，同它的主人分开呢？他们要把它弄到哪儿去呢？他看到，当溜蹄马引颈长嘶时，它的张开的嘴里冒出一口口的热气，他看到它的鬃毛、背、屁股，还有背上和两肋的鞭痕，看到它的整个身躯，甚至看到那个长在右前腿腕骨上像栗子大小的肉瘤，看到它走路的姿势，马蹄的脚印，一直到它身上的每一根亮晃晃的淡黄色的毛——古利萨雷的一切，他都看得清清楚楚。于是他咬着嘴唇，默默地忍受着痛苦。等他抬起头时，那两个赶走古利萨雷的人已经消失在小山包后头了。塔纳巴伊大叫一声，便策马追他们去了。

"站住，你不能去！"扎伊达尔从毡房里跑出来。

他跑着跑着，忽然闪出一个可怕的念头：为了那些夜晚，妻子这是在报复溜蹄马。他猛地掉转马头，快马加鞭，又往回赶来。他在毡包旁勒住马，跳了下来。他，脸色煞白，脸都歪扭了，样子十分吓人。他跑到妻子跟前。

"你，为什么？你为什么说：给吧？"他两眼瞪着她，嘟哝着说。

"你消消气，把手放下，"她像往常一样，心平气和地制止住他，"你听我说。难道古利萨雷是你的马？是你私人的马？你有什么东西算是自己的呢？我们的一切都是集体农庄给的。我们靠这个过日子。溜蹄马也是农庄的。而农庄主席就是农庄的当家人：他说得到，做得到。至于那件事，你完全想错了。你要乐意，你现在就可以走。请吧！她比我强，比我漂亮，比我年轻。挺好的一个女人。那阵子，我也可能成为一个寡妇的，可你回来了。我等你等了多久啊！好吧，不提这些了。眼下，你有三个孩子，把他们往哪儿搁？往后你怎么跟他们说？他们又会怎么想？我又该如何向他们解释？你自己掂量掂量吧……”

塔纳巴伊跑到草原上，在马群旁边一直待到傍晚，说什么也不能平静下来。马群变得冷冷清清的了，心变得空空荡荡的了。溜蹄马把他的心一起带走了。把一切都带走了。万物都变了样：太阳不像原来的太阳，天空不像原来的天空，就连他本人，仿佛也不像原来的他了。

他回来时，天已经黑了。他，脸色铁青，一声不响地走进了毡包。两个闺女已经睡下了，炉灶里的火还烧着。妻子给他倒水，让他洗了手。又端来了晚饭。

“不想吃，”塔纳巴伊把饭碗推开，迟疑了片刻，说，“把科穆兹拿来，弹弹那支《骆驼妈妈的哭诉》。”

扎伊达尔取来了科穆兹琴，把一端放到嘴边，一边用手指轻拨细细的钢弦，她对着琴吹了一口气，随后又吸了一口气，于是便响起了游牧人的古老曲调。歌子唱的是一头失去了孩子的骆驼妈妈。它在荒凉的旷野里跑了许许多多天。叫呀，喊呀，寻找自己的小宝贝。骆驼妈妈悲痛万分：黄昏时分，它不能再把它的小宝贝领到悬崖之上，黎明来临，不能再在平原上一起奔跑，它们不能再在一块儿采摘树叶，不能再在流沙上漫步，不能再在春天的田野里徘徊，不能再把它白花花的奶汁喂它的小宝贝了。你在哪儿，黑眼睛的小宝贝？答应一声呀！奶水哗哗流着，从胀鼓鼓的乳房一直流到腿上。你在哪儿？答应一声呀！奶水哗哗流着，从胀鼓鼓的乳房哗哗流着。白花花的奶水啊……

扎伊达尔的科穆兹琴弹得十分出色。想当年，他就是为这个才爱上了她，那阵子她还是个小姑娘哩。

塔纳巴伊垂着头，听着。虽说没有看她，同样也历历在目。她的一双手，因为成年累月的劳动，受热受冻，已经变得粗糙不堪。头发花白了。颈脖上，嘴角，眼旁，落上了皱纹。在这些皱纹后面是逝去了的青春——一个黑黝黝的小姑娘，两条小辫子搭在肩上，而他本人，那年月才是个嫩生生的小伙子，还有他们之间的亲密交往。他明白，此刻她根本不会觉察到他的存在。她正全神贯注地沉浸在她的乐曲之中，她的遐想之中。他看到，此刻她分担了他的不幸和痛苦。她总是把它们深深地埋到自己的心里。

……骆驼妈妈跑了许许多多天，叫呀，喊呀，寻找自己的小宝贝。你在哪儿，黑眼睛的小宝贝？奶水哗哗流着，从胀鼓鼓的乳房一直流到腿上。你在哪儿？答应一声呀！奶水哗哗流着，从胀鼓鼓的乳房哗哗流着。白花花的奶水啊……

两个闺女搂抱着已经睡着了。在毡包外面，是夜色笼罩下的一片黑沉沉的大草原。

这个时候，古利萨雷正在马棚里闹得天翻地覆，不让那些马倌们安生。它这是头一回被关进马棚——这个马类的牢房。

八

一天早上，当塔纳巴伊在马群里发现他的溜蹄马时，就甭提有多高兴了。马鞍下还拖着一截从笼头上扯下来的绳子。

“古利萨雷，古利萨雷，你好哇！”塔纳巴伊策马跑过来。走近一看，只见它备着别人家的笼头，别人家的笨重的马鞍和沉甸甸的马镫。特别叫他生气的是，马鞍上还系着一个蓬松松的软乎乎的鞍垫，好像骑马的人不是个男子汉，而是一个大屁股的胖婆娘。

“呸！”塔纳巴伊气得啐了一口。本想逮住溜蹄马，把它身上那套不伦不类的马具统统扔掉，但是古利萨雷溜跑了。溜蹄马此刻顾不上他。它正在对那些母马大献殷勤。这些天来，它把它们想苦了，所以根本没有发现它原来的主人。

“这么说，你是挣断了缰绳跑回来的，好样的！好吧，你溜达溜达吧，就这样办吧。我来个装聋作哑不知道。”塔纳巴伊想了一下，决定让马群跑一跑舒展舒展筋骨。趁追赶的人还没来，让古利萨雷感到在自己家里有多痛快！

“嗨，嗨，嗨！”塔纳巴伊吆喝着，在马鞍上欠了欠身子，不断挥舞着套马杆，把马群赶将开去。

母马招呼着乳驹子动身了，那些正当妙龄的小母马蹦呀跳呀，跑开了。风儿吹拂着马的鬃毛。发绿的大地在阳光下笑逐颜开。古利萨雷精神大振，它挺直身子，昂着头，跑开了。它冲到马群的头里，把那匹新来的公马赶到后头，自个儿在马群前抖着威风，打着响鼻，扬鬃舞尾，忽而赶到这边，忽而又跑到那边。马群的那股味道——马奶的甜味，乳驹子的香味，还有那随风吹来的艾蒿的苦味，熏得古利萨雷如痴如醉。它什么都不在乎啦：管它背上那不伦不类的马鞍和软乎乎的鞍垫，管它那副一个劲儿磕碰着两肋的沉甸甸的马镫。它把什么事都忘了。它忘了，昨天它到了区里，给拴在一根老粗的马桩上，轰隆而过的卡车吓得它咬紧嚼环，急急往一旁后退。它忘了，后来它又站在一家发散着煤油味的小铺旁的水洼里，它的新主人同他的一伙人蜂拥而出，一个个臭气熏天。新主人上马时如何连连打着饱嗝，鼻子里呼哧呼哧直响。它忘了，这些人在泥泞的道路上如何进行了一场愚蠢的跑马比赛。它驮着新主人如何全速飞奔，而那人像袋面粉似的，在鞍子上颠着晃着，过后，主人猛地勒住嚼环，用皮鞭狠狠抽它的头。

溜蹄马把这一切统统忘掉了：马群的那股味道——马奶的甜味，乳驹子的香味，还有那随风吹来的艾蒿的苦味，熏得古利萨雷如痴如醉……溜蹄马跑呀跑呀，根本没有想到，追捕的人已经随后飞驰而来。

当塔纳巴伊把马群赶回原来的地方时，两个村里来的马倌已经在那里等着了。于是又把古利萨雷从马群里牵回了马厩。

可是没过几天，马又跑回来了。这一回，既没有笼头，也没有马镫。不知怎么的，挣脱了马笼头，夜里从马棚里跑了。塔纳巴伊开头还乐了一阵，过后，不做声了。他思忖片刻,便甩开套马索,套住了溜蹄马的脖子。他亲自逮了马,亲自给套上马笼头,亲自牵着它,送往村里去,还请邻近放牧点上的一个年轻牧民在后头赶着。半路上碰上了那两个马倌,他们正前来捉拿逃跑的溜蹄马。塔纳巴伊把古利萨雷交给他们,还埋怨了几句:

“你们在那里是干什么吃的?没有手还是怎么的?连主席的一匹马都看不住!把马拴紧点!”

当古利萨雷第三次跑回来时,塔纳巴伊气得非同小可。

“你怎么啦,混蛋!干什么鬼迷心窍成天往回跑?你这个呆子!”他一边骂着,一边操起套马杆去追溜蹄马。又把马拖着往回送,又把那两个马倌骂了一顿。

但是,古利萨雷一点也不想变得聪明起来,逮着机会就往回跑,把两个马倌搞得焦头烂额,把塔纳巴伊搅得心烦意乱。

……有一天,塔纳巴伊很晚才睡着,因为他放马回来已经很迟了。为了以防万一,这回他把马群赶在毡房附近过夜。他心绪不宁,睡得很不踏实。这一天实在太累了。他做了个噩梦。忽而像在打仗,忽而又像在某处参加一场大屠杀,到处血流成河,他的一双手也沾满了黏糊糊的血。在梦里他想:梦见鲜血可是凶多吉少。他想找个地方洗洗手,可是别人把他推来推去的,都讪笑他。人们哈哈大笑,扯着嗓门尖声叫喊。不知是谁开腔了:“塔纳巴伊,你用血洗手吧,用血呀!这儿没有水,塔纳巴伊,这儿到处都是鲜血!哈哈哈,呵呵呵,嘿嘿嘿!……”

“塔纳巴伊,塔纳巴伊!”他的妻子摇着他的肩膀,“快醒醒!”

“啊,怎么啦?”

“你听,马群里出事了:公马干架了。八成古利萨雷又跑回来了。”

“这个该死的畜生!叫人不得安宁!”塔纳巴伊急忙穿好衣服,抓起套马杆,朝那片正在打着架的乱哄哄的洼地跑去。天色已经蒙蒙亮了。

他赶到洼地,一眼便看到了古利萨雷。哟,这是怎么回事呢?溜蹄马跳着,两条前腿钉上了脚镣——一种用铁链子做的绊绳。铁链铿锵作响,溜蹄马东奔西窜,腾空直立,呻吟着,嘶叫着。而那匹头马,这个该死的混蛋,冲着它,又是踢,又是咬,正来了劲。

“嘿,你这恶魔!”塔纳巴伊像阵旋风似的飞上前去,使劲拽着头马,把套马杆都扯断了。头马给轰开了。塔纳巴伊的眼泪夺眶而出。这是怎么搞的啊?是谁想出这一招,给你钉上了脚镣!那你何苦又挣扎着跑回来呢?我的可怜的呆子哎……

真没想到,古利萨雷带着脚链走了那么远的路——涉过一条河,经过无数的沟壑和土墩。一路上就这么跳着,但最后还是回到了马群。整整一宿,可能就这样蹦呀跳的,孤零零的,拖着叮当作响的链子,像个逃犯似的。

“哟,好家伙!”塔纳巴伊止不住地摇头叹息。他抚摩着溜蹄马,把脸凑到它的嘴下,而那马,眯缝着眼睛,用嘴唇一个劲儿磨蹭着,呵着痒痒。

“咱们该怎么办呢?古利萨雷,下回可不兴这么干了。

你会倒霉的。你这呆子！呆子！你是啥也不懂……”

塔纳巴伊仔细查看了溜蹄马。干架时落下的抓伤已经长好了，可是，四条腿给铁链子磨得厉害。蹄子上的脉管都出血了。脚镣上毡制的包边已经糟烂了，有一处已经脱落。当马在水里一蹦一跳走着的时候，包边全掉了，剩下光秃秃的生了锈的铁链子，把马腿磨得鲜血淋漓。“难怪伊勃拉伊姆到处跟老人们打听脚链的事。这准是他干的好事！”塔纳巴伊又气又恨地寻思。除了他，还有谁会这么干呢！脚镣，这是一种古老的、用铁链子做的绊绳。每副脚镣，都有一把锁，没有特制的钥匙就打不开。从前往往给骏马戴上脚镣，以防放马的时候被偷马贼赶跑。普通的绊绳是用绳子做的，用刀一割，就不顶用了。要是套上了脚镣，马就跑不远了。可这是陈年八古的事了。眼下，脚镣都成了老古董了。只有个别老人还留着它，当个纪念品。真没想到，竟有人背地里出坏点子：给溜蹄马钉上脚镣，不让它离开村边的牧场跑远了。可古利萨雷还是跑了……

一家人都来帮着给古利萨雷卸脚镣。扎伊达尔托住马笼头，遮住溜蹄马的眼睛，两个女儿在近处玩耍，塔纳巴伊拖来了他的工具箱。他急得汗流浃背，试着用他的百宝钥匙开锁。铁匠的一套本事派上用场了。他气喘吁吁地忙了好一阵，把手也剐破了，最后终于找到窍门，把锁打开了。

他使劲把铁镣一扔，扔得远远的。滚他妈的吧！塔纳巴伊又给溜蹄马腿上出血的地方涂上油膏，然后，扎伊达尔把马拴到马桩上。大女儿背着小女儿也回家了。

而塔纳巴伊依旧坐在外头喘着气：他太累了。后来他收拾起工具，走过去，又把脚镣从地上捡了起来。还得交回去，要不，又是他的过错。他对这副生了锈的脚镣翻过来，倒过去，看了又看，对名工巧匠的这个杰作惊叹不已。这玩意儿做得妙极了，真是独出心裁。这是吉尔吉斯老一辈铁匠的杰作。是的，这种手艺现在已经失传了，永远被人遗忘了。现在不需要脚镣了。可还有些东西也绝迹了，这才可惜呢。用白银、黄铜、木头、皮子，能做出多么精致的饰物和用具！过去的东西价钱不一定贵，但件件美观大方，而且各不相同，各有特色。眼下，这些东西没有了。现在光一种铝，就能压出各种各样的东西来，什么杯子啦，碗啦，匙啦，挂钩啦，盒子啦……而且不论走到哪儿，东西都是一个模样。未免太单调了！另外，那些做马鞍的巧匠，现在也寥寥可数了。从前做的鞍子有多出色！每个鞍子都有一小段故事：谁做的，什么时候做的，为谁做的，对方又是怎样酬谢你的劳作的。不久的将来，想必所有的人出门都坐小汽车了——据说，现在的欧洲就是那样。人人都坐一种类型的汽车，只能根据车牌号才能区别开来。而祖先的本事，我们都给忘了，古老的手工艺给彻底埋葬了。要知道，每一件劳作都凝聚着艺人的心血和智慧哩……

有时候，塔纳巴伊突然间会碰到这种情况：一谈起民间手艺来，他便憋了一肚子火，但却弄不清楚，手工艺的绝迹到底是谁的过错。要知道，年轻的时候，他本人就是这类老古董的死对头。有一次在共青团会上，他慷慨陈词，扬言要消灭毡包。他也不知从哪儿听来的，说什么毡包是革命前的住处，所以应当消灭。“打倒毡包！旧时的生活我们过够了!”

于是,就开始“清算”起毡包来。家家盖起了新瓦房,把毡包统统给拆了。毡子爱怎么剪就怎么剪,木头支架拿来做篱笆,搭牲口棚,有的甚至当柴烧……

后来终于发现:游牧生活要是离了毡包,简直不可思议。至今塔纳巴伊都感到吃惊,他居然说出这种咒骂毡包的混账话来。其实,对游牧人来说,没有比毡包更好的住处了。他怎么没有看到,毡包是自己祖先的一个绝妙的发明创造,其中每一个细小的部件,都是集中了祖祖辈辈长年累月的经验,都是经过无数次精确的校正的。

现在他住的毡包是老人托尔戈伊留下来的。包上尽是窟窿,毡子都熏黑了。这毡包年头不少了,要说还能凑凑合合用着,那多亏扎伊达尔的好耐性。三天两头修呀补的,才把毡包整治得像个住房的样子。但过不了一两个礼拜,脱了毛的毡块又四分五裂,到处开了天窗:又灌风,又掉雪,又漏雨。于是老婆又得重新修补。这事没完没了。

“到何年何月,咱们才不遭罪呢?”连她也发起牢骚来了,“你瞧瞧,这哪儿是毡,都糟烂了,一抖落,全碎了。你再瞧瞧,这些木头支架都成什么玩意儿了!说出来都叫人寒碜。你哪怕想办法弄几张新毡子来也好。你是不是一家之主?咱们也得过上几天人过的日子……”

开头,塔纳巴伊一再安慰她,答应想办法。一次他回到村里,顺便提及他要做个新毡包时,发现老的手艺人都去世了,而年轻人对此一窍不通。另外,毡包用的毡子,农庄里也没有。

“算了,你就给点羊毛,我们自己来编毡子。”塔纳巴伊央求说。

“什么羊毛!”对方回答说,“你怎么啦,从月亮上掉下来的吗？所有的羊毛都按计划上缴了。生产单位哪怕一克都不让留下……”于是对方建议他换个帆布帐篷。

扎伊达尔断然拒绝:

“宁愿住破毡包,也不住帐篷!”

那阵子,许多牧民被迫搬进了帐篷。但这算什么住房?既不能直起身来,也不能随地坐下,连个火都不能笼。夏天热得难受,冬天冻得连狗都待不住。也不让你痛痛快快放点东西,也没有炉灶,也无法收拾得漂漂亮亮。来了客人,你都不知道把他们往哪儿让。

“不行,不行!”扎伊达尔一再反对,“随你的便,反正帐篷我不住。那玩意儿单身汉暂时住住还凑合,我们可是拖家带口的,还得给孩子们洗澡什么的,还得教养他们。不行,反正我不搬。”

有一回,塔纳巴伊凑巧碰上乔罗,就把这事跟他说了。

“这到底是怎么回事,主席?”

乔罗愁眉苦脸地摇了摇头:

“这件事,咱们两人当时就应当考虑周到。还有上头我们的领导。这阵子呢,信也写了好几回了,就是不知道上头怎么答复。只说,羊毛是贵重物资,老缺货,还要出口。说什么,留生产单位使用似乎不合适。”

这之后,塔纳巴伊就不做声了。看来,他自己也有一份错。只好暗自嘲笑自己的愚蠢:“不合适！哈哈哈！不合适!”

他的脑子里好久好久都没有甩开这个残酷无情的字眼——“不合适”。

就这样,他们还是住在那个补丁摞补丁的旧毡包里。其实,要补好这毡包也不难,只要给点普通的羊毛就成了。而农庄里剪下的羊毛,顺便说一句,论吨计算……

塔纳巴伊提着脚镣,朝自家的毡房走去。他感到,这毡包是那样的破破烂烂,不禁满腔愤恨。他恨自己,恨这副把溜蹄马的腿弄得血肉模糊的脚镣。他恨得咬牙切齿。这时候,两个前来捉拿古利萨雷的马倌,正撞在他的火头上。

“拿走!”塔纳巴伊大喝一声,他气得嘴唇直打哆嗦,“把这副脚镣交给主席,对他说:要是再敢给溜蹄马钉上,我就用这副脚镣砸碎他的脑壳!就这么说!……”

这番话他是不该说的。唉,不该说的!他那种火暴的脾气和耿直的性格,是从来也得不到好结果的……

九

万里晴空,阳光灿烂。春姑娘晒得都眯缝起眼睛来了。那嫩绿的新叶,像她的鬈发;那田野上的薄雾轻烟,像她的衣衫。随着她春意的步伐,那青青的小草,破土而出,简直要顶着脚钻出来啦。

在马厩旁边,一群孩子正在玩扔棍子的游戏。有个机灵的小鬼先把一根削尖的小木棍往空中一抛,然后再用木棍使劲一击,木棍就沿着大路飞过去了。再用一根棍子量距离——一,二,三……七……十……十五……那些吹毛求疵的公证人在一旁吵吵嚷嚷地挤着，监视着不让搞鬼。一共是二十二。

“原先是七十八，现在是二十二，”小家伙数着，算着，突然高兴得跳起来，叫道，“一百啰，一百啰！”

“乌拉，一百啰！”大家跟着嚷嚷。

这么说，分毫不差了。不多也不少，刚刚好！现在，玩输了的孩子就得“吹嘟嘟”。赢了的孩子重又回到划定的圈子里，再扔一次尖木棍。扔得越远越好。所有的孩子都一窝蜂拥到木棍落下的地方，然后在那里再扔一次，这样一连扔三次。输了的孩子差点哭鼻子了：那么远的距离他都得“吹嘟嘟”！可游戏的规矩是不兴破坏的。“干什么站着呀，吹呀！”那孩子满满地吸了一口气，飞快地跑着，一边急急念道：

阿克巴伊，科克巴伊，
别把小牛犊赶到地里，
你赶呀赶，反正赶不到地里，
得了吧，你就甭赶啦。
嘟嘟嘟……

脑袋都快要炸了，而他还在嘟嘟嘟的。可是他没能跑到划线的圈子。还得返回来，重新开始。这一回，又没有跑到。玩赢了的孩子欢呼雀跃。既然一口气跑不到，那就当毛驴吧！他爬到吹嘟嘟的孩子背上，那孩子就当了毛驴，驮着他。

“驾，向前冲啊！驾，快点跑呀！”骑手磕着腿，催赶着毛驴，“孩子们，你们瞧，这是我的古利萨雷！瞧，它跑得跟溜蹄马一模一样……”

这个时候，古利萨雷正在院墙后的马棚里站着。它烦恼不堪。不知为什么今天没有给它备鞍。从清早起，既不喂料，也不给饮水。好像把它忘了。马棚里早就空空的了：驾辕的马早就陆续被拉走了，供坐骑用的马也都牵走了。只有它，留在单马栏里……

马倌们正在出粪。孩子们正在墙外闹着玩。此刻要能飞到马群那里，飞到草原上，该有多好！它仿佛看到无边无际的草原，看到马群在那里自由自在地游荡。在马群上空，飞过一群灰雁，拍打着翅膀，在互相呼唤……

古利萨雷动了一下身子，想挣脱开系着的链子。不行，这回用了两根铁链子把它死死地系住了。兴许，马群会听到它的声音的吧？古利萨雷把头伸到顶棚下的窗口，一边在木板上来回倒换着蹄子，一边拖长声音，使劲地嘶叫起来，仿佛问：“你——们——在——哪——儿——？……”

“别叫了，恶鬼，吵死了！”马倌跳过来，对它扬了扬铁锹，然后，冲着门外的什么人喊道：“拉出来吗？”

“拉出来！”院里回应着。

于是，两个马倌把溜蹄马拖到院子里。呀，有多亮堂！空气多好！溜蹄马的鼻子轻轻翕动着，呼吸着春天醉人的空气。树叶散发着苦涩的气味，还有一股潮湿的泥土气息。全身的热血在沸腾，最好能立刻飞跑开去。古利萨雷轻轻跳动了一下。

“站住！站住！”立即有好几个声音喝住它。

怎么今天有这么多人围着它？袖子都卷得高高的，一双双手毛烘烘的，都挺有劲。一个穿着灰长袍的人，在一块白布上摆上一件件亮晃晃的金属器具。这些器具在阳光下闪闪发光，刺人的眼睛。另一些人拿着绳子。哦，新主人也在这里！他穿着一条肥大的马裤，劈开两条又粗又短的腿，神气活现地站在那里。跟大家一样，皱着眉头，只是袖子没有卷起。一只手叉着腰，另一只手来回扭着制服上的扣子。昨天，他身上又发出了那股难闻的臭味了。

"喂，站着干什么，开始吧！就开始吗，卓罗库尔·阿尔丹诺维奇？"伊勃拉伊姆请示主席说。对方默默地点了点头。

"来，动手吧！"伊勃拉伊姆手忙脚乱起来，他急急地把自己的狐皮帽子挂到马棚门上的钉子上。帽子掉了下来，正好落在一堆牛粪上。伊勃拉伊姆带着厌恶的神色抖落着帽子，又重新挂上。"您最好稍稍离远点儿，"他说，"保不住马蹄子会踢了您。马可是笨头笨脑的笨家伙，随时随地会给人两下子的。"

古利萨雷一阵抽搐，感到脖子上套上了一根鬃制的套索，毛扎扎的。鬃索在胸前打了个活结，一端扔到上头，落到腰上。他们要干什么？不知怎的又把鬃索扯到后腿的踝骨上，不知怎的又把四条腿都给捆上了。古利萨雷暴怒起来，打着响鼻，斜瞪着眼睛。这是干什么呢？

"快！"伊勃拉伊姆催促着，突然扯着嗓子，尖叫一声，"放倒！"

两双有劲的毛烘烘的手，猛地把鬃索往身边一拽，古利萨雷"啪嗒"一声,立即倒在地上。太阳翻了个筋斗,地震得发颤。这是怎么回事?为什么它侧身躺着?为什么张张脸都奇怪地扯长了?为什么树变高了?为什么它躺得那么难受?不行,这很不对劲。

古利萨雷晃了一下头,整个身子抽动了一下。鬃索,像烧红的铁链似的掐进皮肉,把它的腿拉到肚子底下。古利萨雷猛力一蹿,使劲地、绝望地乱蹬乱踹着唯一没有捆绑的后腿。鬃索绷得紧紧的,发出快要断裂的吱吱声。

"扑上去!压住它!不让它动!"伊勃拉伊姆急得团团转。

好几个人冲上去,用膝盖压住马。

"头,把头朝地上压!捆起来!拽紧!就这样。动作快点。拉住这头,拽紧,拽紧,还要拽紧点。这下成了。这回把这儿钩住,打个死结!"伊勃拉伊姆一个劲地尖声嚷嚷着。

这下,古利萨雷腿上的鬃索缠得越来越紧了,直到四条腿都捆在一起,打了个粗硬的结子。古利萨雷哼哼着,"咴咴"地叫着,竭力想挣脱开这根捆得死死的鬃索,把那些压在它脖子上、头上的人统统甩开。但是那些人还是跪着,压着它。一阵痉挛通过溜蹄马汗透的全身,四条腿都麻木了。它再也动弹不得了。

"啊哈,总算捆住了!"

"真是好大的劲儿!"

"哪怕它是台拖拉机,这会儿也动不了啰!"

这当儿,他的新主人三下两下跳到躺倒的溜蹄马跟前,在它的头旁蹲下,散发出昨天那样的酒糟味。他带着不加掩饰的仇恨,得意洋洋地奸笑起来,仿佛躺在他面前的不是一匹马,而是他的一个不共戴天的仇人。

大汗淋淋的伊勃拉伊姆,一边用手帕擦着汗,一边在主席身旁也蹲了下来。两人紧紧挨着,抽起烟来,等着下一步的行动。

院子外面,孩子们还在玩着扔棍子的游戏:

阿克巴伊,科克巴伊,
别把小牛犊赶到地里,
你赶呀赶,反正赶不到地里,
得了吧,你就甭赶啦。
嘟嘟嘟……

太阳依旧那样照着。古利萨雷最后一次看到了无边无际的草原,看到马群在那里自由自在地游荡。在马群上空飞过一群灰色的大雁,拍打着翅膀,在互相呼唤……脸上粘上了一些苍蝇,可又没法轰走。

"就开始吗,卓罗库尔·阿尔丹诺维奇?"伊勃拉伊姆问道。

对方默默地点了点头。伊勃拉伊姆站起身来。

大家又行动起来,用腿,用胸脯压在捆绑着的溜蹄马身上,死命地把它的头压在地上。一双手伸到了马的腹股沟。

野小子们一个个爬到土墙上,像一群麻雀。

"快来看呀,孩子们,快来看,这在干什么!"

"给溜蹄马刷蹄子呢。"

“你真聪明！刷什么蹄子呀，根本不是刷蹄子！”

“哎，你们在那儿干吗？统统从这儿滚开！”伊勃拉伊姆朝他们挥着拳头，“去玩儿去！这儿没你们的事！”

孩子们一个个从土墙上滚下来。

院子里静下来了。

古利萨雷感到有个冰冷的东西一碰，一推，于是它的整个身子缩成一团。而新主人蹲在它的面前，瞧着，等待着什么。刹那间，一阵剧烈的疼痛使它的两眼直冒金星。啊，升起了一股鲜红鲜红的火焰，可马上又变暗了，变成黑黑的了……

事情结束之后，古利萨雷还是五花大绑躺在地上。只剩下一件事，就是把血止住。

“好极了，卓罗库尔·阿尔丹诺维奇，一切都很顺利。”伊勃拉伊姆擦着手说，“往后，它再也不会乱跑了。完了，已经跑够了。至于塔纳巴伊，您别睬他。您啐他一口！他就是那号子人。连自己的哥哥都不讲情面，把他当富农给清算了，送到了西伯利亚。您想想，他对谁还能安好心呀！……”

得意洋洋的伊勃拉伊姆从钉子上取下狐皮帽，抖了一下，顺了顺毛，戴在汗淋淋的头上。

而孩子们还在追着棍子：

阿克巴伊，科克巴伊，
别把小牛犊赶到地里，
你赶呀赶，反正赶不到地里，
得了吧，你就甭赶啦。

嘟嘟嘟……

“啊哈！又没有跑到。把身子弯下来。驾！古利萨雷，向前冲啊！乌拉，这是我的古利萨雷！”

晴空万里，阳光灿烂……

十

夜。深夜。老人老马。在峡谷口上，燃烧着一堆篝火。风吹着，火焰忽起忽落……

溜蹄马感到身下的泥地又冷又硬，它的一侧已经冻僵了。后脑勺紧得像块铁疙瘩，头有气无力地忽上忽下颤动着。那情景，如同它的两条前腿被钉上脚镣，只能一蹦一跳那样，如同它无法挣脱脚镣，无法尽情飞跑那样。它多么渴望能撒开四蹄自由自在地纵情驰骋，让马蹄跑得发烫；多么渴望在大地上空飞翔，好痛痛快快地尽情呼吸；多么渴望立即飞到牧场，好大声嘶叫，呼唤着马群，让母马、儿马都跟它一起在辽阔的长满艾蒿的草原上飞跑。但是铁链子紧紧地束缚着它。它孤零零的，拖着叮当作响的链子，像个逃犯，一步一蹦，一步一跳地走着。四野里空荡荡、黑沉沉、冷清清的。阵阵夜风刮得月儿闪烁。当溜蹄马蹦跳着，抬起头，随后像块巨石那样倒在地上，垂下脑袋时，月亮仿佛在它的眼前升起了。

忽明忽暗，忽明忽暗……眼睛都看累了。

铁链叮当作响，腿上鲜血淋漓。一蹦，一跳，又一蹦，一跳。四野里黑沉沉、空荡荡的。带着这副脚镣走了多久啊！

带着这副脚镣,寸步难行啊!

在峡谷口上,燃烧着一堆篝火。溜蹄马感到身下的泥地又冷又硬,它的一侧已经冻僵了……

十一

两星期后,又该转移到新的放牧地点,又该进山了。待上整个夏天,整个秋天和冬天,直到来年开春。搬一次家可真费劲呀!也不知哪儿来的那么多破破烂烂的东西。难怪吉尔吉斯人有句老话:要是你觉得穷,你就不妨搬搬家。

该着手准备搬迁了,有多少杂七杂八的事该做——得去磨坊,上市场,找鞋匠,去寄宿学校看看儿子……塔纳巴伊成天像失魂落魄似的,那些天,在他老婆眼里成了个怪人。一大清早连句话都来不及说,就急急匆匆跑去放马去了。中午回来吃饭的时候,脸色阴沉,神情激动。时时刻刻像在等着什么意外,总是那样提心吊胆的。

"你怎么啦?"扎伊达尔探问道。

他总是默不作声,只有一次说了:

"前几天我做了个噩梦。"

"你这是跟我打马虎眼吧?"

"不,是真的。老是摆脱不开。"

"活到这一天了!难道不是你,在村里带头不信鬼神的?难道不是你,遭到了那些老太婆的咒骂的?塔纳巴伊,你这是老啦。你呀,成天围着马群转,眼下要搬迁了,你却满不在乎。难道我一个人能照应两个孩子?你最好去看看乔罗。正正派派的人在搬迁前总得探望探望病人的。"

"来得及,"塔纳巴伊挥挥手说,"以后再说。"

"以后什么时候？你是怕回村还是怎么的？咱们明天一起回去,把孩子们也带上。我也该回去一趟才是。"

第二天,他们请邻居的一个小伙子照看着马群,全家骑上马动身了。扎伊达尔带着小女儿,塔纳巴伊带着大女儿,让她们坐在马鞍前面,回村去了。

他们在村子的街上走着,同遇见的熟人一一打着招呼。在打铁铺附近,塔纳巴伊突然勒住了马。

"你等等。"他对妻子说。他下了马,把大女儿抱到妻子身后的马背上。

"你怎么啦？上哪儿去?"

"我马上就来,扎伊达尔。你先走吧。告诉乔罗,说我马上就来。办事处中午关门,有件急事得办。另外,得去趟打铁铺。弄点马掌和钉子,到搬迁时用。"

"两个人不一起去,怕不太好。"

"不要紧,没什么的。你先走吧,我马上就来。"

塔纳巴伊既没有上办事处,也没有去打铁铺。他直奔马厩而去。

他急急冲冲的,也没叫唤谁,径直走进了马棚。马棚里半明半暗的,他的眼睛好一阵才慢慢习惯。他直感到嘴里发干。马棚里空空的,没有一点声音:所有的马都出去了。塔纳巴伊朝四围察看一下,如释重负似的嘘了口气。他从边门走进院子,想看看马倌。可结果,他看到了这些天来一直担惊受怕的事。

“我早知会这样，这些混蛋！”他捏紧拳头，小声骂道。

古利萨雷站在凉棚下，尾巴上缠着绷带，脖子上系着绳子。在两条撇得很开的后腿中间，夹着一个血肉模糊的、水罐那么大小的鼓包。溜蹄马一动不动地站着，没精打采地把头埋在饲料槽里。塔纳巴伊咬着嘴唇，气得直哼哼，本想走到溜蹄马跟前，但实在没有这个勇气。他心里难受极了。瞧着这空荡荡的马棚，空荡荡的院子，瞧着那孤零零的骟马古利萨雷，他揪心似的难受。他转过身来，一句话没说，慢慢地走开了。事情已无法挽回了。

晚上，当他们回到家里之后，塔纳巴伊才伤心地对妻子说：

“我的梦应验了。”

“怎么啦？”

“刚才做客时不便说。古利萨雷往后不会再跑回来了。你知道他们干什么啦？把马骟了，这些混蛋！”

“我知道了。所以才拖着你回村一趟。你怕听这个消息，是吧？有什么好怕的？你又不是小孩子！骟马，这不是头一回，也不会是最后一回。自古以来就这样，往后，还是那样。这事谁都明白。”

对此，塔纳巴伊无言以对。只是说：

“不，反正我觉得，我们这个新来的主席不是好人。我心里明白。”

“哟，你算了吧，塔纳巴伊，”扎伊达尔说，“把你的溜蹄马给骟了，一下子连主席也变成坏人了。干什么这样呢？他是新来的人。事情一大摊，困难不老少。乔罗都说了，现在上头正在研究农庄的情况，会给点支援的。说正在制订一些计划。你呀，看问题总不合时宜，咱们在山沟沟里待着，能知道多少呀？……”

吃完晚饭，塔纳巴伊又去放马去了，在那里一直待到深夜。他骂自己，他强使自己把那些事都忘掉。但是，白天马棚里所见的情景怎么也赶不开去。他绕着马群，在草原上兜着圈子，一边思量开了：“兴许，真的不能这样看人？当然，这样不好。想必是我老了，放了整整一年的牲口，什么情况都闹不清了。可是，这样的苦日子，要熬到哪年哪月呢？……你要听听他们说的，好像一切都满不错的。得了，就算我错了吧。谢天谢地，我错了倒好说些。可兴许，别人也都这么想呢……”

塔纳巴伊在草原上来回兜着圈子，他，满腹疑团，苦苦思索，但又找不到答案。他不禁回想起刚刚建立集体农庄时的情况。那阵子人人都满怀希望，他们也一再向大家保证，以后要过上幸福的日子。接着，就是为这些理想拼死斗争。把旧事物彻底埋葬，把一切都翻个个儿。结果怎样呢？——开头，日子过的真不赖。要不是后来这场该死的战争，还会过得更好些。可现在呢？战争过去了多少年了，农庄的家业就像座破毡包，成天修修补补。今天这儿打了块补丁，明天那儿又露出了个窟窿。什么道理呢？为什么农庄不像从前那样，是自己家的，倒像是别人家的呢？那阵子会上做出的决定就是法律。人人都清楚，这个法律是自己订的，所以非得照办不可。可现在的会议——尽扯些空话。谁也不管你的事。管理农庄的，好像不是庄员群众，而是某个外来人。仿佛只有外来人才更高明,才知道该做什么,怎么干更好,怎样才能把经济搞上去。农庄经营,今天这个样,明天那个样,来回折腾,不见半点成效。碰上什么人,都叫人提心吊胆的——随时随地会给你提几个问题:喂,你可是党内的人,农庄成立时嗓门扯得比谁都高,你现在倒给我们解释解释,这是怎么搞的?怎么回答他们呢?哪怕上头召开个会,讲点情况也好。哪怕问一问,谁有什么想法,什么担忧也好。可不是这样。区里来的特派员好像跟先前的也不一样。从前,特派员深入群众,平易近人。可现在,一来就钻进办事处,冲着农庄主席直嚷嚷。至于村苏维埃,从来就不理不睬。在支部会上发起言来,颠来倒去就是国际形势,至于农庄情况,好像就无关紧要了。好好干活,完成计划,这就完了……

塔纳巴伊还记得,不久前来了那么一位特派员,滔滔不绝地谈什么学习语言的新方法。当塔纳巴伊想跟他谈谈农庄情况时,那人翻了个白眼,说什么,你这个人思想有问题。不予置理。怎么搞成了这个样子的呢?

"等乔罗病好起床了,"塔纳巴伊决定,"我们得好好谈谈心。要是我搞糊涂了,就让他说明白了。可要是没错呢?……那会怎么样?不,不,这不可能。当然是我错了。我算什么人?一个普普通通的牧民,马倌。而上头——都是些大人物,他们高明……"

塔纳巴伊回到毡包,久久不能入睡。他绞尽脑汁,思索着:问题何在?可依旧找不出答案来。

搬迁的事缠住了身,结果也没来得及跟乔罗谈谈这些心事。

牲口又要进山了，在那里要度过整个夏天，整个秋天和冬天，直到来年开春。河边，河滩地上又走过一群群的马、牛、羊。骆驼和马驮着什物。四野里人声嘈杂。女人的头巾和衣裙五光十色，姑娘们唱着离别的歌。

塔纳巴伊赶着马群，经过一片很大的牧场，然后上了村边的小山包。在村子尽头，依旧是那所房子，那个院子——那地方，他曾经骑着他的溜蹄马去过多次。心头一阵痛楚。如今对他来说，既失去了那个女人，也失去了溜蹄马古利萨雷。一切都成了往事。那时光，如同春天飞过的一群灰雁，但听得空中一阵啼叫，转眼就无影无踪了……

……骆驼妈妈跑了许许多多天，叫呀，喊呀，寻找自己的小宝贝。你在哪儿，黑眼睛的小宝贝？答应一声呀！奶水哗哗流着，从胀鼓鼓的乳房一直流到腿上。你在哪儿？答应一声呀！奶水哗哗流着，从胀鼓鼓的乳房哗哗流着。白花花的奶水呵！……

十二

那年秋天，塔纳巴伊·巴卡索夫的命运突然发生了变化。

他过了山隘，来到山前地带的秋季牧场，准备过几天再把马群赶进山里过冬。

正在这时候，农庄来了个人。

“乔罗派我来的，”那人对塔纳巴伊说，“叫你明天回村,然后再去区里开会。”

第二天,塔纳巴伊来到农庄办事处。乔罗早在他那间党支部的小屋里了。看上去,他的气色比春天时好得多。不过,他发青的嘴唇和消瘦的身子表明他的病始终没有好。他精神勃勃,忙得不可开交,身边围着不少人。塔纳巴伊为他的朋友感到高兴。看来,又挺过来了,又能重新工作了。

只剩下他们两人时,乔罗瞅了一眼塔纳巴伊,摸了摸陷下去的粗糙的面颊,笑眯眯地说:

“塔纳巴伊,你可不见老,还是老样子。咱们多久没见面啦?——打春天起吧?马奶酒加上山里的空气,这可是灵丹妙药!……我可是老了不少,也是上了岁数了……”乔罗沉吟片刻,谈起正事来,“是这么回事,塔纳巴伊。我知道,你准会说:这是得寸进尺。好比无赖,你给他一匙汤,他就会一而再,再而三要个没完没了。又得找你来啦。明天咱们一起去开畜牧业会议。畜牧业现在很糟糕,特别是养羊,又特别是咱们的农庄。一塌糊涂,简直没救。区委号召:把共产党员和共青团员派到落后的地方去——派去放羊去。你帮帮忙!以前让你去放马,你帮了忙,谢谢你啦。这回,你还得帮帮忙。要你接一群母羊,当羊倌去。”

“你的主意,可变得快呀!乔罗。”塔纳巴伊说完不做声了,心想:“放马,我已习惯了。放羊,可有点乏味!再说,谁知道这一摊子事会怎么样呢?”

“塔纳巴伊,这事也由不得你啦,”乔罗又说,“没有办法,这是党派的任务。别生气,往后,你再跟我算账,不过,得像老朋友那样讲点交情。有什么事,我来负责……”

"那还用说，总有一天我要好好跟你算算账的。你甭高兴!"塔纳巴伊笑起来。他没有想到，过后不久，他真的记恨乔罗了……"至于放羊的事，还得考虑考虑，跟老婆商量商量……"

"好吧，你考虑考虑吧。不过，明天一早，你得拿个主意。明天的大会得发个言。至于扎伊达尔，你可以过后再跟她商量，把情况给她讲清楚。我呢，有机会亲自找她一趟，跟她聊聊。她是个聪明人，会明白事理的。你呀，要离了她，脑袋早不知丢哪儿了呢!"乔罗开了个玩笑，"她在那里过得怎么样？孩子们都好吗?"

于是两人就聊起家常来，谈到了病痛以及这样那样的事情。塔纳巴伊一心想同乔罗作一次长谈。可后来，从山里叫回来的几个放牲口的人进来了。乔罗看了一下表，急着要走。

"这样吧，把你的马牵到马棚去。已经决定了，明天一早大家坐卡车去。你知道，我们分到了一辆汽车。再过些日子，还能弄一辆。日子会好过些的！我马上就得走，让七点准时赶到区委。主席已经在那里了。我想骑上溜蹄马，黄昏前一定能赶到。这马，一点也不比汽车跑得慢。"

"怎么，难道古利萨雷归你骑了?"塔纳巴伊吃惊地问，"这么说，主席真给你面子啦……"

"怎么说呢！面子不面子说不上，不过他倒是把马给了我了。你知道，倒霉透了，"乔罗两手一摊，乐呵呵地说，"不知为什么，古利萨雷恨透了这个主席。简直叫人莫名其妙。发着野性，就是不让挨近身边。这么试，那么试，都没用！打死也不行。等我去骑，——马就走得好好的。你把它调练得真行！你知道，有时候心脏病犯了，心疼得厉害，可一骑上溜蹄马，等它跑起来，疼痛一下子就过去了。单为这件事，我这一辈子也得当支部书记：它会给我治病哩！”乔罗笑了。

塔纳巴伊可笑不起来。

“我也是不喜欢他。”他嘟哝了一句。

“谁？”乔罗一边擦着笑出来的眼泪，一边问道。

“主席呗。”

乔罗的神色变得严肃起来。

“到底什么地方叫你不喜欢呢？”

“不清楚。我总觉得，他这个人没有能耐，不仅如此，还心狠手辣。”

“你知道，你这个人难得叫你称心如意。这一辈子你老是责备我，说我心肠太软。而这位，看来你也不喜欢……不过，我也不太了解。我这是刚出来工作，日子不长，暂时还看不准。”

两人都不做声了。塔纳巴伊本想原原本本跟乔罗说说给古利萨雷钉脚镣的事，说说骟马的事，可又觉得，谈这些事此刻既不得体，再说也没有多少说服力。为了打破这种沉默，塔纳巴伊便谈起刚才提及的、叫他高兴的好消息来：

“给了一辆卡车，这太好了。这么说，眼下各个农庄都通汽车了。应该，应该。早就应该如此了。你一定记得战前咱们分到第一辆吨半卡车的情景。还开了一次群众大会哩。怎么着，农庄有了自己的卡车啦！你站在车上还讲话了:‘瞧,同志们,这是社会主义的成果!’可后来,卡车开上了前线……”

是的,有过这样的岁月……美妙的岁月,恰似那初升的太阳。何止卡车呢!有一回,从丘伊斯克运河工地回来时,有人还买回了几台留声机——也是破天荒头一回。这下,整个村子听新歌听入了迷!那时候正值夏末季节。一到晚上,人们都拥到有留声机的人家。有时,索性把留声机搬到大街上,大家听呀听的。老是放着那张《系着红头巾的女突击手》的唱片。“哎,系着红头巾的女突击手,你最好给我沏壶香茶!……”对大家来说,这也是社会主义的成果……

“你记得吗,乔罗,开完大会,大伙儿拥上了卡车,——把车挤得满满当当!”塔纳巴伊眉飞色舞地回想起来,“我举着一面红旗,站在驾驶室旁,简直像过节一样高兴。车子兜着风,一直开到火车站,从那里沿着铁路又开到了下一站——都开到哈萨克斯坦了。在公园里还喝了啤酒。来去的路上歌声不断。——那时的骑手活下来的很少了,差不多都在战争中牺牲了。是啊……到了夜里,你听啊:我都没有放下手里的红旗。其实,夜里谁又能看得见红旗呢!可我一直没有放下……那是——我的旗子!我一个劲地唱呀唱呀,嗓子都唱哑了,我记得……乔罗,你说为什么我们现在不唱歌了呢?”

“老啦,塔纳巴伊,现在有点不合时宜了……”

“我不是指这个,——过去我们已经唱够了。可年轻人呢!有一回,我到儿子的寄宿学校去了。他在那里学得怎么样啦？那么小就知道讨好领导了！他说，爹爹，你最好常常给校长捎点马奶酒来。这是干什么？学习倒还凑合……我想听听他们唱什么歌。小时候，我曾在亚历山大罗夫卡的叶夫列莫夫家当过雇工，有一回过复活节，他把我带到教堂去了。你瞧，现在的孩子们站在台上，个个笔挺，把手贴在裤缝上，面孔铁板，唱起歌来，跟旧时俄罗斯教堂里唱的一样。老是那个调调……我可不喜欢。一般说来，如今有许多事情都把我搞糊涂了，咱们得好好谈谈……我落在生活后头了，不是什么事都清楚的。"

"好吧，塔纳巴伊，下回再找个时间好好聊聊。"乔罗收起公文，放进军用挎包里，"只是你也别过分忧虑了。就说我吧，我就相信，而且坚决相信：不论眼下有多大困难，总有一天我们会兴旺起来的，会过上我们理想的好日子的……"他边走边说，走到门槛跟前，又转过身，记起一件事来，"你听着，塔纳巴伊，有一回我路过你的家，院子都荒了。你也不好好照看照看。你一年到头在山里，家里没人管。战争年代你不在家，扎伊达尔一个人倒还收拾得利利落落，比现在强。你最好看看去。需要些什么，说一声，开春我们来帮你整治整治。我们家的萨曼苏尔暑假回来，看了都耐不住了。拿起镰刀说，我去塔纳克家把院里的杂草割一割。回来说，墙上的灰泥全掉了，玻璃都破了，屋里的麻雀飞来飞去，跟谷仓里一样多。"

"提起房子，你倒是说对了，代我谢谢萨曼苏尔。他在那里学得怎么样？"

"已经上二年级了。照我看，学得不错。你刚才谈起年轻人来，我瞧我那儿子，觉得现在的青年好像不赖。听他讲的那些事情，他们学院的小伙子们都挺能干的。当然啦，还得看将来。眼下年轻人有了文化，会考虑自己的前程的……”

乔罗到马棚去了，而塔纳巴伊跨上马，看自家的房子去了。他在院子里转了一圈。虽说夏天乔罗的儿子割过草，可杂草又长高了。草枯了，落满了尘土，踩上去咯吱咯吱响。房子无人照看，真有点问心有愧。别的放牲口的人，家里都留有亲戚，要不，就请人照看。塔纳巴伊有两个亲姐姐，但都不在本村，他跟哥哥库鲁巴伊又不和。至于扎伊达尔，连一个近亲也没有。这么一来，院子自然就荒芜了。看来，往后还是在外头放牲口，只是不放马，放羊罢了。这事虽说塔纳巴伊还拿不定主意，不过他心里明白：乔罗迟早会说服他，他也无法拒绝，像往常一样，最后还得同意。

一清早，大家坐上汽车，出了村子。车子直奔区中心。崭新的三吨“嘎斯”车，大家都挺中意。“瞧，有多威风，咱们都成了沙皇了！”牧民们开着玩笑说。塔纳巴伊也高兴起来了，因为打战争结束以来，他已经好久好久没乘过汽车了。战时他倒有机会坐着美国制的“斯蒂贝克”卡车，沿着斯洛伐克和奥地利的公路，走过许许多多地方。那种卡车的功率很大，都是六个轮子的。“要是我们也有这样的车就好了，”那时塔纳巴伊想，“特别是从山里运粮食出来，有了这样的卡车，保证哪里也陷不住了。”他相信，等战争结束，我们也会有这种卡车的。只要胜利了，什么东西都会有的！……

在敞篷车上，迎着风说话可挺费劲。大部分时间，大家默不作声，直到塔纳巴伊对年轻人发话道：

“唱起歌来，小伙子们！瞧着我们几个老头，有什么意思！唱吧，我们听着。”

年轻人便唱起来。开头唱的不齐，后来就协调了。大家高高兴兴的。“这就好了，”塔纳巴伊想，“这样要好得多。最主要的是，总算把我们召到一起了。可能会作点什么指示，谈谈整顿农庄的事。领导嘛，总比我们看得清楚些。我们就看到自己鼻子下的那些事，不会再多了。上头出点好主意，再一瞧，呀，我们这儿都照新的办法干起来啦！……”

区中心熙熙攘攘，人声鼎沸。卡车和大车，加上许许多多的马匹，把俱乐部旁边的广场挤得水泄不通。烤羊肉的，卖茶水的，哪儿哪儿都是。热气腾腾的，烟熏火燎的，招徕顾客的叫卖声不绝于耳。

乔罗已经在等着了。

“快下车，咱们走吧。找个座位，马上就开会了。哎，塔纳巴伊，你这是上哪儿去？”

“我马上就来。”塔纳巴伊急急地说，一边挤进一堆马匹中间。他早在车上就看到他的古利萨雷了，现在无论如何得去看看它。打开春起，他就没见过它了。

溜蹄马备着马鞍，夹杂在好些马的中间。它那一身油光滑亮的金灿灿的皮毛，那圆溜溜的结实的臀部，那对黑眼睛，凸鼻子和瘦削的头，都与众不同，十分显眼。

“你好哇，古利萨雷，你好哇！”塔纳巴伊一边挤过去，一边嘟哝着，“喂，你怎么样啊？”

溜蹄马斜着眼睛瞧了一下，认出了原先的主人，它倒换着蹄子，打了个响鼻。

“你呀，古利萨雷，看上去还不错。瞧，胸口还怦怦跳。是不是常跑长路？那阵子，你遭罪了吧？我知道……算了吧，总算遇上了个好主人。你要听话，什么事就好办了。”塔纳巴伊一边唠叨着，一边摸着搭在鞍子上的口袋。马褡子里还剩有不少燕麦，看来，乔罗是不会让它在这里挨饿的。“得了，你待在这里吧，我该走了。”

在俱乐部门口的墙上，挂着一长条鲜红的横幅，上面写着：“共产党员们，前进！”“共青团是苏联青年的先锋队！”

人们蜂拥而入，然后进了休息室和观众大厅。在大门口，乔罗和农庄主席阿尔丹诺夫迎上了塔纳巴伊。

“塔纳巴伊，咱们到一边谈谈。”阿尔丹诺夫发话了，“我们已经给你签到了，这是你的笔记本。你得发个言。你是党员，又是我们农庄最出色的马倌。”

“那我该讲些什么呢？”

“你就说，你，作为一个共产党员，决定到落后的地方去工作，当个羊倌，放一群母羊。”

“就这些？”

“哪能就这些！你再谈谈你的指标。你可以说，我向党向人民保证，每一百只母羊接下一百一十只羊羔，并且保证只只成活。另外，保证每只母羊剪下三公斤羊毛。”

“要是我连羊群的影儿都没见着，这些话，我怎能说出口呢?"

"行了,你考虑一下,羊群会给你的,"乔罗打着圆场说,"你看中的羊,你都挑了。别着急。另外,你还可以说,准备收两个共青团员当徒弟。"

"谁?"

人们推来搡去的。乔罗看了看名单。

"鲍洛特彼可夫·艾希姆和扎雷科夫·别克塔伊。"

"我可没跟他们谈过,谁知道他们乐意不乐意?"

"你又来你这一套!"主席火了,"你是个怪人!难道非得你跟他们谈不成?谁谈不一样?我们把这两个人指派给你,他们还能上哪儿去!这事早就定了。"

"噢,既然早定了,那还找我谈干什么?"塔纳巴伊拔腿要走。

"等等,"乔罗止住了他,"你都记住啦?"

"记住了,记住了。"塔纳巴伊一边走,一边气冲冲地嘟哝着。

十三

大会到傍晚才结束。区中心冷清下来了。人们各奔东西:有的赶回山里,有的回牧场,有的回农场,有的回村子。

塔纳巴伊跟一些人上了卡车。车子上了亚历山大罗夫卡的慢坡,然后在高原上疾驰。天已经黑了。晚风习习,颇有凉意。已经是秋天了。塔纳巴伊挤在卡车的一个角落,翻起领子,缩成一团。他思量开了。会,这就算开过了。他本人没有说出半点名堂来,只是听了别人的许多发言。看来,要让一切走上轨道,还得付出艰巨的劳动。还是那位戴眼镜的州委书记说得对:“谁也没有为我们铺好康庄大道;路,得靠咱们自己来开。”你想想,打三十年代一开始,一直就是这样:忽上忽下,忽高忽低……显然,农庄的经营,颇不简单。瞧,自己都满头花白了,青春年华都耗尽了,什么世面没有见过,什么事情没有干过,蠢话也说了不少,总盼着事情将会好转,可实际上,农庄困难重重,负担累累,数不胜数……

那有什么,工作就是工作。书记说得好:生活,任何时候也不会自个儿朝前跑的,——就像战后许多人想的那样。生活,永远得由人用肩膀顶着它朝前推,只要你一息尚存……只是每当生活的车轮旋转,它的棱棱角角就会把你的双肩磨出老茧。老茧又算得了什么!当你意识到,你在劳动,别人在劳动,而由于这些劳动,生活会变得幸福美满——此时此刻,你就会感到心满意足!……他该如何对待放羊这件事呢?扎伊达尔会怎么说?连商店都没来得及去一趟,哪怕给孩子们买几块糖也好,答应过多少回了。说得倒轻巧:每一百只母羊接下一百一十只羊羔,每只母羊剪下三公斤羊毛。每只羊羔生下来还不算,还得只只成活。可是雨呀,风呀,冰冻呀,小羊羔子能顶得住吗?羊毛又怎么样?你不妨弄根羊毛来:细细儿的,肉眼都看不见,吹口气,就没了。三公斤,上哪儿弄去?唉,三公斤敢情是好!我看呀,有些人可能一辈子瞅都没瞅见过,这些东西是怎么来的……

是的，他让乔罗搞糊涂了……乔罗说："发言简短点，只谈自己的保证，别的，我劝你什么也不讲。"塔纳巴伊听从了。他走上讲台，感到有点胆怯，结果，积在心里的那些话一句也没说。他把几点保证小声地含糊地说了一遍，就下台了。想起来都感到难为情。可乔罗很满意。他干什么变得如此谨小慎微了呢？是因为有病，还是因为他现在不是农庄的第一把手了呢？为什么他非得事先给塔纳巴伊打招呼呢？不，在他身上起了一些变化。可能由于这个缘故，他这个当了一辈子主席的人把农庄也拖垮了，也因此挨了一辈子上级领导的骂。好像学会随机应变了……

"先别忙，老兄，有朝一日，我得面对面跟你算算账的……"塔纳巴伊一边思忖着，一边把老羊皮袄捂得更严实些。真冷！还刮着风。离家还远着哩。家里会有什么事等着他呢？……

乔罗跨上溜蹄马，他没有等同路的人，就独自动身了。胸口有点疼，他想赶紧回家。他扬鞭跃马，那马，因为歇了一整天，此刻正撒开四蹄，迈着溜蹄马的步式，稳稳地跑将起来。它像开足马力的汽车，在黄昏的大路上，飞驰而过。在它从前的那些习性中，现在只留下一种飞跑的激情。其他的，早在它身上死去了。人们禁绝它的一切欲念，正是为了让它只识得马鞍和道路。飞跑，才是古利萨雷的生命。它全心全意地跑着，不知疲惫地跑着，仿佛在急急地追赶着被人们剥夺了的那个东西。它飞跑着，可又永远也追赶不上。

乔罗迎风疾驰。他感到轻快些了，胸口也不疼了。对大会，总的来说，他感到满意，尤其喜欢州委书记的讲话。这个州委书记，他早就听说过了，这回才头一次见着。不过，乔罗还是感到不大痛快。心里挺别扭的。要知道，他一片好心，完全是为塔纳巴伊着想。这类大会小会，他开过无数次了，简直是此中老手了。他知道，什么场合该讲些什么，不该讲些什么。他也学乖了。可塔纳巴伊，尽管听了他的劝告，却不想了解此中奥妙。开完会，理都没理他，坐上卡车，扭过脸去，生气了。嗨，塔纳巴伊，塔纳巴伊！你这个缺心眼的呆子，你怎么没有接受点生活的教训呢！你是啥也不懂，一窍不通！年轻时那个样，现在还是那个样。你恨不得挥起胳膊，把什么都砸个稀里哗啦。现在不是那种时候啦。现在最最要紧的是见什么人说什么话。要说些合乎潮流的话，说得跟大家一个样：既不冒尖，也不结巴，要四平八稳，背得滚瓜烂熟。这么一来，事情就稳妥了。要让你，塔纳巴伊，由着性子乱来，就非得砸锅不行，到头来，还得自己收拾。“你是怎么教育你的党员的？还有什么纪律？你为什么放任不管？”嗨，塔纳巴伊，塔纳巴伊！……

十四

还是那个夜晚，老人老马滞留在路上。在峡谷口上，燃烧着一堆篝火。塔纳巴伊站起身来，已经不知多少次给奄奄一息的古利萨雷捂好盖在身上的皮袄，随后又在它的头跟前坐下。他把整个的一生在脑子里过了一遍。啊！岁月，岁月！岁月，如同飞跑的溜蹄马，转眼之间就无影无踪了……后来，当他接过羊群，当上羊倌时，那一年的暮秋和早春又发生了什么事呢？……

十五

山区的十月，秋高气爽，一片金灿灿。只是开头两天，下了点雨，升起了雾，有几分凉意了。可后来，一夜之间，雾消云散，天气放晴了。一清早，塔纳巴伊走出毡房，差点踉跄而退：那白雪皑皑的山巅仿佛一步而下，跨到他跟前了。山上下了好大的雪！绵绵群山在苍穹之下，显得洁白无瑕，浓淡有致，宛如神灵的杰作。而在雪峰之后，是悠悠的蓝天。在它无边无垠的深处，在它遥远遥远的尽头，现出清澈透亮的茫茫太空。那强烈的光线，那清新的空气，使塔纳巴伊不禁打了个寒颤，他突然感到万般愁苦。他又一次想起了她，想起了昔日骑着溜蹄马去找过的那个女人。要是古利萨雷近在身旁，他准会飞身跃马，纵情欢呼，直奔她而去，就像眼下这片白雪……

但是他知道，这只是一种理想……那又怎样呢，半辈子都在理想中过来了。可能，正因为有了理想，生活才变得这样甜蜜；可能，正因为有了理想，生活才显得如此宝贵，因为，并不是任何理想都能如愿以偿。他望着群山，望着蓝天，心想未必人人都一样地幸福。人各有命。每个人都有他自己的欢乐，自己的悲伤，就像一座山在同一时间内，有阳光，也有阴影一样。正因为如此，生活才显得充实……“她，也许早已不再等待了。兴许，看到山头的白雪，还会有所思念吧……”

人，一天天变老；可心灵，并不想屈服。猝然间，它会振奋起来，要大声疾呼！

塔纳巴伊备了马，打开羊栏，冲着毡包喊道：

“扎伊达尔，我放羊去了。我回来之前，你先一个人张罗着。”

几百头绵羊踏着碎步，争先恐后地往山坡上爬去。无数的羊背、羊头，如潮水一般，滚滚向前。近处，还有几个羊倌也在放牧。山坡上，洼地里，峡谷间——漫山遍野，撒满了羊群。它们在寻找大自然慷慨的恩赐——草。灰白相间的羊群，东一堆西一堆地在暮秋黄色的、褐色的杂草丛中悠然徘徊。

暂时一切都很顺利。拨给塔纳巴伊的羊群很不错：都是些怀着第二三胎的母羊。五百多只绵羊，就是五百多桩操心事。等产完羔，就得增加一倍多。但是，离接羔的繁忙季节暂时还远呢。

放羊比起放马来，当然安生些，可塔纳巴伊还是不能马上习惯过来。放马，才带劲呐！不过，据说养马已经毫无意义。现在有各式各样的汽车，因此，养马就无利可图了。眼下当务之急，是发展养羊业：既有羊毛，又有羊肉，还能制熟羊皮。这种冷冰冰的精打细算，常常叫塔纳巴伊感到窝火，虽说他心里也明白，这种说法是确有道理的。

一群好马，配上一匹管事的头马，有时可以放任不管，甚至可以离开半天,或者更久些,忙别的事去。放羊的时候,就脱不开身了。白天,得寸步不离地跟着;夜里,还得看守。一群羊除羊倌外,本应配几名帮手,可是没有给他派人来。结果是:事情一大堆,忙得团团转,没人换班,无法休息。扎伊达尔算是看夜人。白天,她拖着两个女儿有时替他放一阵羊,晚上背起枪,在羊栏外巡逻。后半夜,还得由塔纳巴伊来看守。而伊勃拉伊姆——他现在升了官,当上了农庄主管畜牧业的头头了——什么事他都是常有理:

“嗨,我上哪儿去给您弄帮手呀,塔纳克?”他装出一副愁眉苦脸的样子说,“您是通情达理的人。年轻人都在学习。而那些没上学的,连听都不愿听放羊的事。都进了城,上了铁路,有几个甚至跑到什么地方下了矿井。怎么办?我是束手无策。您总共才一群羊,您还唉声叹气。可我呢?有关牲口的事全压在我的脖子上。总有一天,我得吃官司去。我悔不该,悔不该接下这份差使。您倒试试跟您那个帮手别克塔伊这号人打打交道看。他说了:你得保证我有收音机,有电影,有报纸,有新毡包,另外,保证每个礼拜流动商店来我这儿一趟;要是不答应,——我爱上哪儿就上哪儿,你管不着。您倒是最好找他谈谈,塔纳克!……”

伊勃拉伊姆倒是没有瞎说。爬那么高,他此刻也不怎么得意了。至于别克塔伊,讲的也是实情。塔纳巴伊有时抽空去看看他手下的两个共青团员。鲍洛特彼可夫·艾希姆这小伙子挺随和,虽说不怎么麻利。而别克塔伊,长得少年英俊,人也挺能干,就是他那对乌黑的、斜视的眼睛里总露出一股恶意。见着塔纳巴伊,他总是阴阳怪气的:

"你呀,塔纳克,就甭穷折腾了。你最好在家里逗逗孩子。你不来,我这儿的钦差大臣就满天飞了。"

"你怎么啦,我来了,反倒坏事了不成?"

"坏事倒不坏事。不过,像你这号人,我就是不喜欢。你这是自讨苦吃。就会喊:乌拉!乌拉!人过的日子你不过,也不让我们安生。"

"你呀,小伙子,可不怎么的,"塔纳巴伊压着火气,从牙缝里一字一顿地挤出话来,"你别对我指手画脚的。这事你管不着。自讨苦吃的是我们,不是你。我们心甘情愿,并不后悔。是为了你们,才自讨苦吃。倘若没有人自讨苦吃,我倒要瞧瞧,这会儿你又该怎么叨叨。什么地方有报纸有电影,你连自己姓什么叫什么都会忘了。依我看,你的名字就是两个字:奴才!……"

塔纳巴伊不喜欢这个别克塔伊,虽说内心还是看重他的心直口快。这人没有一点儿骨气。看到年轻人不走正道,塔纳巴伊感到痛心……后来,他们还是分道扬镳了。有一回,他们在城里不期相遇,塔纳巴伊已无话可说,当然,也不愿听他那一套胡言乱语。

那一年,冬天来得特别早……

冬天,跨上它桀骜不驯的白毛骆驼飞驰而到,来折磨牧民们,惩罚他们的健忘。

十月里,秋高气爽,一片金灿灿。进了十一月,转瞬间,冬天蓦然而至。

傍晚,塔纳巴伊把羊群赶进羊栏。一切似乎跟往常一样。可是到了半夜,妻子把他叫醒了:

"快起来,塔纳巴伊！冻死我了,下雪啦。"

她的手冰凉,浑身上下有股湿乎乎的雪的味道。连枪也是湿漉漉的,冷冰冰的。

四野里是一片微微发白的夜色。雪下得很密。母羊在羊栏里急躁不安,不习惯地晃着脑袋,不断地干咳着,抖落着身上的雪。可是雪却下个不停。"你们先别忙,咱们还不到时候哩,"塔纳巴伊掖紧羊皮袄的衣襟,心里想道,"太早了,冬天,你来得太早了。这会怎么样？是好事,还是坏事呢？说不定,到末了你会让点步吧？最好在接羔的节骨眼上,你离远点——这就是我们牧人的全部希望了。眼下,你爱怎么治,就怎么治吧。你有这个权力,当然,也不必征求旁人的意见……"

冬天刚一来临,便悄悄地,悄悄地在黑暗中奔忙操劳。她要让所有的人清早一起来就大吃一惊,然后奔来跑去,忙个不迭。

群山暂时还是黑魆魆的一片,只是到了夜里才渐渐冷却下来。它们对冬天满不在乎。只有那些牧人赶着牲口,在急急忙忙地转移。而绵绵群山,却一如往常,傲然挺立。

那个令人难忘的冬天就这样开始了。它有什么意图,暂时还无人知晓。

雪没化,几天之后,又下了一场。这样,一连几场大雪就把牧羊人从秋季牧场上撵走了。一群群的羊四散开去,躲进了深谷,躲进了背风和雪少的地方。牧羊人历来的那套本事又用上了:在别人挥手而过,认为除了雪之外别无他物的地方,居然给羊群找到了牧草,所以说,他们才是牧羊人呢！……有时候，难得来个头头脑脑的，东瞧瞧，西望望，问这问那，许诺了一大堆，说完赶紧溜下山回去了。只有牧羊人独自留下，面对面跟冬天较量。

塔纳巴伊想无论如何抽空回村一趟，了解一下有关接羔的事——是不是一切都准备妥当了，是不是饲料都储存够了。可哪儿行呢！连喘口气的工夫都没有。扎伊达尔有一回去寄宿学校看了看儿子，也没敢多耽搁，因为她知道，她不在家事情就不好办。塔纳巴伊只好带着两个女儿一起放羊。把小闺女放在身前的马鞍上，给她裹上老羊皮袄，她暖暖和和的，舒舒服服的。可老大呢，因为坐在父亲的后面，都快冻僵了。就连炉灶里的火也跟往常不一样，老是烧不旺。

等第二天母亲一回家，哎哟，那可热闹啦！孩子们扑到妈妈怀里，搂着她的脖子，怎么拉也拉不开。哎，不，父亲，当然啰，终究是父亲；要离了母亲，这个做父亲的也就不被称为父亲了。

日子一天天过去。冬天的脾气喜怒无常：忽而咄咄逼人，忽而稍稍收敛。有两回起了大风雪，后来风停了，雪化了。这种天气把塔纳巴伊搅得心神不宁。要是接羔时碰上暖和的天气，那就太好了。如若不然，那可怎么办呢？

这当儿，母羊的肚子越来越沉了。有些母羊估计要下双羔，或者羊羔特别大，这时候肚子都垂下来了。大肚子母羊步履艰难地，小心翼翼地迈着步子。母羊显然都消瘦了，脊椎骨一个个凸了出来。这有什么稀奇的呢！——胎儿是在娘肚子里长大的，是吸取了母亲的膏血骨髓才发育的，所以，此刻每一根小草都得从雪地里刨出来。依牧羊人的心愿，当然最好能运点饲料进山来，最好能早晚给母羊喂点饲料。可农庄的粮仓简直是一扫而空。除了种子和一些喂耕马的燕麦外，几乎一无所有。

每天早上，当塔纳巴伊把羊群赶出羊栏时，他总要摸摸母羊的肚子和奶子，留心察看一番。每回心里都估摸着：要是一切顺利，那么，羊羔子的指标还能完成。至于羊毛，看来，根本没门。入冬以来，羊毛长得很糟糕，有些母羊甚至开始掉毛，毛反而少了。还是那句话：要能喂点饲料就好了。塔纳巴伊脸色阴沉，一肚子火，可又一筹莫展，只能狠狠地把自己臭骂一顿，不该听了乔罗的话，吹得天花乱坠，还在讲台上大声疾呼，说什么，我，如何如何有能耐，我，向党向祖国保证。没说这些大话就好了！再说，喊什么党，祖国，有什么用！这原本是普普通通的生产任务。可是偏不……假定就如此吧。干什么我们每走一步，不管该与不该，尽放那些空炮呢？……

那又怎样呢，自己也有一份错。没有多动动脑筋，跟别人的指挥棒转了。他们倒无所谓，大轰大嗡一番，就没事了。只觉得乔罗太可怜了，他怎么也不遂心。三天两头病。一辈子忙忙碌碌，苦口婆心，劝告呀，安慰呀，结果有什么用？慢慢地，也变得谨小慎微了，字斟句酌了。既然有病，不如退休算了……

冬天不慌不忙，照常行进，时而给牧羊人带来希望，时而叫他们胆战心惊。塔纳巴伊的羊群里，有两只母羊极度衰弱，终于倒毙了。他手下的两个年轻人那里，也都死了几只羊。这本是难免的：一个冬天损失十几只羊，这是常事。关键时刻还在后头，在开春的时候。

天气忽然回暖了些。母羊的奶子一下鼓起来了。你瞧瞧，瘦瘦的身子，拖着个大肚子，奶头都变得绯红绯红的了，奶子不是每天，而是每时每刻都在胀大。那是什么原因呢？真不知从哪儿来的这股劲头！听说，不知谁的羊群里已经生下几只小羊羔了。看来，这是交配时疏忽了的缘故。不过，这已是开头的信号了。再过一两个礼拜，像瓜熟蒂落那样，羊羔子就要纷纷落生了。可得要接好羔。牧羊人紧张的接羔季节快要开始啦！接下每一只羊羔时，羊倌的手就会发抖，会埋怨自己不该接过羊鞭。可是，一旦把羊羔子护理好了，小羊羔能直起腿来，翘起尾巴，不怕冬天了——到了那个时光，牧羊人的心，可要乐开花了。

但愿如此，但愿如此！免得日后无脸见人……

农庄派了一些多半是上了年纪的、没有子女的、能离得开村的妇女来帮忙接羔。给塔纳巴伊也派来了两名帮手。她们随身带来了帐篷、铺盖和零用东西。变得热闹些了。帮手至少得来七八人才行。伊勃拉伊姆担保，一旦羊群转移到接羔点——一片叫“五棵树”的峡谷，帮手一定配齐了。而目前，他说，两个帮手就足够了。

羊群慢慢移动了，下山了，朝山前地带的接羔点赶去。塔纳巴伊让鲍洛特彼可夫·艾希姆帮着两个妇女先到那里安顿下来，他随后赶着羊群前去。一清早，他就打发他们赶着驮载的牲口上了路，自己把羊群拢到一起，不慌不忙，慢慢悠悠地在后面跟着，好让母羊临产时不会太感费劲。——后来，他为了指导两个年轻人，这条去五棵树的路他又走过两趟。

母羊慢慢地移动着，——也没有必要忙着赶它们。连狗都感到闷得慌，东跑跑，西闻闻，像在寻找什么似的。

太阳快落山了，但天气还是暖洋洋的。羊群越是往下，就越感到暖和。在向阳的山坡，嫩绿的小草已经破土而出了。

半路上有点小小的耽搁：第一只母羊产羔了。本来是不该发生这种事的。塔纳巴伊怏怏不乐地给新生的小羊羔吹着耳朵和鼻孔。接羔的日期最早也得过一个礼拜。可现在——喏，你接着吧！

说不定路上还会生吧？他仔细察看别的母羊。不，似乎不像。他安下心来，后来甚至快活起来了：两个闺女一定会喜欢他这只小羊羔的。新生儿总是招人喜爱的。这羊羔子真可爱！浑身雪白，就是一双眉毛和四只蹄子是黑黑的。他的羊群里有几只粗毛羊，刚才生小羊的正是其中之一。粗毛羊生下的羊羔，总是结结实实的，长一身细细的、密密的绒毛，不像细毛羊生的羊羔，生下来就光不溜秋的一丝不挂。

"得了，既然你急得不行，那就瞧瞧这人世间吧！"塔纳巴伊高兴得自言自语起来，"给我们牧羊人带来幸福吧！让生下的羊羔子都跟你一样结结实实的，让落地的羊羔子密密麻麻，都无处下脚，让你们的咩咩声把我的耳朵震聋，让所有的羊羔子只只成活！"他把羊羔子举到头顶，"瞧呀，绵羊的保护神！这是今年头一只羊羔子，你保佑我们吧！"

周围群山肃立，默默无语。

塔纳巴伊把小羊羔揣进怀里，赶着羊群又上路了。羊妈妈在身后紧紧跟着，不安地咩咩叫着。

“走吧，走吧！”塔纳巴伊对那只母羊说，“羊羔子在我这儿，丢不了的！”

小羊羔在皮袄里焐干了，暖和了。

当塔纳巴伊把羊群赶到接羔点时，已经是黄昏了。

所有的人都到齐了。毡包里冒出缕缕炊烟。两个妇女在帐篷旁边忙来忙去。看来，搬迁的事总算对付过去了。没有见着艾希姆。对了，他把驮载用的骆驼牵走了，准备明天转移到另一处去。一切都按计划行事，没有差错。

但塔纳巴伊后来看到的情景，有如晴天霹雳，把他惊倒了。他并无过高的要求，可瞧那接羔用的羊圈——顶棚上的芦苇都糟烂了，散落了，四围墙上尽是窟窿，既没有窗，也没有门，风在里面横冲直撞，——不，这种情况，他可没有料到。四周的雪差不多化尽了，可羊圈里，却到处是一堆堆的积雪。

羊栏原先是用石头砌的，现在也成了一片废墟。塔纳巴伊心灰意冷，连女儿怎么欣赏羊羔也无心看了。他把羊羔往她们手里一塞，便出去察看周围的情况了。不论闯到哪儿，到处都是乱糟糟的——这景况，简直是世上少有。可能，打战争以来，这里就无人照看了。每年，羊倌们凑合着接完羔就离开了，把什么东西都扔下，任凭风吹雨打。在草棚的搁板上凄凄惨惨地堆着一抱烂糟糟的干草，几堆散乱的麦秸。在一个角落里，扔着两个口袋，里面有点大麦面，另外，还有一匣子盐。所有这些，就是为一群母羊和小羊准备的全部饲料和铺垫物了。还是在那个角落，扔着几盏马灯，玻璃罩已经碎了，还有一只盛煤油的锈铁桶，两把铁锹和几把断了把的草杈。呵！真想泼上煤油，把这堆破烂烧他妈的精光，然后扬长而去，爱上哪儿就上哪儿……

塔纳巴伊来回走着，在去年留下的冻得硬邦邦的粪块和雪堆中间磕磕碰碰地走着。不知说什么才好。已经无话可说。只是像发了疯似的一个劲儿地嘟囔着："怎么能这样？……怎么能这样？……怎么能这样？……"

后来他冲出羊圈，急急地跑去备马。两只手颤悠悠地上着马鞍。此刻，他要飞马回村，他要把人们一个个从睡梦中叫醒，他要大闹特闹一番。他要揪住这个伊勃拉伊姆的领子，揪住这个农庄主席阿尔丹诺维奇的领子，揪住乔罗的领子：让他们知道他的厉害！既然他们能这样对待他，他们就甭想有好结果！行，要完蛋大家都完蛋！……

"喂，你站住！"扎伊达尔赶上来，拉住了缰绳，"你上哪儿去？不行！你下来，听我说！"

哪行呢！你倒试试能拦住塔纳巴伊。

"你放开！你放开！"他大声吼叫着，一边夺缰绳，抽打着马匹，冲到妻子跟前，"我说，你放开！我要跟他们拼了！跟他们拼了！跟他们拼了！"

"我不放！你要跟人拼了吗？——先跟我拼了吧！"

这当儿，两个女人跑上来帮着扎伊达尔，两个女儿也跑过来，大哭小喊的。

"爹爹！爹爹！你别去！"

塔纳巴伊稍稍冷静了一点，但还是一个劲儿地想冲开去。

“别扯着我！难道你没瞅见这儿乱七八糟的情景？难道你不知道母羊马上就要下羔了？赶明儿把那些羊往哪儿放？顶棚在哪儿？饲料在哪儿？一只只羊都得死光！谁来负责？你给我放开！”

“你等等，你等等！好吧，就算你回村了，好吧，就算你大吵大闹了一场，这又有什么用呢？要是直到如今他们啥也没有准备，这就是说，他们无能为力了。要是农庄有点什么办法，不早就盖了新羊圈了吗！”

“顶棚倒是可以翻修一下，可门呢？窗呢？到处都塌方了。羊圈里尽是雪，羊粪十来年也出不完！你倒瞧瞧，这么点烂糟糟的干草能喂几只羊？难道这种干草能喂小羊吗？铺垫用的草上哪儿弄去？让羊羔子在烂泥地里死光，是不是？你的意思是这样吧？你给我走开！”

“算了，塔纳巴伊，你清醒清醒吧！你怎么啦，比谁都有能耐，是不是？别人什么样，咱们也差不离。你还算个男子汉呢！”妻子数落起他来，“你最好动动脑筋，该做些什么，趁现在为时还不晚。至于他们，你就别理算了！既然该咱们负责，咱们就干起来。你瞧，那边去谷地的路上，我发现了一大片野蔷薇，长得密密麻麻，还有刺。说真的，我们可以砍下来，盖到顶棚上去，上头再压上一层羊粪。至于铺垫的东西，咱们可以多割点骆驼草。想点办法，好歹熬过这段苦日子。只要天气帮忙就行了……”

这时，两个妇女也在一旁劝说。塔纳巴伊跳下马来，冲着几个女人啐了一口,就进毡包去了。他坐在那里,耷拉着脑袋,仿佛大病初愈似的。

毡包里静悄悄的。大家都不做声,都怕开口。扎伊达尔从烧着的干粪块上取下茶炊,放了不少茶叶,把茶煮得浓浓的。又端来了一罐水,让丈夫洗了手。铺了一条干干净净的桌布,摆上了不知从哪儿弄来的糖果,一个盘子里还放着切成一小片一小片的奶酪。还请了那两个女人来喝茶。嗬哟!这些娘们儿真有能耐!端着茶碗,品着茶,絮絮叨叨,唠着家常,像在人家做客似的。塔纳巴伊一句话没说,喝完茶,走了出来。他到羊栏跟前,把倒塌的石头一块块垒起来。事情一大堆。得忙着干起来,好让羊群有地方过夜。接着,几个妇女也都出来了,抱的抱,垒的垒,都干起活来。连两个小姑娘也使着劲儿给大人递石头。

“回家去!”父亲对她们说。

他感到十分惭愧。他垂下目光,只顾搬石头。乔罗说得对:要离了扎伊达尔,这个天不怕地不怕的塔纳巴伊早不知把脑袋丢到哪儿了呢!……

十六

第二天,塔纳巴伊帮着他手下的两个羊倌转移到了一个新的放牧地点。随后,整整一个礼拜他忙得不可开交。他都记不清什么时候曾这样拼命干活的了。只记得在前线,为了抢修工事,常常几天几夜连轴转。但那时是整个师、团、军一起行动的,可是现在——只有自己、老婆和一个帮手。另一个帮手还在附近放牧一大群羊。

最棘手的活算是清羊圈和砍灌木丛了。野蔷薇长得密密麻麻,到处是刺。塔纳巴伊的靴子给剐破了,军大衣给撕烂了。砍下的野蔷薇因为尽是刺,马不能驮,人不能背,只能用绳子捆上,拖走。塔纳巴伊骂起街来了:鬼地方,叫什么“五棵树”!连五个小树桩也找不见。他们使劲弯下腰,汗流浃背,拖着这该死的野蔷薇,清出一条通羊圈的道来。塔纳巴伊真心疼那几个妇女,但是有什么办法呢!连干活也不踏实:时间太紧啦。得不时地瞅瞅天——天气会怎么样?要是来场大雪,那么这一切都白费劲了,还得不时让女儿去羊群那里打听着:母羊是不是开始下羔了。

清羊圈就更糟糕了。羊粪之多,半年也出不完。要是羊圈不漏,羊粪干干的,实实的,那活干起来也痛快:起出的粪层都是厚厚实实一大块一大块的,把它们整整齐齐地垛起来,晒干。烧着的干粪块散发出一股热气,又惬意,又洁净。到了寒冷的冬天,牧民们就靠这些跟金子一样宝贵的干粪块来烤火取暖。但要是羊粪给雨水泡了,给雪埋了,像现在这样,那就没有比这个活更叫人难堪的了。简直是累死人的活!而时间又不等人。到了晚上,他们点起几盏冒烟的马灯,继续用粪筐背着这些冰冷的、黏糊糊的、沉得像铅块似的脏东西。这么干,已经是第二个昼夜了。

在后院,已经堆起了好大一堆羊粪,但羊圈里却像是原封未动似的。他们忙碌着,哪怕能给快出生的羊羔子清出一个角落也好!其实,清个角落也无济于事,因为即便整个这个大羊圈也盛不下所有的母羊和小羊。要知道,每天能产下二三十头小羊呢。“怎么办?”——塔纳巴伊不断地琢磨着这个问题,一边忙着起粪背粪,跑出跑进,没完没了。这样一直干到半夜,又干到天亮。他感到直恶心,两只手都麻木了。马灯不时被风吹灭。好在两个帮手都没有一句怨言,跟塔纳巴伊和扎伊达尔一样,只是埋头干活。

第一个昼夜就这样过去了。第二天,第三天,天天如此。他们背着粪,堵着墙上和顶棚上的窟窿。一天夜里,当塔纳巴伊背着粪筐正走出羊圈时,忽然听到羊栏里“咩”的一声羊羔叫,接着一只母羊也应声咩咩地叫起来,还踏着蹄子。“开始啦!”塔纳巴伊的心都发紧了。

“你听见了没有?”塔纳巴伊转身问他的老婆。

他们立刻撂下粪筐,抓起马灯,向羊栏跑去。

马灯投下昏暗的灯光,在羊群中搜索着。羊羔子在哪儿呢?呵,那里,在角落里!母羊已经把这个小小的、浑身颤抖的新生儿舔得干干净净的了。扎伊达尔忙抱起小羊羔,用衣襟给捂好。真好,总算及时赶来了,要不,小羊羔准会在羊栏里冻死的。原来,旁边还有一只母羊也生了。这回还是个双胞胎呢。塔纳巴伊赶紧撩起衣服下摆,把这两只小东西裹在里面。还有五六只母羊躺在地上,抽搐着,咩咩地发出嘶哑的叫声。这就是说,开始啦!到早上,这几只母羊也快要生了。塔纳巴伊把那两个妇女叫来,让她们把产过羔的母羊赶到羊圈里那个好歹收拾过的角落里。

塔纳巴伊在墙根下铺上一些干草,把开了奶的小羊羔放在草上,找了个麻袋片给盖上。真冷。他把母羊也弄到这儿来了。塔纳巴伊咬着嘴唇,寻思起来。其实,想又有什么用呢？只能盼望着，但愿这一切会平安无事地过去。有多少事要干，有多少事要操心哪！……要是有足够的干草也好，可就是没有。伊勃拉伊姆对此总有正当的理由。他会说：进山连个路都没有，还运什么干草，你倒来试试看！

唉！一切听其自然吧！塔纳巴伊出去拿来一铁罐稀释的墨水。在一只羊羔背上写上“2”，给双胞胎都写上“3”，然后给母羊也编上同样的号。要不然，赶明儿几百只小羊乱挤乱钻，看你怎么辨认。不远啦，牧羊人接羔的紧张时刻就要开始啦！

这时刻来得急剧，无情。犹如在前沿阵地，已经没有什么东西可以把敌人挡回去，而敌人的坦克却在前进，前进。而你，站在战壕里不能后退，因为已经无路可退。两军对峙，二者必居其一：要么奇迹般地活下来，要么就死去。

清晨，在羊群放牧之前，塔纳巴伊独自站在一个小山头上默默地举目瞭望，仿佛在估摸自己的阵地。他的防线摇摇欲坠，不堪一击。但他必须坚守。他无路可退。在两面陡坡中间，是一片不大的、弯弯曲曲的峡谷，一条浅浅的山涧流经其间。陡坡上面是一片连绵起伏的山岗，其后更高处是雪封的山峦。在白皑皑的山坡之上，光秃秃的悬崖峭壁显出黑魆魆的一片。而在那山梁之上，冰凌封冻，严冬肃立。寒流说来就来。冰雪稍一抖动，就会泻下浓云寒雾，把这小小的峡谷吞没，叫你无处可找。

天空灰蒙蒙的，黑沉沉的。山脚下刮起阵阵阴风，四野里一片荒凉。尽是山，重重叠叠的山。塔纳巴伊惶惶不安起来，心都凉了半截。而在摇摇晃晃的羊圈里，羊羔子却咩咩地叫开了。刚才从羊群里又截下了十几只临产的母羊，留下来准备接羔。

羊群慢腾腾地散开，去寻找少得可怜的牧草。现在，在放牧的地方，也得要人仔细照看。通常母羊临产前没有什么征兆。不一会儿，不知钻到哪丛灌木后面，一下就生下来了。要是照看不到，羊羔子在潮湿的地上着了凉，那就活不成了。

塔纳巴伊在这小山包上伫立良久。最后，他一挥手，朝羊圈大步走去。那儿的活儿成堆，得抓紧时间再多干一些。

后来，伊勃拉伊姆来了，运来了一点面粉，这个不要脸的东西居然说，怎么，难道我得给你们运儿座宫殿来不成？农庄的羊圈过去什么样，如今还是什么样。要好的，没有。到共产主义——还远着哩！

塔纳巴伊强忍着，才没有扑过去揍他几拳。

“你开什么玩笑？我讲的是正经事，考虑的是正经事。我得负责。”

“照你看，那我就什么也不考虑啦？你负责的不过是一群羊，可我呢，什么事都得负责：对你，对所有的羊倌，对整个畜牧业负责！你以为，我就松快啦？”突然，出乎塔纳巴伊的意料，这个老滑头竟掩面大哭起来，一边眨巴着泪眼，嘟嘟哝哝地说：“早晚我得吃官司！吃官司！哪儿也弄不来东西。连临时来帮个忙的，也找不着，谁都不肯来。你们打死我吧！把我撕成碎片吧！我无能为力了。你们别指望我什么。唉，悔不该，我悔不该接下这个鬼差使！……”

说完这些，他就溜了，撂下塔纳巴伊这个老实人纳闷了好半天。往后,在山里就再也没有见着这个伊勃拉伊姆了。

第一批一百多头羊羔已经接下来了,而峡谷上方艾希姆和别克塔伊放的两群羊却还没有消息。但塔纳巴伊已经感到,灾祸即将临头。不算那个放羊的老大娘,他们这里一共才三个大人,加上六岁的大女儿,忙得够呛:接下羔来,得擦净身子,让母羊喂奶,找东西给捂上防寒,还要出粪,还要找枯树枝垫羊圈。已经可以听到羊羔嗷嗷待哺的叫声:小羊羔吃不饱,因为母羊已经虚弱不堪,没有奶水可喂了。唉,往后还会有什么糟糕的事情呢?

接羔的日日夜夜把羊倌们忙得晕头转向,羊羔一个个落地,——简直连喘口气,直直腰的时间都没有。

而昨天的天气太吓人了!突然间,寒风凛冽,乌云密布,大颗大颗粗硬的雪粒纷纷而下。一切都沉没在阴霾之中,周围一片天昏地暗……

但不久,乌云散了,天又转暖了。空气里散发着一股潮润的春天的气息。"老天爷保佑,说不定春天真要来了。但愿天气能稳住,可千万别忽冷忽热的——那可再糟糕不过了!"塔纳巴伊一边想着,一边用干草杈叉着水淋淋的母羊胎盘送出圈外。

春天果然来了——但它完全不像塔纳巴伊盼望的那样。夜里,它突然光临,又是雨,又是雾,又是雪。把这些湿淋淋的、冷冰冰的东西一股脑儿倾泻在羊圈上,毡房上,羊栏里以及四周所有的地方。它让冻结的泥地上鼓胀起一道道水流,一片片水洼。它钻进烂糟糟的顶棚,冲坏了围墙,淹进羊圈,叫圈里的牲口冻得浑身打颤。它强使羊群惊慌而起。小羊羔在水里挤成一团。母羊大声号叫,站着就生下小羊。就这样,春天用彻骨的冷水给刚一落地的新生儿来了一次洗礼。

人们穿着雨衣,提着马灯,忙作一团。塔纳巴伊跑来跑去。他的两只靴子像一对被人追赶的小兽,他在水洼里,在粪水中来回奔跑。他的雨衣下摆,像鸟儿受伤的翅膀,啪啪作响。他扯着嘶哑的嗓子忽而对自己,忽而对旁人大声叫着:

“快! 拿根铁棍来! 铁锹! 把羊粪往这儿倒! 把水堵住!”

得把灌进羊圈的水引开去。塔纳巴伊不断地挖着冻土,开着排水沟。

“用灯照着! 往这边照! 你瞅什么!”

傍晚时升起了大雾。雨雪交加,纷纷而下。这一切都难以阻挡。

塔纳巴伊跑回毡包,点着了灯。这里一样也到处漏雨。但比起羊圈来,要好得多。孩子们睡了,身上的被子淋湿了。塔纳巴伊把孩子连被子一起抱着,挪到毡包的一角,尽可能多腾出些地方来。他找来一大块毡,蒙在被子上防雨。随后跑出毡包,对着羊圈里的几个妇女大声喊道:

“把羊羔子抱到毡包里来!”同时自己也往那里跑去。

但是一个小小的毡包又能盛下多少只羊呢? 几十只吧,不能再多了。那其余的羊往哪儿放呢? 唉! 能救多少就算多少吧……

天已经亮了。但大雨倾盆,没完没了。稍稍停了片刻,过后,又是一会儿雨,一会儿雪,一会儿雨,一会儿雪……

包里的小羊羔挤得满满的,尖声叫着,一刻也不停。又臊又臭。房里的东西早已归成一堆,用块雨布盖着。夫妇二人搬到帐篷里去住了。孩子们冻得直哭。

牧民的倒霉日子到来了。塔纳巴伊诅咒自己的命运。真想把这世上所有的人都痛骂一顿。他不吃不睡,在这些从头到脚湿淋淋的母羊中间,在这些快要冻僵的小羊中间奔来跑去,耗尽了最后的一点力气。而死神正斜着眼睛窥视着这憋闷的羊圈里的牲口。死神轻而易举便可光顾这里:穿过薄薄的顶棚,穿过没玻璃的窗子,穿过空荡荡的门洞——爱往哪儿闯,就往哪儿闯。死神突然光临,紧盯着这些小羊羔和奄奄一息的母羊。羊倌不时拽起几只发青的死羊羔,把它们扔到羊圈外面。

而在外面,在羊栏里,大肚子母羊在雨雪下站着。羊群挨着浇,冻得浑身发抖,上牙磕着下牙,格格作响。羊毛湿淋淋的,一绺一绺耷拉着……

羊群已经不想动窝了。本来嘛,在下着雨雪的大冷天出去放牧又能怎么样呢?放羊的老大娘头上蒙着块麻袋片,赶着羊群。但羊都往后跑,仿佛羊栏才是它们的天堂似的。大娘都急哭了,把羊群拢到一起,再往外赶,而羊却还是一个劲儿往回跑。塔纳巴伊怒不可遏地跑了出来。真想用棍子抽这些蠢货!但不行,这些都是大肚子母羊啊。末了,他只好把人都叫来了,几个人一起,才好不容易把羊群赶出去放牧了。

自从这场灾难开始以来，塔纳巴伊已经不再计算时间，不再计算在他眼前死去的仔畜。双胞胎越来越多，有时还一胎三羔。可所有这些财富都完蛋了，一切辛苦操劳都白搭了。羊羔子刚刚来到人间，当天就在泥泞和粪水中冻死了。而那些侥幸活下来的小羊羔都咳着，嘶哑地叫着。羊羔子瞎跑乱窜，弄得浑身上下都是稀泥粪汤。失去了小羊的母羊大声哀叫着，来回跑着，乱闯着，踩着那些躺在地上全身抽搐的临产的母羊。这一切是那么异乎寻常，那么惨不忍睹！呵！塔纳巴伊多么巴望母羊能慢一点生呀！真想冲着这群愚蠢的母羊吼道："停一停！别生了！停一停！……"

但这些母羊像事先约好了似的，接二连三，接二连三，接二连三地生个没完没了！……

于是，塔纳巴伊的胸中燃起一股无名的怒火，气得他两眼发黑，闪着仇恨的凶光。他恨这里发生的一切：恨这个糟糕透顶的羊圈，恨这些母羊，恨他自己，恨他过的这种日子，恨那些把他搞得焦头烂额、走投无路的种种缘由。

想着想着，他忽然感到茫然起来了。这些想法简直把他弄糊涂了。于是他竭力想把它们排遣开去，但这些念头却并不退让，反而变得刻骨铭心："这都是为了什么？谁让这么干的？既然不能保护羊群，干吗要繁殖它们？这都是谁的过错？谁？回答呀：究竟是谁？——是你，还有和你一样的那些牛皮大王。说什么，我们保证要赶上去，要提高生产，要超额完成任务。说得真漂亮！好吧，现在把你那些死羊羔都提起来吧，拿出来吧。把那只在水洼里倒毙的母羊拖走吧。让大伙儿瞧瞧，你是什么样的英雄！……”

特别到了夜里，当扑哧扑哧地走在没膝的泥泞和粪水里的时候，塔纳巴伊一想到自己的委屈和痛苦就难受得喘不过气来。唉！这些接羔的不眠之夜！脚下是一摊摊发酵冒泡的牲口粪，头上还滴答滴答掉着黄泥汤。风扫过羊圈就像扫过旷野一般，不时把马灯吹灭。这时，塔纳巴伊便只得摸索着，磕磕碰碰地走。他怕压着新生的羊羔，便手脚并用地爬着。他找到了灯，点上了，借着灯光，他看到自己一双黑黑的、沾满了羊粪和血污的浮肿的手。

他已经好久没有照过镜子了。也不知道头发已经斑白，一下子苍老了好多。不知道现在人家管他叫老汉了。他没有心思顾上这些，也顾不了自己，连吃饭洗脸都没有工夫。他不给自己，也不给旁人片刻的安宁。现在塔纳巴伊料到事情会彻底完蛋，便叫那个年轻妇女骑上马，对她说：

“快跑，去找乔罗。对他说，让他立刻来一趟。他要是不来，你就传我的话：往后就甭想跟我照面！”

傍晚时分，那妇女回来了。她翻身下马，脸色发青，浑身湿透，说：“他病了，塔纳克。他躺在床上起不来。他说，过一二天，哪怕没气了，也要赶来一趟。”

“但愿他病得还剩口气！”塔纳巴伊骂道。

扎伊达尔本想阻止他，但又不敢。哪能这么说话呢！

到了第三天，天才放晴。乌云好不容易散了，浓雾笼罩群山。风也停了。但是已经晚了。待产的母羊经过这些天已经瘦得皮包骨了，叫人看了都难受。你瞧，细细的腿上支着瘦骨嶙峋的身子，还凸着一个大肚子。这哪像喂奶的母羊呵！再说那些已经生了的母羊和活着的小羊羔又有多少能熬到夏天，吃上青草，恢复元气呢？迟早会病死的。即便不死，也好不了：既长不了毛，也长不上膘。

天刚放晴，又来了一场新的灾难：地又冻上了，到处结了冰。晌午时才暖和了些。塔纳巴伊高兴起来：兴许，还有得救的希望。于是铁锹、草杈、粪筐又都用上了。得往羊圈里开个通道，哪怕窄窄的一小条也好，否则简直无法插脚。但这个活也无法多干一会儿。还得喂那些没了娘的羊羔，把它们抱到死了小羊的母羊跟前。那些母羊不肯喂。小羊羔到处乱窜，要奶吃。那凉丝丝的小嘴逮着人的手指头便吸吮起来。把它们轰开了，一会儿又来舔你肮脏的衣服下摆。想吃奶呵！羊羔子哀哀叫着，成群地跟在你后面跑着。

真想痛哭一场，真想能长出三头六臂！对这几个妇女和一个小姑娘还能要求些什么呢？能顶下活来，就不错了。一连好几天了，她们身上的衣服都没有干过。塔纳巴伊一声不吭，只有一回，他实在忍不住了。那个放羊的老大娘想帮帮塔纳巴伊的忙，中午时就把羊群赶回羊栏了。塔纳巴伊跑出来看看，怎么回事。一看，急得他全身一阵火辣辣的：那些羊在互相撕食着身上的毛。这就是说，饥饿正威胁着羊群。他奔过来，冲到那女人跟前，吼道：

“你怎么啦？老东西！你没瞅见吗？怎么不吭声？快给我滚！赶羊去！别叫羊停下来！别叫羊撕毛吃！把羊轰走，一会儿也不准停下来，要不我要你的命！”

此外，还有更伤脑筋的事：那只母羊开始拒绝给它双生的小羊喂奶。母羊用角抵，用蹄子踢，不让小羊挨近身边。

而小羊乱钻着，摔倒了，哀哀叫着。这种情况表明，动物自卫这一无情法则在起作用：母羊本能地拒绝喂奶以争取自己活下来，因为母羊的体力消耗殆尽，确实已无力哺乳仔畜。这种情况如同传染病一般。只要有一只母羊开了头，其余的羊就跟着干。塔纳巴伊着了慌。他和女儿一起把这只饿得发了野性的母羊和小羊赶到外面，赶到羊栏跟前，开始强迫母羊喂奶。起先塔纳巴伊捉住母羊，让女儿抱着羊羔。但母羊乱转乱踢，挣扎着。小姑娘毫无办法。

"爹爹，羊羔子吃不着。"

"能吃着。就你是笨蛋！"

"不行，你瞧，羊羔子摔倒了。"小姑娘差点哭了。

"喏，你来捉住母羊，我来喂！"

但是小小的年纪能有多少气力呢！塔纳巴伊刚把小羊接过手来塞到母羊身下，小羊刚要吸奶，而母羊一下子挣脱开了，把小姑娘摔倒在地上，跑了。塔纳巴伊忍无可忍，"啪"一声，给了女儿一个耳光。他从未打过孩子，可这回失手了。小姑娘抽抽搭搭地哭起来。父亲走开了，狠狠地啐了一口，走开了。

塔纳巴伊转了一圈，又回来了。真不知如何对女儿赔个不是，而小姑娘却自己跑来了，说：

"爹爹，母羊喂羊羔子了。我跟妈妈一起让小羊吃上奶了。现在母羊不轰小羊了。"

"那可太好了，好闺女，你真行！"

一下子，心里轻快些了。也未必那么糟糕。也许剩下的羊群还能保住。瞧，天气已经好转了。也许真正的春天突然到来，牧民的倒霉日子就要过去了。塔纳巴伊重又拼命干起活来。干，干，干，——只有干，才能有救。

一天，计工员骑马来了。总算来了个人。小伙子问这问那没个完。塔纳巴伊本想让他见鬼去，他能负什么责呢……

“这之前，你上哪儿去啦？”

“上哪儿？到各处羊群转呗！就我一个人，顾不过来啊。”

“别人那里怎么样？”

“好不了多少。这三天倒了大批的羊。”

“羊倌们都怎么说？”

“说什么，都骂娘。有几个都懒得开腔。别克塔伊这小子把我轰走了，不让进院。他恶煞神似的，你就甭想近他的身。”

“是呀，我也不得空闲去他那儿瞧瞧。噢，等脱开身了，一定去一趟。那你呢，干什么来啦？”

“我？统计来啦。”

“能给我们点什么支援呢？”

“有。乔罗说要来。车队已经出发了。运来了干草和麦秸。把喂马的草料都给运来了。乔罗说，要死，不如让马死了。不过，听说车子在什么地方陷住了。瞧，什么鬼路！”

“路怎么啦？早先想什么去啦？我们这里呀，一辈子都是那个样。现在才来大车，帮得了多少忙？哼，我还得跟他们算账呢！”塔纳巴伊威胁着说，“别问了，自个儿瞧去吧，数个数，记下就完了。我现在什么都不在乎！”他突然不说下去了，去羊圈接羔了。今天又有十五六只母羊下了羊羔。

塔纳巴伊来回走动着，接着羊羔。一看，计工员塞给他一张纸，说：

“这是死了多少头羊的记录，你签个字吧。”

塔纳巴伊连瞅都没瞅一眼就签了字。末了，使劲一划，连铅笔芯都断了。

“再见，塔纳克。说不定要给谁捎个话吧？请吩咐吧。”

“我没话可说，”不过，后来还是叫住小伙子，说，“你到别克塔伊那里去一趟。告诉他，明天上午我无论如何抽空找他去。”

塔纳巴伊算是白操这份心了。别克塔伊比他抢先了一步。别克塔伊自个儿来了，而且竟是如此……

当天晚上，又刮起风，下起雪来。雪虽不大，但到早上，地上已是白茫茫的一片了。羊栏里的羊群整宿站着，身上也是一层薄薄的雪。羊群现在无法躺下，都挤成一堆，一动不动地呆呆站着。饲料不足，为时太久了；春天跟冬天的搏斗，也拖得太长了。

羊圈里冷飕飕的。雪花穿过顶棚上的窟窿在昏暗的灯光下飞舞，徐徐下落，掉在快要冻僵的母羊和小羊身上。塔纳巴伊一直在羊群里奔忙，履行着自己的职责，如同激战后战场上的收尸队那样。他已经习惯了这些难堪的思想，愤慨变成了无言的狂怒。这种狂怒，哽噎在胸，无法平息。他来回走着,靴子在粪水里啪嗒作响。他干着活,在这更深夜静的时刻,不时回想起已往的岁月……

那时候,他还是个小羊倌,跟他哥哥库鲁巴伊一起在一个亲戚家放羊。一年过去了,挣得的几个工钱只够付饭钱。主人把他们骗了,理都不理他们。就这样,哥儿俩蹬着烂毡靴,挎着小背包,两手空空地离开了东家。临走时,塔纳巴伊威胁着对东家说:"这一辈子我可记着你!"而库鲁巴伊明白,东家不吃这一套威胁。最好是自己也成为东家,添上牲口,置下田产。"我要当上东家,绝不欺负帮工。"那时候,库鲁巴伊常常这么说。那一年,哥儿俩就分手了。库鲁巴伊找了另一家牧主,而塔纳巴伊上了亚历山大罗夫卡,给一个俄罗斯移民叶夫列莫夫当雇工。这个东家不算很富:只有一对犍牛,两匹马,还有些耕地。主要种庄稼。常常把小麦运到小镇阿乌利埃-阿塔的磨坊去碾压。东家本人也一样从清早干到天黑。塔纳巴伊在他家主要是照料牲口。叶夫列莫夫为人严厉,但不能说不公道,讲好的工资照付不误。那时的吉尔吉斯贫苦人常常受亲朋邻里的盘剥,所以宁愿给俄罗斯人当雇工。塔纳巴伊学会了说俄语,常常到小镇阿乌利埃-阿塔去拉脚,见过一些世面。后来赶上了革命。发生了翻天覆地的变化。塔纳巴伊的好日子到来了。

塔纳巴伊回到了自己的小山村。新的生活开始了。那么令人神往,那么奔腾欢畅,简直叫人晕头转向。一下子,土地、自由、权利,什么都有啦!塔纳巴伊被选进了贫委会。在那些年月里,跟乔罗成了推心置腹的好朋友。乔罗能读能写，那时候教青年学字母，教他们一个音节一个音节地拼读。塔纳巴伊真需要文化：无论如何，是个贫委会委员呀！后来他跟乔罗一起，入了团，又入了党。一切进行得顺顺当当，穷哥们儿扬眉吐气了。等集体化一开始，塔纳巴伊真是一个心眼扑在这桩大事上了。是呀，不是他，又是谁能为农民的新生活而奋斗，为把土地、牲口、劳动、理想这一切都变成公共的财富而拼命呢！打倒富农！严峻的急风暴雨的时刻到来了。白天，他马不停蹄；夜里，他大会小会不断。富农的名单定出来了。牧主、阿訇和其他各式各样的财主，像地里的杂草一样，统统提出来了。是呀，地里要长新苗，就得清除莠草。没收富农财产的名单里也有库鲁巴伊。那阵子，当塔纳巴伊热心奔波、开会熬夜的时候，他的哥哥跟一个寡妇成了亲，家业兴旺起来。他家有不少牲口：一群绵羊，一头母牛，两匹马，一匹下奶的母马和一匹小马驹子，还有犁耙等不少农具。收割季节还雇上几个短工。不能说他是个财主，但也不是穷户。他活儿干得扎扎实实，日子过得富富裕裕。

在村苏维埃的会议上，当讨论到库鲁巴伊时，乔罗说：

“同志们，咱们考虑一下：是没收他的财产，还是不没收？像库鲁巴伊这样一些人，对集体农庄还是有用的。要知道，他本人也是穷苦人出身，也没有搞过什么敌对的宣传。”

大家各说各的。有的赞成，有的反对。最后轮到塔纳巴伊表态了。他无精打采地坐在那里，像只老鸦。虽说是同父异母的兄弟，但还是兄弟呀。现在得向自己的哥哥发难了。平时哥儿俩和睦相处,虽说不常见面,各人忙各人的事情。要是说:不动他算了,那别人会怎么样呢?——谁没有个亲朋好友的。要是说:你们看着办,——那人们准会想,好,自己乘机溜了。大家等着,看他怎么说。在众目睽睽之下,他的心便越发变得冷酷无情起来。

“你啊,乔罗,老是这样!”他抬高嗓门,大声说道,“报上老说那些书呆子——那些知识分子。你可也是个知识分子!你老是犹豫不定,胆小怕事,总怕出错。有什么好犹豫的?既然名单里有,这就是说,是富农呗!别讲情面!为了苏维埃政权,哪怕是我的亲生老子,我也不怜惜。他是我的哥哥,这点你们不必为难。不用你们去,我亲自去没收他的财产!”

第二天,库鲁巴伊先来找他了。塔纳巴伊对他冷冰冰的,连手也不伸。

“凭什么把我划成富农?难道咱们俩不是一块儿当雇工的?难道咱们俩不是一起给财主赶出家门的?”

“扯这些现在没用。你自己就是个财主了。”

“我算什么财主?都是靠劳动挣来的。你们把东西都拿走,我也不心疼。只是干什么把我往富农里撵?塔纳巴伊,你得敬畏真主!”

“不管怎么说,你是敌对阶级。所以我们就得把你除掉,才好建设集体农庄。你挡着我们的路,我们就得把你从路上甩开……”

这便是他们的最后一次谈话。已经二十年了,他们两人至今从未说过一句话。当库鲁巴伊被遣送到西伯利亚时，村子里议论纷纷，呵，有多少流言蜚语！

说什么闲话的都有。有人甚至说，当库鲁巴伊在两名骑警押送下离开村子时，他耷拉着脑袋，目不旁视，跟谁也没有搭理。可是一出村子，当穿过一片麦地时，他却猛扑在一片青苗上——那是集体农庄的第一块冬麦地。说他连根拔起一把把青苗，又踩又揉，活像一头掉进陷阱的困兽。据说，骑警好不容易才制服了他，然后押着他走了。都说库鲁巴伊离去时一路上痛哭流涕，不断地咒骂着塔纳巴伊。

塔纳巴伊对此并不怎么相信。“敌人造的谣，想这么来把我搞臭。哪有的事，难道我就屈服不成了？”他这样自我安慰说。

开镰前，有一次塔纳巴伊去地里各处看看。呵，真是赏心悦目！这一年的庄稼长得好极了，麦穗沉甸甸的，真招人喜爱。正巧他碰上那块麦地，——就是库鲁巴伊离村时绝望地挣扎、发疯地糟蹋青苗的那片麦地。四周的麦子像堵矮墙，而这片地，却像公牛在这里干过架似的，全都给踩了，毁了。地也干裂了，到处长满了滨藜。塔纳巴伊看到这一切，便勒住了马。

“嘿！你这个恶棍！”他小声愤愤骂道，“居然祸害集体农庄的庄稼，这么说，你就是富农。不是富农是什么！……”

塔纳巴伊骑在马上，停留多时。他默默无语，脸色阴沉沉的，一双眼睛流露出痛苦的神情。后来，他猛地勒转马头，头也不回，径自离去了。在这以后很长一段时间内，他总是绕道而行，避开这块倒霉的地方，直到收割完庄稼，那片地经过牲口的践踏，和周围的地变得一样时为止。

那个时候，很少有人为塔纳巴伊辩护。多数人只是指责他："真主保佑，可千万不要有个这样的兄弟。哪怕孤单一人，也强些。"也有人当面不客气地刺他。是啊，说句实在话，那时人们跟他疏远了。虽说不是公开反对，但表决贫委会候选人时，很多人不投他的票。就这样慢慢地他退出了积极分子的圈子。但塔纳巴伊总是为自己辩解，认为那时富农杀人放火，破坏集体农庄；而最重要的是，农庄已经巩固起来了，经营一年比一年出色。一种崭新的生活开始了。不，在开初的那个阶段，有些做法是难免的。

塔纳巴伊想起了过去的一切，想起了全部细枝末节。仿佛他的整个生命都留在集体农庄欣欣向荣的那个美妙异常的年代了。他还记起那时流行的一首歌子《系着红头巾的女突击手》，记起农庄的第一辆吨半卡车，记起那时他举着红旗站在驾驶室旁一夜奔驰的情景。

此刻塔纳巴伊在羊圈里来回奔忙，干着自己的苦差使，脑子里纠缠着痛苦的思虑。怎么会搞到今天这种一团糟的地步呢？也许，过去错了，不该走那条路？不，这不可能，绝对不可能！路还是对的。那又是什么原因呢？是不是迷失了方向，犯错误了？那从什么时候起，又怎么会弄到这种地步的呢？瞧现在的竞赛！指标一上报就算完了，至于怎么干，情况怎么样，那就谁也不管了。从前还有个红榜——表扬栏，黑榜——批评栏。每天吵吵嚷嚷，争论不休：谁上红榜，谁进黑榜，——那时人们可重视呐。可这阵子都说那种做法过时了，没用了。换了什么呢？尽是说大话，放空炮。

实际上，啥也不落实。怎么能这么干呢？这一切又都是谁的过错呢？

塔纳巴伊不断地思索着这些毫无头绪的问题，慢慢地都感到厌烦了。一种漠不关心，近乎麻木不仁的感觉控制了他。活多得应接不暇。头也疼起来了。真想能睡上一觉。他看到，那个年轻妇女靠着墙，两只红肿的眼睛困得都睁不开了。她竭力挣扎着，不让睡着，可身子却慢慢地往下沉，最后坐到地上，头耷拉在膝盖上，睡着了。塔纳巴伊没有把她叫醒。自己也靠着墙，身子也慢慢往下沉。他控制不住自己，只感到肩上重重的压力，使他歪歪斜斜地往下倒去……

蓦地，什么地方轰隆一阵响，随着一声撕裂人心的尖叫，塔纳巴伊惊醒了。吃惊的母羊急急往一边倒退，踩着他的脚。塔纳巴伊猛跳起来，不明白发生了什么事。天已经破晓了。

"塔纳巴伊，塔纳巴伊，快来帮帮忙！"他的老婆在叫他。

两个妇女赶忙向她那里跑去，塔纳巴伊跟在她们后面。一看——扎伊达尔给压在一根塌下的梁木下面了。梁木的一端从雨水冲塌的墙头上掉了下来，房梁经不住屋顶的重压，轰的一声倒塌了。这一下，瞌睡早跑得无影无踪了。

"扎伊达尔！"塔纳巴伊大叫一声，急忙用肩膀支起梁木，使劲朝上一顶。

扎伊达尔爬出来了，疼得直哼哼。两个女人哭天骂地地到处给她按摩。塔纳巴伊推开她们，慌里慌张地把发抖的手伸进妻子的绒衣下面抚摩着，问道：

“你怎么啦？啊？”

“哎哟，腰，我的腰！”

“砸伤了没有？快！”他即刻脱下外衣，给扎伊达尔裹上，几个人一起把她抬出羊圈。

进了帐篷，仔细查看了身体。外表看，好像没什么，可内伤很厉害，连动一下都不行。

扎伊达尔哭诉着：

“现在可怎么办呢？碰上这种时刻，而我——你们又该怎么办呢？”

“呵，我的天！”塔纳巴伊暗自思量，“算是万幸，她还活着。而她却……滚他妈的这鬼差使！只要你好好的就行了，我可怜的人……”

他用手抚摩着她的头。

“你说些什么呀，扎伊达尔！放心吧！只要你能起床就行了，其他的都是小事，我们对付得了……”

直到此刻，他们才镇静下来，于是争先恐后地劝她，安慰她。扎伊达尔听着，好像觉得疼痛也减轻了。她噙着泪花，笑了。

“算了吧，这事既然发生了，你们也就别埋三怨四了。我不会躺很久的。出不了两三天，我就下床。不信，你们瞧吧……”

两个女人为她铺好了被褥，生了盆火。塔纳巴伊又返回羊圈，老感到心有余悸似的。

天已经大亮了。四野里一片新下的雪。在羊圈里，塔纳巴伊找到了一只被梁木压死的母羊——这只羊刚才他们没有发现。羊羔子的小嘴还一个劲儿地在死羊的奶头上乱嘬。塔纳巴伊既感到后怕,又感到庆幸:他的妻子总算活着。他抱起孤单单的羊羔,给它找了另一只母羊。随后,他找了根柱子支起大梁,捡了根木头顶住墙,一边干着,一边想着得赶紧去看看妻子怎么样了。

他走到外面,看到不远的地方有一群羊在雪地上艰难地慢慢移动。有个外来的羊倌正把羊群朝他这里赶来。哪儿来的羊群?为什么往这里赶?两群羊会混在一起的,难道能这么干吗?塔纳巴伊赶紧去警告这个来路不明的羊倌,告诉他,他已经把羊群赶到别人的地界来了。

走近一看,赶羊的原来是别克塔伊。

"哎,别克塔伊,你怎么啦?"

对方并不搭腔。他默默地把羊群赶过来,用羊鞭子抽打着羊背。"他怎么能抽大肚子母羊呢!"塔纳巴伊愤愤地想。

"你从哪儿来?上哪儿去?你好啊!"

"从来的地方来。上哪儿去,你自个儿明白。"别克塔伊朝他走来,腰间紧紧束着一根绳子,两只手套掖在胸前的坎肩里面。

他把羊鞭操在背后,在离塔纳巴伊几步远的地方站住了。但是没有打招呼。他恶狠狠地啐了一口,又恶狠狠地踩着地上的雪。他猛地抬起头来,一张脸黑黑的,长满了胡子,那胡子仿佛是人为地贴在这张年轻漂亮的脸上似的。他皱着眉头,两只滴溜溜转的眼睛仇视地、挑衅地瞪着塔纳巴伊。他又啐了一口,微微颤抖的手抓着鞭子,朝羊群一挥。

"把羊收下。点数不点数,由你。一共三百八十五头。"

"怎么啦?"

"我走了。"

"什么叫'我走了',上哪儿去?"

"随便什么地方。"

"这跟我有什么相干?"

"相干:你是我的师傅。"

"什么?你等等,等等,你上哪儿去?你打算上哪儿去?"直到此刻,塔纳巴伊才明白,他带的这个羊倌打的是什么主意。突然,一股热血直往上涌,他感到窒息,燥热。"怎么能这样!"他不知所措地小声嘟哝着。

"就这样!我受够了!腻味了!这种日子我受够了!"

"你想想,你说些什么话?你的羊群眼下就要接羔了,怎么能这样干呢?"

"能。既然别人能这样对待我们,那我们也能这么干。再见了!"别克塔伊把羊鞭在头顶上甩了一圈,趁势一扔,便走了。

塔纳巴伊呆若木鸡,愣住了。已经无话可说。而对方却头也不回,大步流星地走了。

"你好好想想,别克塔伊!"塔纳巴伊跑着追他,"不能这样干。你自己想想,你这是干什么呀?你听着!"

"别老缠着!"别克塔伊猛地转过身来,"你自己想想吧！而我，我想活！想跟别人一样过日子！我哪点也不比别人差。我也能在城里找个工作，挣份工资。干什么我非得在这儿跟羊群一块儿等死？没有饲料，没有羊圈，头顶上连块毡布也没有！你得了吧，你自个儿去撞得粉身碎骨，在粪水里淹死吧！你倒瞧瞧你自己，还有个人样吗？不用多久，你就得在这儿蹬腿了。而你还嫌不够，还号召什么，还想把别人跟你捆在一起。别妄想了！我可受够啦！”说完，他迈着大步走了，用力踩着那洁白的未经触动的雪地，在他身后立刻现出了一行发黑的、渗出水来的脚印……

“别克塔伊，你听我说！”塔纳巴伊追上他，“我把情况都给你讲明白。”

“跟别人讲去吧，找傻子讲去吧！”

“站住，别克塔伊！我们再谈谈。”

那人扬长而去，什么也不想听。

“你小心吃官司！”

“吃官司也比这儿强！”别克塔伊反唇相讥，再也没有转过身来。

“你是逃兵！”

那人大步而去。

“这号人在前线就得枪毙！”

那人大步而去。

“我说，你站住！”塔纳巴伊追上去抓住他的袖子。

那人甩开手，继续朝前走去。

“我不让你走，你没有这个权利！”塔纳巴伊扭住他的肩膀。但是忽然间塔纳巴伊感到积雪的群山在眼前摇晃，在一阵烟雾中变得模糊起来:别克塔伊出其不意地猛击他的下颚,使他摔倒在地。

当塔纳巴伊抬起他晕眩的头时,别克塔伊已经消失在小山包后面了。

在他身后的雪地上,留下一行孤零零的发黑的脚印。

"完了,这小伙子完了。"塔纳巴伊呻吟着,两手撑着地爬起来。他站在那里,两手满是泥和雪。

他定了定神,把别克塔伊的羊群拢到一起,然后垂头丧气地往回赶去。

十七

两名骑者出了村子,策马向山里驰去。一人骑大黄马,一人骑枣红马。两匹马的尾部都用绳子紧紧缠住——看来,要赶的路远着哩。马蹄过处,泥呀雪呀,噼噼啪啪四下飞溅。

古利萨雷紧绷缰绳,健步向前飞驰。主人在家养病的日子里,溜蹄马养精蓄锐,都歇得腻烦了。可是这会儿,骑在它背上的,却不是它的主人,而是一个陌生人。此人穿一件皮革大衣,外面还披着一件敞开的胶皮雨衣。从他衣服上,散发着一股油漆和胶皮的气味。乔罗骑在另一匹马上,正并辔同行。每当区里来人的时候,乔罗总是让出他的溜蹄马——这已成了惯例。其实,对古利萨雷来说,谁骑都一样,自从它离开了马群,离开了原来的主人,已经有许许多多人骑过它了。各种各样的人都有:有的人心地善良,有的人心毒手狠;有的人会骑,有的人不会骑。也碰到过一些蛮干的家伙。哦,他们骑起马来,可糟糕透了!狠命地抽着马,忽然间猛勒缰绳,让马扬起前蹄,直立起来,然后又抽着马,又死死地勒紧缰绳。连自己都不清楚,到底想搞什么名堂,只不过是以此显示一下,他骑的是溜蹄马罢了。对这一切,古利萨雷已经习以为常了。它只希望不要老圈在马棚里,待着发闷就是了。在它身上,同从前一样,只留下一种飞跑的激情。至于谁骑在它背上,对它来说,已经无所谓了。可是,对骑者来说,让他骑什么马,却不能无动于衷。如果让他骑浅黄色的溜蹄马,这意味着对他的尊敬和畏惧。这是因为古利萨雷既剽悍,又英俊,骑上它,有一种安适可靠之感。

这一回骑在溜蹄马上的,是区里派到农庄的特派员——区监察委员谢基兹巴耶夫。农庄支部书记此刻陪同他,当然,这也是一种敬意。支书一声不响,说不定,还有点提心吊胆吧?因为绵羊的接羔工作情况不妙,简直糟糕透顶!也好,让他默不作声吧,让他有所惧怕吧。免得扯些废话来纠缠不清。下级对上级就得有所畏惧。否则,成何体统!也有一些上级,对自己的下属随随便便,结果总是在下级那里碰钉子,——好比旧衣服上的尘土,轻轻一掸,就给抖落掉了。权力——这可是件大事,责任不轻,不是任何人都能担当得起的。

谢基兹巴耶夫一路上这样思量开了,他的身子随着溜蹄马有节奏的步伐,在马鞍上一颠一颠地晃悠着。很难说此刻他心情不佳,虽说他多次来牧区检查工作,心里明白,很少会遇到令人高兴的事。冬天跟春天混战一场,各不相让,在这场厮杀中,最最遭殃的是羊群,羊羔子大批死去,瘦弱不堪的母羊大批倒毙,一点办法也没有。年年如此,人人清楚。不过,既然派他当特派员,那么说,他就得找个什么人来承担责任。另外,在他灵魂深处的阴暗角落里,他更清楚,如今全区死了大批仔畜,对他来说,甚至有利可图。因为,归根到底,不是他,一个监察员,区党委的一名普通委员,能对畜牧业的情况负责的。第一书记,才该承担责任!这个书记是新调来的,到区里的时间不长,这回叫他自作自受去吧。而他,谢基兹巴耶夫,将拭目以待。让上头也好好考虑考虑,派一个外来的书记是否失策。对此谢基兹巴耶夫一肚子怨气。他都当了八辈子的监察委员了,而且好像不止一次表明自己颇有才干。这次居然不予提拔,这事,他怎么也想不通。嘿,算了吧!他有自己的一伙朋友,一旦时机到来,会支持他的。是时候了,他也该提升提升,做做党的工作了,监察委员的交椅已经坐腻了……噢,溜蹄马太棒了!简直像艘快艇,跑得又快又稳。什么泥呀,雪呀,它都若无其事。瞧,支书的马已经浑身湿透了,而溜蹄马,才刚刚有点汗津津……

乔罗也是心事重重。看上去,他满脸病容:瘦削的脸,蜡黄黄的,两个眼窝深深地陷了下去。多少年来,他一直犯着心脏病。岁数越大,情况越糟。他心情沉重。是的,塔纳巴伊是对的。农庄主席就会咋咋呼呼,结果一事无成。大部分时间在区里待着,老在那里折腾着什么事情。本应该把问题摆到党员会上议一议,可是区里老让等一等。等什么呢？据说，好像阿尔丹诺夫本人也想离职。可能就是这个原因吧？走了更好。他，乔罗，也该退职了。他能顶什么用呢？成年病病歪歪的。萨曼苏尔放假回来，也总劝他别干了。不干倒是可以的，可是良心呢？萨曼苏尔这小伙子不赖，现在许多事情上，都比他父亲精明。谈起农业上的事，说得头头是道的。他们学的都是先进的科学。说不定，将来的农业，真会像他们的教授讲的那样出色。不过要等到那一天，恐怕早去见真主了。他怎么也摆脱不开自己的苦恼。是呀，自己是瞒不了自己的，自己是骗不了自己的。再说，别人会怎么议论呢？许下了无数的诺言，鼓起了多少人的希望，结果让农庄背上了偿不完的债务，而此刻——自己倒去享清福去了！眼下，他忧心忡忡，将来，他也不得安宁，不如坚持到底算了。会来人帮忙的，总不能老这样下去。但愿快点来人，而且派个管事的，可不要像这位那样。这位还扬言，说什么对这种混乱局面，要追究法律责任。行啊，追究就追究吧！不过，事情靠惩处是弄不好的。瞧他骑在马上那副愁眉苦脸的样子，仿佛山里尽是些捣乱分子，唯独他才是为农庄奋战的英雄似的……其实，农庄的一切，他都嗤之以鼻，此刻不过装模作样罢了。不过，谁倒是敢哼一声呀。

十八

崇山峻岭笼罩在一片灰沉沉的云雾之中。被太阳遗弃的群山，像一个个满腹委屈的巨人，阴森森地耸立在云端。

春天很不景气。到处湿漉漉的，雾蒙蒙的。

塔纳巴伊在他的羊圈里忙来忙去，受尽折磨。圈里又冷，又闷。一下子往往有好几只母羊同时产羔，而羊羔子却无处可放。哪怕扯破喉咙，呼天喊地，也无济于事。人的喊叫声，羊的咩咩声。拥来挤去，乱成一团。羊羔子嗷嗷待哺，都要吃，要喝。一批批死去。再说妻子伤了腰还躺在床上。她急着要起床，可连腰都直不起来。唉！只能听天由命了。已经山穷水尽，毫无办法了。

脑子里老是甩不开这个别克塔伊。对他的无可奈何和怨恨把塔纳巴伊气得鼓鼓的。倒不是因为别克塔伊跑了，——进城也是他的一条道；也不是因为他撇下了羊群，像布谷鸟那样，把自己的蛋下到别的鸟窝里就不管了——迟早会派人来接他的羊群的。他生气，是因为他竟无言以对，没能叫这个别克塔伊也识点羞耻，别那么逍遥自在的。浑小子！拖鼻涕的娃娃！而他，塔纳巴伊，一辈子为农庄操劳的老共产党员，居然找不出话来理直气壮地回答他。这个不成材的东西，居然把羊鞭子一甩，跑了！难道塔纳巴伊想到过会发生这种事的吗？难道他想到过竟有人这样来嘲笑他的信守不渝的事业的吗？

"算了！"他几次打断自己的思路，但是过不多久，重又想起那些事来。

瞧，又有一只母羊产羔了，又是一胎双羔，两只羊羔子真叫喜人！只是把它们往哪儿放呢？母羊的乳房是瘪的，羊奶又从何而来呢？这就是说，这两只羊羔也要饿死的！唉，真是糟糕，糟糕！而那边，好几只羊羔已经躺在地上冻僵了。塔纳巴伊收拾起死羊，正准备出去扔掉，这时小女儿上气不接下气地跑了进来。

“爹爹，有两个当官的上我们这儿来了。”

“来就来吧，”塔纳巴伊嘟哝着，“你回去，照应你妈妈去！”

塔纳巴伊走出羊圈，看到有两个人正策马前来。“啊！古利萨雷！”他高兴起来了，又触动了他那根往事的心弦。“多久没见面啦！瞧，跑得跟从前一样快！”有一个是乔罗。而另外那个穿着皮大衣、骑着溜蹄马的人，他却不认识。准是区里来的什么人。

“嘿，总算驾到了！”他想着，不免幸灾乐祸起来。这下可以发发牢骚诉诉苦了。可是不，他根本不想哼哼！让他们扪心自问去吧，让他们难为情去吧！难道能这么干的吗！把别人扔下，死活不管，此刻倒有脸见人……

塔纳巴伊并没有恭候迎驾，他走到羊圈旁边，把死羊扔成一堆，不慌不忙地又走了回来。

那二位已经进了院子。马大口喘着气。乔罗现出一副可怜巴巴、问心有愧的神色。他明白，他得为他的朋友承担责任。而骑在溜蹄马上的那位，已经怒不可遏，凶相毕露，连个招呼也不打，一下子就大发雷霆了。

“成何体统！到处一塌糊涂！瞧，搞的什么名堂！”他气冲冲地对乔罗嚷道。之后，转过身来，冲着塔纳巴伊：“你这是怎么啦？同志！”他的头朝塔纳巴伊刚才扔死羊的地方一扬，“一个羊倌，还是共产党员，就眼睁睁地看着羊羔大批死去？”

"这些羊,大概不知道我是共产党员。"塔纳巴伊挖苦道。刹那间,他的心都碎了,一下子感到那么空虚、冷漠、痛苦。

"你说什么?"谢基兹巴耶夫刷的一下脸红了,不做声了,"社会主义竞赛你参加了吗? 义务你承担了吗?"他终于如获至宝,找到话了,一边威胁地拉扯着溜蹄马的头。

"承担了。"

"那是怎么说的?"

"不记得了。"

"所以啊,你的羊羔才死得个精光!"谢基兹巴耶夫用鞭把又朝刚才那个方向指了指,他蹬着马镫,抬了抬身,因为有机会可以教训教训这个天不怕地不怕的羊倌而颇为自得。但是他先冲着乔罗训斥开了:"您瞧什么呀? 这些人连自己的任务都记不得。完不成计划,毁了牲口! 您在这里是干什么的呀? 您是怎么教育您的党员的? 他这个党员怎么样? 哎,我这是问您呢!"

乔罗耷拉着脑袋,默不作声,只是来回捻着手里的马缰绳。

"就这个样!"塔纳巴伊镇静地代他回答。

"哎哟,还那个样! 我看,你——是破坏分子! 你破坏集体农庄的财产! 你是人民的敌人! 你该上班房里蹲着,而不该留在党里! 你这是对社会主义竞赛的嘲弄!"

"啊嗬,我该上班房里蹲着,班房里蹲着!"塔纳巴伊照样平静地重复着他的话。他的嘴唇直打哆嗦,由于屈辱,由于伤心,由于忍无可忍,他心如刀绞,不禁爆发出一阵狂笑。

"好极了!"他竭力咬住打战的嘴唇,冷眼瞪着谢基兹巴耶夫,"你还有什么要说的?"

"你干什么这样说话呢,塔纳巴伊?"乔罗忙出来圆场,"干什么呢?把情况摆清楚就是了。"

"噢,原来这样!这么说,也得把情况跟你摆清楚不成?乔罗,你这是干什么来的?"塔纳巴伊大声嚷道,"我问你,你干什么来的?是来告诉我,我的羊羔子死光了?这个,我自己清楚!是来告诉我,我该蹲班房去?这个,我也清楚!是来告诉我,我是个大傻瓜,这一辈子为集体农庄搞得焦头烂额?这个,我更清楚!……"

"塔纳巴伊,塔纳巴伊,你冷静点!"脸色煞白的乔罗忙从马上跳下来。

"滚蛋!"塔纳巴伊一把把他推开,"什么任务,去他妈的!什么鬼日子,去他妈的!你给我滚!我该蹲班房去!你干什么领来了这个穿皮大衣的新牧主?让他来侮辱我吗?让他来送我去蹲班房吗?好吧,来吧,混蛋,把我送班房去吧!"塔纳巴伊东奔西窜,想抓个什么东西,顺手操起墙根下的一把干草杈子,便朝谢基兹巴耶夫猛扑过去,"滚你妈的蛋,混账东西!你给我滚!"他已经茫无头绪了,只顾得挥舞着手里的草杈。

慌了神的谢基兹巴耶夫不知所措地拽着溜蹄马,忽而往这边拉,忽而往那边扯。草杈不断地朝傻了眼的古利萨雷头上打去。有时铁杈子落在地上,哐当作响,有时劈头盖脸地打在马头上。塔纳巴伊怒不可遏。他都弄不明白,为什么古利萨雷的头老是那么哆哆嗦嗦地晃来晃去,为什么它的血红的嘴老是撕扯着马嚼子,为什么它圆瞪瞪的眼睛那么慌乱,那么吓人地在他眼前闪动。

“你躲开,古利萨雷！让我逮住这个穿皮大衣的大牧主!”塔纳巴伊大声吼叫着,杈子一下接一下打在这毫无过错的溜蹄马头上。

那个年轻妇女赶来了,死死拽住塔纳巴伊的两只胳膊,想夺下杈子。但是他猛一推,把她摔倒在地上。这当儿,乔罗已经跳上了马。

“往回跑！快跑！会出人命的!”乔罗奔到谢基兹巴耶夫跟前,用身子为他挡着塔纳巴伊。

塔纳巴伊挥着草杈,朝他赶来。这时,两个骑者加鞭催马,冲出了院子。狗汪汪叫着,追赶着马匹,咬着马镫子,扯着马尾巴。

而塔纳巴伊在后面跌跌撞撞地追着,一边跑一边捡起土块,不断朝他们使劲扔去,嘴里不停地吼叫着:

“我该蹲班房去,蹲班房去！滚蛋！你们都给我滚蛋！噢,我该蹲班房去！蹲班房去!”

随后他回来了,嘴里还是一个劲儿地嘟哝着,气喘吁吁地叨叨着:“我该蹲班房去！蹲班房去!”那只狗,因为拿出了看家的本领,此刻神气活现地在他身旁跑着。它在等着主人的赞赏,可是主人根本没有理它。迎面,脸色刷白、惊恐万分的扎伊达尔拄着拐棍一瘸一拐地走来了。

“你闯了什么祸啦？你闯了什么祸啦?”

“我悔不该。”

“什么悔不该？当然悔不该呀!”

“我悔不该打了溜蹄马。”

“啊！你疯啦？你知道不知道，你闯下了什么祸啦？”

“知道。我是破坏分子，我是人民的敌人。”他上气不接下气地说着。之后，他不做声了，双手捂着脸，弯下身子，放声恸哭起来。

“你冷静一点，冷静一点！”妻子央求着，一边说，一边眼泪也扑簌簌地往下掉。而塔纳巴伊，摇晃着身子，抽抽噎噎，止不住地哭呀哭呀，扎伊达尔还从来没有见他这样伤心过……

十九

在这桩非常事件之后的第三天，区党委召开了一次会议。

塔纳巴伊·巴卡索夫坐在接待室里，等候召他进办公室。此刻，里面正在讨论他的问题。这些天来，他反反复复考虑了很久，但还是无法确定，他是否有罪。他知道，他犯了严重的过失：扬手想打政府的代表。但是如果问题仅仅如此，那么事情就会简单得多。对自己的轻举妄动，他准备接受任何处分。其实，那阵子，他不过是一时怒火烧心，忍无可忍，发泄了一通对农庄的担心，咒骂了一顿自己那些操心和忧虑的事罢了。现在谁还信任他呢？谁还能理解他呢？“说不定，有人会谅解的吧？”他重又燃起了希望。“我要把前前后后的情况好好说说——说说今年这个冬天，说说羊圈和毡房，说说少得可怜的饲料，说说那些不眠之夜，再说说别克塔伊……让大家了解情况。难道能这么干吗?”于是,对已经发生的事,他不再懊恼了。“就让他们处分我吧,”他寻思,“这么一来,也许别人的日子就会好过些。也许,这事过后,会来瞧瞧我们这些羊倌,瞅瞅我们过的日子,了解了解我们的苦处。”但转瞬之间,当他回想起全部经过,他的心不禁重又变得冷酷无情起来。他的两只手在膝盖中间捏紧拳头。他固执地一再重复着:“不,我没有罪,没有罪!”而后,重又陷入疑虑……

就在这个接待室里,不知什么原因,伊勃拉伊姆也坐在这里。“这位干什么来啦?像只白兀鹫,飞来吃死尸了吧?”塔纳巴伊生气地转过身去。而那位,一言不发,长吁短叹的,不时打量着羊倌耷拉着的脑袋。

“他们磨蹭些什么呢?”塔纳巴伊如坐针毡,心里暗想,“有什么好考虑的,整就整吧!”门后办公室里,好像全到齐了。最后一个进去的,是几分钟前赶来的乔罗。塔纳巴伊根据粘在皮靴统上的马毛——溜蹄马的浅黄色的毛,就知道是他。“看来,拼命赶路,古利萨雷汗透了。”他想着,但依然没有抬起头来。于是,那双带着马汗、马毛的靴子,在塔纳巴伊的身旁犹豫不决地原地踏了几步,接着便消失在门后了。

过了好久,女秘书才从办公室里走出来,说:

“请您进去,巴卡索夫同志。”

塔纳巴伊哆嗦了一下,站起身来,心怦怦直跳,耳际阵阵轰鸣,他惘然若失地走进办公室。眼前一片模糊。他几乎看不清里面坐着的那些人的脸。

“请坐。”区委第一书记卡什卡塔耶夫指着长桌末端的一把椅子,对塔纳巴伊说。

塔纳巴伊坐下来,把一双笨重的手搁在膝头,等着眼前的昏暗过去。随后,他瞧了一眼桌子两旁的人。在第一书记的右侧,坐着谢基兹巴耶夫,一副傲慢的架势。塔纳巴伊出于对此人的反感,精神为之一振,眼前的一片模糊立即消失了。桌子后面,一张张脸轮廓分明,清清楚楚。其中最黑的,近乎暗红色的,是谢基兹巴耶夫的脸,而最最苍白、没有一丝血色的,是乔罗的脸。他也坐在桌子末端,紧挨着塔纳巴伊。他的一双瘦骨嶙峋的手在绿绒桌布上神经质地颤抖着。农庄主席阿尔丹诺夫坐在乔罗的正对面,大声地擤着鼻子,皱着眉头,不时左顾右盼。他并不掩饰他对眼下这件事的态度。其他一些人,看来在观望,等待。终于,第一书记放下卷夹里的材料。

“现在讨论一下有关共产党员巴卡索夫的问题。”他声色俱厉地说。

“是呀,这种人居然也配称共产党员!”不知是谁冷笑一声,挖苦道。

“好狠呀!”塔纳巴伊暗自思量,“甭想他们会讲情面。干什么我要乞求他们的宽恕呢? 难道我犯了罪不成?”

当然,他并不了解,在解决他的问题上,正碰上两股勾心斗角的力量,双方都按照各自的意图来利用这一不幸的事件。其中一方,以谢基兹巴耶夫为首。他们想以此来试探一下,看看新书记到底有多大的抗衡力,看看能否在第一个回合中就加以左右。另一方，以卡什卡塔耶夫本人为首。他早已觉察到，谢基兹巴耶夫正眼睁睁地盯着他的职位。经过反复考虑，他决定把事情处理得既不失自己的威信，又不同这伙危险分子搞坏关系。

区委书记开始读谢基兹巴耶夫的报告。报告详细列举了白石集体农庄牧民塔纳巴伊·巴卡索夫构成犯罪的全部言行。其中没有一条是塔纳巴伊能够否认的。另外，报告的语调，指控他的措词，都使他感到绝望。他出了一身冷汗，感到在这张骇人听闻的状子面前彻底地无能为力。谢基兹巴耶夫的控告比他本人更为可怕。操起草杈来捅他几下是不行的。于是，塔纳巴伊原先打算表白一番的希望，顷刻之间破灭了，连他自己也觉得毫无意义：那些话不过是一个羊倌对他那些司空见惯的苦处发出的可怜的怨诉罢了。他怎么发傻了呢？在这张可怕的状子面前，他的辩白有何价值呢？他这是想跟谁较量呢？

"巴卡索夫同志，区委委员谢基兹巴耶夫报告里所列举的情况，您承认属实吗？"卡什卡塔耶夫读完报告问。

"是的。"塔纳巴伊闷声答道。

大家默不作声。仿佛所有的人都被这个报告震住了。阿尔丹诺夫洋洋得意地用挑衅的目光打量着在座的人们，仿佛说：瞧，这事够热闹的了吧！

"各位委员同志，请允许我就问题的实质，作一些说明。"谢基兹巴耶夫断然说，"我想一开头就奉劝某些同志，不要把共产党员巴卡索夫的所作所为，简单地看作是流氓行为。如果仅是这样，那么，请相信，我就不会向区委提出我的报告了，——因为对付流氓分子，我们另有一套处置的办法。另外，当然啦，问题不在于我本人受到多大的侮辱。我代表的是区党委，在当时的场合下，也可以这么说，我代表的是整个党，因此，我不能容忍任何人来嘲弄党的威信。而最最主要的是，整个事件说明了，我们对党员、对党外群众的政治教育工作十分薄弱，说明了区党委的思想工作存在着严重的缺点。对巴卡索夫这样一类共产党员的思想方式，我们大家都是负有责任的。另外，我们还必须弄清楚，像他这样的党员，是否绝无仅有，还是他有他的一帮同伙？他说的穿皮大衣的新牧主，这算什么话？——先不谈这皮大衣。不过，照巴卡索夫看来，我这个苏维埃人，党的特派员，是新牧主，是老爷，是人民的刽子手！原来如此！你们懂得这话的意思，懂得这话的弦外之音吗？我认为，无须解释……现在，再谈谈事情的另一面。由于白石农庄的畜牧业搞得一塌糊涂，我心情沉重。所以，我在回答巴卡索夫的那些岂有此理的话时，说他忘了自己参加社会主义劳动竞赛的保证，把他叫做破坏分子，人民的敌人，也说过他不该留在党内，而应该去蹲班房。我承认，这是侮辱了他，本来也打算向他道歉。不过，现在我倒确信：情况正是如此。我不想收回我的话。相反，我可以断言：巴卡索夫就是一个具有敌对情绪的危险分子……”

呵！什么样的感受塔纳巴伊没有体验过呢，战争从头到尾经历过来了，但做梦也没有想到过，他的心，竟能像此刻那样痛苦地呼号。伴随着耳际不息的轰鸣，他的心忽而跌落下去，忽而猛蹿上来，七上八下，忐忑不安。但是枪口却冲着它猛烈射击。“我的天，”他的脑子嗡地一声像炸了，“过去的一切都算白搭了？我的生活，我的工作还有什么意义呢？落到了如此地步——都成了人民的敌人了！而我，却时时刻刻为那个羊圈，为那些光不溜秋的小羊羔，为那个不务正业的别克塔伊操心受苦。这一切有谁稀罕呢！……”

“本人再一次提请各位注意我报告里的几点结论，”谢基兹巴耶夫斩钉截铁地接下去说，“巴卡索夫仇视我们的制度，仇视集体农庄，仇视社会主义竞赛，他唾弃所有这一切，他仇视我们整个的生活。这些话，他都是当着农庄书记萨雅可夫的面公开说出的。他的行动已经构成刑事犯罪——对履行公职的政府代表行凶未遂。我希望诸位正确理解我的意思，我请求区委同意追究巴卡索夫的法律责任，要求会后立即将他拘留，他的犯罪要素完全符合刑法第五十八款。至于巴卡索夫留在党内的问题，我认为，那根本无从谈起！……”

谢基兹巴耶夫心里明白，他的这些要价未免高了些，但他指望，如果区委认为没有必要追究巴卡索夫的法律责任，那么，至少开除他出党一事，总是有保证的了。这一要求，卡什卡塔耶夫是不能不予以支持的。这样一来，他，谢基兹巴耶夫的阵脚就稳住了。

“巴卡索夫同志，关于您的过错，您有什么要说的？”卡什卡塔耶夫问道，他已经气愤起来了。

“没什么。不都说了嘛，”塔纳巴伊回答说，“看来，我一直就是破坏分子，是人民的敌人。既然如此，何必还来问我的想法呢？你们自己裁决吧，你们高明……”

“您认为自己是个正直的共产党员吗？”

“这一点，现在无法证明。”

“您承认自己有罪吗？”

“不。”

“您怎么啦，认为自己比谁都聪明吗？”

“不，正相反，比谁都傻。”

“请允许我说几句。”一个胸前戴着共青团团徽的年轻小伙子从座位上站起来说。在座的人当中，他年纪最轻，挺文弱，窄窄的脸，看上去多少像个孩子。

直到此刻，塔纳巴伊才注意到他。“你开炮吧！小伙子，别讲情面！”他心里嘀咕，“想当年我也是那个样，铁面无私……”

像霹雳的闪光照亮了远空的乌云，他看到了路旁库鲁巴伊糟蹋青苗的那块麦地。那情景，刹那间清清楚楚呈现在他的想象之中，使他看得十分真切。他不由得打了个寒噤，心里发出一声喑哑的哀号。

卡什卡塔耶夫的声音使他清醒过来：

“说吧，克利姆彼可夫……”

“我不赞成巴卡索夫同志的行为。我认为，他应当受到党内适当的处分。但是，我也不同意谢基兹巴耶夫同志的意见。”克利姆彼可夫一再压抑着激动得颤抖的声音，“不仅如此，我还认为，谢基兹巴耶夫本人的问题也应当讨论……”

“真新鲜！”有人打断他的话，“是不是在你们共青团里兴这号规矩的?”

“规矩哪儿都一样。”克利姆彼可夫涨红了脸,显得更加激动。他不禁讷讷起来,斟酌着用词,克制住自己的拘谨。突然间,他像豁出去了,尖刻地、愤愤地说开了:“你有什么权利侮辱一个集体农庄的庄员,一个牧民,一名共产党员?您试试把我叫做人民的敌人!……您刚才解释说,由于农庄的畜牧业搞得一塌糊涂因而心情沉重,那么,您认为,一个羊倌的心情反比您更轻松?您到他那里,关心他的生活,关心他的工作了吗?您问问他的羊羔子为什么大批死去了吗?——没有。根据您这份报告,您还没下马就把他训斥了一通。谁不清楚,农庄的接羔工作有多糟糕!我常常下去,在我的那些放牲口的共青团员面前,我感到十分惭愧,感到很不自在:我们对他们要求这个,要求那个,可实际的帮助却少得可怜。请您去瞧瞧,农庄的羊圈怎么样,饲料又有多少?我本人就是牧民的儿子。我知道眼瞅着羊羔子大批死去是什么滋味。学院里教的是一码事,可实际上,到处是老一套。瞧着这一切,心疼呵!……”

“克利姆彼可夫同志,”谢基兹巴耶夫打断了他的话,“请不必唤起我们的怜悯心。感情——这是个模棱两可的概念。需要的是事实,事实,而不是感情用事!”

“对不起!不过,我们现在不是在审讯刑事犯,而是讨论一个党内同志的问题。”克利姆彼可夫继续说下去,“此刻要决定一个共产党员的命运。因此,让我们好好考虑一下,是什么原因导致巴卡索夫采取这种行动。他的行为当然是应当受到谴责的,但是为什么像巴卡索夫那样一名农庄最出色的羊倌竟落到如此地步呢？这种事又是怎样产生的呢？”

“请坐下，”卡什卡塔耶夫不满地说，“您让我们离开了问题的实质，克利姆彼可夫同志。在座各位，照我看来，完全清楚共产党员巴卡索夫犯了极其严重的过失。这成何体统？哪儿见过这样的事？我们绝不允许任何人操起铁杈子就来捅我们的特派员，我们绝不允许任何人破坏我们工作人员的威信！您最好还是考虑考虑，克利姆彼可夫同志，怎么把您那一摊子共青团的事情搞好，而不要在这里无的放矢地嚷嚷什么良心，什么感情。感情是感情，事情是事情。巴卡索夫敢于这么胡作非为，这倒确实该引起我们的警惕。当然啦，他不应该留在党内。萨雅可夫同志，”他转向乔罗问道，“您是农庄的支部书记，对事件的全部经过，您能作证吗？”

“是的，是这样。”脸色煞白的乔罗慢腾腾地站起来，“不过，我想说明一下……”

“说明什么？”

“首先，我想请求，有关巴卡索夫的问题，最好由我们农庄党支部来讨论。”

“这不必了。把区委的决议通知一下支部党员就行了。还有呢？”

“我想解释一下……”

“还解释什么，萨雅可夫同志？巴卡索夫的反党行为都明摆着，没有什么好解释的。至于您，也应当承担责任。由于您在教育党员工作上的失职，我们也要给您一个处分。

为什么您要劝阻谢基兹巴耶夫同志,叫他不要把问题提到区委来?想隐瞒吗?岂有此理!坐下!”

争论开始了。国营拖拉机站站长和区报主编支持克利姆彼可夫的意见。有一阵子,他们为塔纳巴伊所做的辩护甚至相当成功。但是塔纳巴伊本人由于心灰意冷,精神恍惚,已经谁的话也听不见了。他不断地扪心自问:“我的那些辛苦操劳算白搭了?看来这里谁也不关心我们山里的羊群和马群。我真是个大傻瓜!为了集体农庄,为了这些母羊和羊羔子,我苦了一辈子。而现在,这些都一笔勾销了。如今我是个危险分子。哼!见你们的鬼去吧!你们爱怎么治,就怎么治吧!——如果这样一来,情况有所好转,我也没有怨言。你们掐着脖子把我撵出去吧!我现在什么都完了,你们训斥吧,不必客气……”

农庄主席阿尔丹诺夫发言了。瞧他那副神情和架势,塔纳巴伊知道他在骂人,但是骂谁,他不清楚。他只听见“脚镣”“溜蹄马古利萨雷”这几个字眼。

“……你们不会想到吧?”阿尔丹诺夫愤愤地说,“仅仅因为我们出于无奈,给溜蹄马戴上了脚镣,他就公开威胁要砸碎我的脑壳。卡什卡塔耶夫同志,各位区委委员同志,我,作为农庄主席,请求让我们甩掉这个巴卡索夫。确实,他该蹲班房去。他仇恨所有的领导同志。卡什卡塔耶夫同志,门外有几个旁证,他们能证明巴卡索夫对我的恫吓。是否可以请他们进来?”

“不用了,没有必要。”卡什卡塔耶夫厌恶地皱了皱眉头,“这就够了。请坐下。”

接着进行表决。

“有人提议:开除巴卡索夫同志出党。谁赞成?”

“等一等,卡什卡塔耶夫同志,”克利姆彼可夫霍地站起来,“各位委员同志,我们这样做是不是会犯极大的错误?我提一个建议:给巴卡索夫以严重警告,并且记入他的档案。同时,鉴于谢基兹巴耶夫侮辱了共产党员巴卡索夫的人格,鉴于他作为区特派员的令人不能容忍的工作方法,建议给区委委员谢基兹巴耶夫以警告处分。”

“蛊惑人心!”谢基兹巴耶夫大声叫道。

“请安静,同志们!”卡什卡塔耶夫说,“你们这是在开区委会,不是在家里瞎嚷嚷,请各位遵守纪律。”现在,一切得由他这个区委第一书记定夺了。于是他为了迎合谢基兹巴耶夫的心意,把事情又扭了回来,“关于追究巴卡索夫的刑事责任一事,我认为没有必要,”他说,“但要留在党内,当然也不行。在这方面,谢基兹巴耶夫是完全正确的。现在表决:谁赞成开除巴卡索夫?”

区委委员一共七人。三人举手赞成,三人反对。只等卡什卡塔耶夫本人表态了。他迟疑片刻,然后举起手来,表示“赞成”。对此,塔纳巴伊毫无觉察。直到他听到卡什卡塔耶夫对女秘书发话时,才明白自己的命运已成定局。卡什卡塔耶夫说:

“请做记录。区委会决议:开除巴卡索夫·塔纳巴伊出党。”

“这下完了!”塔纳巴伊面无人色,喃喃自语。

“我还是坚持:建议给谢基兹巴耶夫以处分。”克利姆彼可夫也不示弱。

这一建议本来可以避而不谈，不加表决。但卡什卡塔耶夫还是决定提上议程。其中自有他的奥妙之处。

“谁赞成克利姆彼可夫同志的建议？请举手！”

又是三票对三票。又是卡什卡塔耶夫举手投了第四票，救了谢基兹巴耶夫，使他免予处分。“不知他是否明白，是否领情？谁知道他……这个奸诈小人，老滑头！”

人们挪动椅子，好像准备散会了。塔纳巴伊以为这就完了，他站了起来，谁也不看一眼，默默地径直朝门口走去。

“巴卡索夫，你上哪儿？”卡什卡塔耶夫叫住了他，“把你的党证留下。”

“留下？”直到此刻，塔纳巴伊才明白了发生的一切。

“对。请放在桌上。你现在已经不是党员了，没有资格留着党证……”

塔纳巴伊伸手去掏党证。室内鸦雀无声。他忙乱了一阵。党证藏在紧里面，在绒衣下面一件上衣里面的一个小皮夹里。这个小皮夹是扎伊达尔亲手缝制的，塔纳巴伊用一根细长的皮带横搭在肩上。他好不容易把小夹子掏出来取出党证，把这个贴在胸口的暖烘烘的、略微带点汗味的小本本，放到卡什卡塔耶夫跟前冷冰冰的、光溜溜的桌子上。他打了个寒战，感到全身一阵冰凉。他照样谁都不看一眼，匆匆把皮夹塞进上衣里面，打算离去。

“巴卡索夫同志，”在他身后响起了克利姆彼可夫的同情的声音，“您不想说些什么吗？您刚才可是什么话也没说。也许您挺为难吧？我们希望，党的大门对您还是敞开的,希望您迟早再回到党里来。请您谈谈,您现在有些什么想法?”

塔纳巴伊转过身来;在这个不相识的,但又竭力想减轻他痛苦的年轻人面前,他感到心情沉重,局促不安。

“我有什么好说的?”他凄然答道,“反正不能把这里所有的人都说服了。我只想说一点:我是无罪的,即便我动了手,即便我说了些不好听的话。这件事,我无法对您说清楚。就这些,没了。”

接着是一阵难堪的沉默。

“哼,这么说,你对党还怀恨在心呢?”卡什卡塔耶夫愤愤说道,“你要知道,同志,是党给你指明了正确的道路,是党救了你,让你免于法律的制裁。可你,竟不知足,还一肚子怨气呢!这么看来,你确实不配共产党员的称号。党的大门对你这种人,未必是开着的!”

塔纳巴伊神色泰然地离开了区委会。甚至过于平静了。心情糟透了。天气暖洋洋的,夕阳西下,快近黄昏了。人们有的步行,有的骑马,各奔东西。孩子们在俱乐部旁边的广场上嬉笑追逐。瞧着这情景,塔纳巴伊感到心烦意乱,想起自己的事,更是懊丧万分。趁现在他还没有发生什么意外,赶紧离开这里,赶紧进山回家去。

在拴马桩旁边,他的马跟古利萨雷并排站在一起。古利萨雷还是那样高大、英俊、强壮,当塔纳巴伊走到跟前的时候,它来回倒换着前蹄,一对乌黑的眼睛平静地、信赖地看望着他。塔纳巴伊用草杈打它的事,溜蹄马早就忘了。所以说,它才是牲口呢。

“忘了吧，古利萨雷，别生我的气。”塔纳巴伊对溜蹄马小声耳语，“我太不幸了，太不幸了。”他突然抱住马头，哽咽起来，只是怕旁人见笑，才强忍着没有放声大哭。

他跨上自己的马，回家去了。

过了亚历山大罗夫卡这段慢坡，乔罗赶上了他。塔纳巴伊一听到身后古利萨雷熟悉的马蹄声，他委屈地把嘴一撇，脸都铁青了。他没有回过头来。深深的屈辱撕裂着他的心，蒙住了他的眼睛。对他来说，眼下的乔罗完全不是过去的乔罗了。瞧，今天这种场合——卡什卡塔耶夫稍稍抬高了一点嗓门，乔罗就像个循规蹈矩的小学生那样，乖乖儿地坐下了。往后又能怎么样呢？人们信任他，可他却不敢说实话。他这是随机应变，保护自己。是谁教了他这一套呢？就算塔纳巴伊是个落后分子，是个粗人，而他乔罗，却知书达理，一直担任着领导工作。难道乔罗真的看不出那些谢基兹巴耶夫们和卡什卡塔耶夫们讲的完全不是那么回事吗！他们说起来头头是道，漂亮得很，实际上是胡说八道，空话连篇。能骗得了谁呢？这是干什么呢？

当乔罗策马赶来，勒住了急躁的溜蹄马，跟他并辔同行时，塔纳巴伊依旧没有扭过脸来。

“塔纳巴伊，我看咱们一块儿回去吧，”乔罗气喘吁吁地说，“刚才我到处找你，可你已经先走了……”

“你要干什么？”塔纳巴伊仍然没有瞅他一眼，顶了他一句，“你走你的道吧。”

“咱俩谈一谈。塔纳巴伊，你别不理我。咱俩谈一谈，像老朋友那样，像共产党员那样。”乔罗说道。可是说到一半，话就咽下去了。

“我，对你来说，已经既不是朋友，更不是党员了。不过，你也早已不是党员了。你，不过是挂着共产党员的招牌……”

“你这是当真的？”乔罗有气无力地问道。

“当然是当真的。我还没有学会随机应变。什么地点，说什么话，怎么说——这一套，我也没有本事。好吧，再见了。你走你的阳关道，我走我的独木桥。”塔纳巴伊拨转马头，离开大道，头也不回，始终没有看他朋友一眼，穿过田野，径直往山里跑去了。

他没有看到：乔罗“唰”地一下，面如土色，他伸出一只手，想拦住他。紧接着，他全身一阵抽搐，双手抓住胸口，倒在溜蹄马的脖子上，大口大口地喘着气。

“糟了，”乔罗小声说，由于一阵难以忍受的心绞痛，他的身子蜷缩成一团，“唉，我不行了！”他的声音嘶哑了，脸色发青，喘着粗气，“快回家去，古利萨雷，快回家去。”

溜蹄马驮着他穿过漆黑荒凉的草原，朝村子飞跑。主人声音里那种可怕的东西，把马吓坏了。古利萨雷竖起耳朵，惊恐地打着响鼻，狂奔疾驰起来。而马背上的人痛苦万分，缩成一团，用双手，用嘴哆哆嗦嗦地揪住马鬃。缰绳从飞驰的古利萨雷的脖子上掉了下来，不断抖动着。

二十

深夜，当塔纳巴伊还在进山的路上的时候，一匹坐骑在村子的街道上奔跑,引起了一阵惶惶不安的狗叫声。

"哎,谁在家呢?起来!"来人呼喊着房子的主人,"去开支部会去,在办事处。"

"怎么啦?什么事这么急?"

"不清楚,"来人答道,"乔罗让叫的。他要大家快点去。"

这时候,乔罗本人正坐在办事处。他用肩膀顶着桌子,蜷缩着身子,不断喘着粗气。他的一只手伸进衬衣里面,紧紧地捂着胸口。他咬紧牙关,还是疼得直哼哼。发绿的脸上满是冷汗。一双陷下去的眼睛,活像两个黑窟窿。他不时昏迷过去。他仿佛觉得,溜蹄马正驮着他在漆黑的草原上飞奔,他想叫住塔纳巴伊,而对方,在分手时却劈头盖脸地把他痛骂了一顿,头也不回地跑了。那些话,像烧红的火炭,灼伤着他的心……

支部书记先在马棚的干草堆上躺了片刻,随后由两个饲养员架着,把他送到办事处。饲养员本想把他送回家去,但他执意不肯。他打发人去叫党员来开会,此刻,正等着他们的到来。

值夜的女人点亮了灯,让乔罗独自留在屋里,自己便到前室收拾炉子去了。她不时看看虚掩的大门,叹着气,摇着头。

乔罗在等着来人,而时间在滴答滴答悄悄过去。留给他生命的最后时光,就这样痛苦地、沉重地、一秒一秒地过去。这种时间的价值,只有此时此刻,在他度过了漫长的一生之后,才有所领悟。他感到虚度了年华,转眼之间,那无情的岁月已经在辛苦操劳中飞一般地过去了。在他的一生中,并不是一切都顺顺当当,也不是万事都称心如意。他勤奋工作过,拼死斗争过,但在有些事上,为了绕过矛盾,为了不那么生硬粗暴,他也退让过。到头来,还是免不了碰钉子。他竭力想回避、不想与之冲突的那股势力,最后还是把他压倒了。现在他已经山穷水尽,无路可退了。唉!要是他能早一点醒悟过来,要是他能早一点迫使自己正视现实……

而时间在滴答滴答悄悄过去,那声音显得那么响亮,那么凄切。这些人怎么还不来呢,得等多久呵!

"快,快,"乔罗怀着惊恐的心情想道,"但愿来得及把一切都告诉他们!"他发出一声喑哑的绝望的叫声想延缓即将逝去的生命。他坚持着,准备作最后一次战斗。"我要把所有的话全说了:事情的经过,区委会,以及怎么把塔纳巴伊开除出党的。让他们知道,我是不同意区委的决议的。让他们知道,我是不同意把塔纳巴伊开除出党的。还要谈谈我对阿尔丹诺夫的看法。让他们在我之后,也听听他的意见。让党员们自己拿个主意。我还要谈谈自己的为人,谈谈我们的农庄,谈谈有些人……但愿来得及,但愿他们快点来,快点!……"

头一个跑来的,是给他送药来的妻子。她吓坏了,数落着,大声哭起来:

"你这是疯啦?这些个会,你怎么还没有开够?跟我回家去!你瞧瞧你这副模样。我的天,你哪怕也考虑考虑自己吧!"

乔罗不想听她的。他挥挥手，就着水吃了药，牙齿磕着杯子，水洒满了前胸。

“不要紧，我已经好点了，”他说，竭力让呼吸平稳些，“你到那边等着，待会儿领我回去。不用担心，去吧。”

街上传来脚步声，这时乔罗在桌旁直了直身子，强忍着胸口的疼痛，鼓起全身的精力，准备履行他最后的职责。

“发生什么事啦？你怎么啦，乔罗？”大伙儿问他。

“没什么。等大家来齐了，我有话要说。”他回答道。

而时间正滴答滴答悄悄过去，那声音显得那么响亮，那么凄切。

等党员都到齐了，支部书记乔罗·萨雅可夫在桌旁站起来，从头上摘下帽子，宣布党支部会开始……

二十一

塔纳巴伊深夜才回到家。扎伊达尔提着马灯出来迎他。她期待着，一双眼睛留神地察看着。她瞧一眼，心里就明白了：她的丈夫遭到了不幸。塔纳巴伊默默地卸下马勒，又卸下马鞍。她给他照着亮，而他，对她默默无言。“他要是在区里喝上几盅，兴许反会松快些。”她心里默想，而他，还是不做声。这种沉默太令人难堪了。于是，她想说些让他高兴的事，喏，运来了一些饲料、麦秸、大麦面，再说，天气也转暖和了，小羊羔已经赶到牧场，能啃上小草了。

“别克塔伊的羊群给接走了：新派来了一个羊倌。”她开言道。

“见他妈的鬼去！什么别克塔伊，羊群，你那羊倌，统统见鬼去！……”

“你累了吧？”

“累什么！从党里给撵出来了！”

“嘘，你轻点，那两个女人会听见的。”

“干什么轻点？我有什么好隐瞒的？像条癞皮狗那样给撵出来了。就那么回事。我这是自作自受，你也是自作自受。对我们来说，这还轻了。哎，干什么站着不动呀？有什么好瞅的？”

“进去歇歇吧。”

“这，我知道。”

塔纳巴伊走进羊圈，查看了一下母羊。随后又去羊栏，在那里摸黑走了一阵，又回到羊圈来。他心神不定，坐立不安，不想吃饭，也不想说话。他笨重地倒在墙角的一堆干草上，一动不动地躺在那里。生活、操劳、各种各样的担惊受怕，此刻全都失去了意义。已经别无他求了。不想再活着，不想再费脑筋，不想再看到周围的一切。

他翻来覆去，难以入睡。他想忘掉一切，但又无法摆脱开种种思虑。他重又想起：别克塔伊怎么跑了，在他身后的雪地上留下一行发黑的脚印，而他却无言以对；谢基兹巴耶夫骑在溜蹄马上怎么大声呵斥，把他骂得狗血喷头，怎么威胁着要把他送去坐牢；他怎样出席了区委会议，一下子变成了破坏分子和人民的敌人——至此，他的一切，他的整个生命也就完结了。于是，他重又产生一种强烈的愿望：想操起草杈，大喊大叫，冲进这茫茫黑夜，对着这整个世界，声嘶力竭地怒吼一番，然后跳进某个山沟，落得个粉身碎骨！

他昏昏欲睡。他想，与其这样活着，不如死去为好。对，对，不如死了算了！……

等他醒过来，头还是昏沉沉的。有几分钟的时间，他都想不起来，他这是在什么地方，发生了什么事情。在他身旁，母羊干咳着，小羊咩咩叫着。这么说，他这是在羊圈里。外面，天已经蒙蒙亮了。为什么他又醒来了呢？为什么呢？要是能一睡不醒，那该多好！只有绝路一条了，应该了此一生了……

……塔纳巴伊来到小河边，用双手捧水喝。那水清凉彻骨，还带着薄薄一层咯吱作响的冰碴子。水哗哗地从微微颤抖的十指间流下来，溅得全身都是。他捧起水来，喝着。他缓过气来，终于清醒过来了。直到此刻，他才意识到自杀的念头是多么荒唐，自己残害自己的念头是多么愚蠢！人，只有一次生命，怎么能自己去毁了它呢！难道为了那些谢基兹巴耶夫们，值得这么干吗？不，塔纳巴伊还要活下去，他还要翻山倒岭呢！

回家后，他悄悄藏起了猎枪和子弹夹。整个这一天他重又拼命地干起活来。他真想对妻子、女儿和两个女人更加亲热些，但又尽量克制住自己，免得她们想得过多。而她们，却像没事一样，照旧各干各的活。这一切叫塔纳巴伊深为感动，他不声不响，只顾埋头干活。他还去牧场帮着把羊群赶回家来。

傍晚时分，天气又变坏了。周围的群山烟雾缭绕，天上乌云密布,看上去不是要下雨,就是会下雪。又得想办法保护好仔畜,不让羊羔受冻。又得继续清理羊圈,铺上干草,免得羊羔大批死去。塔纳巴伊脸色阴郁,心情沉重,但他竭力忘记发生的事情,竭力振作起精神来。

天快断黑的时候,一匹坐骑进了院子。扎伊达尔迎上去,两人谈着什么事情。塔纳巴伊这时正在羊圈里忙着。

"你出来一会儿,"妻子叫道,"有人找你。"听她的喊声,他就预感到事情不妙。

塔纳巴伊走出去,跟来人打了招呼。那人是邻区的一个牧民。

"原来是你,艾特巴伊!快下马。从哪儿来?"

"从村里来,办了点事。他们让我来告诉你一声,乔罗病危了。要你赶紧回去一趟。"

"又是这个乔罗!"稍稍平息的委屈之情猛地又爆发了。真不想见他。

"我怎么啦,是大夫吗?他常年有病。没有他,我这里已经忙得够呛了。瞧,又要变天了!"

"得了,塔纳克,去不去是你的事,你自己看着办。至于我,算传到话了。再见吧,我该走了,眼看就天黑了。"

艾特巴伊上了马,走了几步,又勒住马。

"塔纳克,你还是考虑考虑。他的病不轻。都把儿子从学校里叫回来了,已经派人去车站接去了。"

"谢谢你捎了信。可我是不会去的。"

"他会去的,"扎伊达尔都感到难为情了,"您放心,他会去的。"

塔纳巴伊一声不响。等艾特巴伊走出院子，他恶狠狠地冲着老婆说：

"你甭老是代我说话！我自己做得了主。说不去，就是不去！"

"你想想，你说些什么话呀，塔纳巴伊？"

"我没什么好想的。够了！过去想得太多了，所以才从党里给撵出来了。我眼下成了孤家寡人了。要是我病倒了，不用谁来看我。要死，也一个人死去！"他气呼呼地一挥手，去羊圈了。

不过，他心里还是不得安宁。他接下羊羔，把它们安顿到角落里，他呵斥着咩咩叫的母羊，把它们轰开。他一边干着，一边骂街，嘴里嘀嘀咕咕的：

"要是早点离职，就不会这样遭罪了。一辈子病病歪歪，唉声叹气，捂着胸口，可就是不下马。也算是我的一个顶头上司！经过那桩事后，我瞅都不想瞅你。你有气没气，我管不着，我可是一肚子委屈。这事，谁也管不着……"

夜，降临了。稀稀落落的雪花，纷纷扬扬。周围一片静悄悄，仿佛都能听到雪花落地的沙沙声。

塔纳巴伊没有到毡房，免得跟妻子啰唆。而她，也没有来找他。"得了，你歇一会儿吧，"他想，"你甭想强迫我去。现在什么事都与我无关。我同乔罗成了陌路人了。他走他的阳关道，我走我的独木桥。从前是朋友，可现在不是了。如若我是他的朋友，他那阵子干什么去了？不，现在什么事我都无所谓……"

扎伊达尔最后还是来了。给他送来了雨衣、新靴子、宽腰带、套袖和出门戴的帽子。

“穿上吧。”她说。

“你白操这份心,我哪儿也不去。”

“别磨蹭了。会出事的,往后你会后悔一辈子的。”

“我不会后悔,他也不会出事的。歇一阵子,就会好的。又不是头一遭。”

“塔纳巴伊,我从来也没有跟你央求过什么事,可眼下,我要求求你。让我来分担你的委屈,你的痛苦吧。去吧,别那么不近人情。”

“不,”塔纳巴伊固执地摇摇头,“我不去。我现在什么都无所谓。你讲究什么礼节,什么人情。别人会怎么说呢?而我,现在什么都不想知道。”

“你再好好考虑考虑,塔纳巴伊。我去看看火去,别让炭火烧着了毡子。”

她把衣服留下,走了;但他却一动不动地坐在角落里。他改不了自己的脾气,无法忘记他对乔罗说过的那些话。可现在得说:“您好呀!我来看您来了,身体怎么样啊?要帮点什么忙吗?”不,这个他办不到。这不是他的性格。

扎伊达尔又回来了。

“你怎么还没有穿好衣服?”

“别讨厌了!说过了,我不去……”

“你起来!”她火冒三丈地大喝一声。而他,像士兵听到命令,霍地站了起来——这一点,连自己都感到茫然。她朝他跨了一步,在昏暗的灯光下,用她那痛苦的、愤怒的目光盯着他,“既然你不是个男子汉,不是人,既然你只是个没主见的婆娘，——那我就代你去一趟，你就留下，在家哭鼻子吧！我这就走。你马上去套马去！”

他听从她的吩咐，套马去了。外面正飘着小雪。沉沉的夜色，犹如深湾里的回流，在山间悄悄地、缓缓地、像旋转木马似的打着盘旋。群山已经分辨不清——天太黑了。“唉，又是个报应！这样的黑夜，她一个人怎么走呀？”他摸黑套着马鞍，想道，“又劝不住她。不，她不会不去的。哪怕打死她，她也不会不去的。要是迷了路呢？唉，让她埋怨我吧……”

塔纳巴伊备好了马，感到羞愧万分：“我不是人，是畜生。都气疯了。把她赶出去，做样子给别人看：瞧，我多么不幸，我多么痛苦！还折磨老婆。有她什么事？干什么折磨她呢？我不得好下场。我是个不中用的人。简直是畜生。”

塔纳巴伊犹豫起来。可要收回自己的话也不容易。他走了回来，垂下眼睛，一副愁眉苦脸的样子。

“马套好了吗？”

“套好了。”

“好，那你动身吧。”扎伊达尔把雨衣递给他。

塔纳巴伊一声不响地穿起衣服来，心里还是高兴她主动和解了。但为了找个台阶，他还是强嘴道：

“要不，等天亮了再走？”

“不行，你得马上动身。要不就迟了。”

夜色像平静的回流，在山间盘旋。大片大片轻柔的雪花，漫天飞舞，徐徐下落。这已是最后一场春雪了。在这黑漆漆的崇山峻岭之间，塔纳巴伊策马独行，听从他不想理会的友人的呼唤。雪花落在他的头上，肩上，胡子上，手上。他一动不动地坐在马上，也不去抖落那身上的雪。他觉得，这样更便于回忆往事。他想起乔罗，想起两人多年来的交往：先是乔罗教他学文化，后来一起入团入党。他还记起两人一块在运河工地上劳动，是乔罗第一个给他送来一张报道他的事迹、登着他的相片的报纸，第一个向他表示祝贺，跟他握手。

塔纳巴伊的心舒坦了些，疙瘩解开了。他忽然惶惶不安起来："他怎么样了？兴许真的病危了？要不，干什么去叫他儿子回来呢？他是有话要说，还是要商量什么事情？……"

天蒙蒙亮了。雪花不停地飞舞。塔纳巴伊快马加鞭，让马飞奔起来。快到了，那边山岗下的平川地里就是村子了。乔罗怎么样了？快！快！

突然，在这清晨的寂静中，从村子那边隐隐约约传来人的哭喊声。有人尖叫一声，中断了，又沉寂了。塔纳巴伊勒住马头，侧过耳朵，顺风听着。不，什么声音也没有。这可能是幻觉吧。

塔纳巴伊的马跑上山岗。山脚下，他看到一片积雪的菜园，无数空旷的花园和纵横交错的山村街道。因为是清晨，路上还没有行人。到处都没有人。可是在一家院子里却挤着黑压压的一堆人，在树旁，系着一些卸了鞍的马匹。这是乔罗家的院子。为什么那里聚了那么多人呢？发生什么事了呢？莫非……

塔纳巴伊蹬着马镫，微微抬起身子，他一阵哆嗦，张口结舌，倒吸了一口冷得彻骨的寒气。随即他驰马下山，奔上大路。“不可能！怎么会这样呢？不可能！”他悲痛难忍，仿佛那里发生的事情是他的过错似的。乔罗，他唯一的朋友，请他在临终前最后会上一会，而他，却不理不睬，固执己见，念念不忘自己的委屈。做出这种事来，他算个什么人了呢？他的老婆怎么没当面啐他一口呢？世界上还有什么比一个人临死前的最后请求更合乎情理的呢？

在塔纳巴伊眼前，重又现出了草原上的那条大道，路上乔罗骑着溜蹄马正追赶着他。那时候，他是怎么回答他的呢？这种行为难道能原谅吗？

塔纳巴伊恍恍惚惚地走在积雪的街道上，他蜷缩着身子，为自己的过错深深感到悔恨。突然，他看到前面有一大群骑马前来的人。他们默默无言，正走近乔罗家的院子。刹那间，他们异口同声地哀号起来，身子在马鞍上来回晃动：

“噢吧伊，巴乌勒马伊！噢吧伊，巴乌勒姆！”①

“哈萨克人都来了。”塔纳巴伊恍然大悟：已经无可指望了。四邻的哈萨克人赶过河来悼念乔罗，悼念他们的亲兄弟、邻居，悼念这个全区闻名的、他们所亲近的人。“谢谢你们，老哥们，”塔纳巴伊心里念叨，“代表我们的父老兄弟谢谢你们。无论是不幸，灾难，还是婚礼，赛马，我们总是同欢乐，共患难。痛哭吧，现在跟我们一起痛哭吧！”

---

① 吉尔吉斯人悼念亡人的哀号。

于是他跟在他们后面，对着这黎明时的山村，声嘶力竭地痛哭起来：

“乔罗！乔罗！乔罗！”

马快步跑着，他在马背上东歪西倒的，为他离开人世的朋友号啕大哭。

来到了院子，这边古利萨雷身披丧服，站在房子跟前。雪花落在它身上，随即又化了。溜蹄马失去了主人。往后，它得备着空鞍子了。

塔纳巴伊扑到溜蹄马的脖子上，抬起身来，重又扑倒下去。在他近旁，如在迷雾中一般，是一张张模糊不清的脸和一片哭声。有人说话，他也听不清了：

“快扶塔纳巴伊下马。领他到乔罗的儿子那里去。”

几双手向他伸来，帮他下马，搀扶着他穿过人群。

“宽恕我吧，乔罗，宽恕我！”塔纳巴伊呜呜哭着。

院子里，乔罗的儿子，大学生萨曼苏尔，正面对着房子站着。他泪流满面地向塔纳巴伊转过身来。两人抱头痛哭。

“你失去了父亲，我失去了好朋友！宽恕我，乔罗，宽恕我！”塔纳巴伊抽抽搭搭，放声大哭。

后来人们把他们拉开了。这时候，塔纳巴伊在近旁的妇女中间看到了她——贝贝桑。她正望着他，眼泪汪汪地望着他。塔纳巴伊哭得更伤心了。

他痛哭不止：为他失去的一切痛哭——为乔罗，为他对乔罗的过错，为那些无法收回的路上骂他的话；他为她痛哭，此刻她近在身旁，却远若路人，为那爱情，为那个雷电交加的夜晚，为她的孤苦伶仃，为她失去的年华而痛哭；他为他的溜蹄马——披着丧服的古利萨雷痛哭；他为自己的屈辱和痛苦，为这哭不完的一切而恸声大哭。

“宽恕我吧，乔罗，宽恕我！”他一个劲地喃喃自语。这些话他仿佛也是在请求她的谅解。

他多么希望，贝贝桑能走过来安慰他一番，希望她能擦干他的泪水。但是，她没有走过来。她站在那里，已经泣不成声了。

倒是别人安慰他了：

“算了，塔纳巴伊。眼泪也无济于事了。你宽宽心吧！”

这些话，反叫他更加伤心，更加痛苦了。

二十二

下午安葬了乔罗。昏沉沉的太阳微微透过凝滞而惨淡的云层。空中不停地飘舞着柔和的、湿润的雪花。在白茫茫的田野里，送葬的行列像条黑幽幽的、无声无息的河流，延伸开去。这河水，仿佛突然而来，又像是第一次开辟自己的航道。最前头是一辆放下车帮的卡车，上面载着用白毡裹得严严实实的已故的乔罗。旁边坐着他的妻子、孩子和亲戚。其他的人都骑着马跟在后面。乔罗的儿子萨曼苏尔和塔纳巴伊两人跟随在灵车后面步行。塔纳巴伊一手还牵着他亡友的溜蹄马——备着空鞍子的古利萨雷。

出了寨门，平坦的大路上铺满了一层松软的白雪。送葬的人马过去，现出一条宽宽的、黑黑的、留下无数马蹄印子的路面。它仿佛标记了乔罗一生最后的历程。道路通到山岗上的墓地。至此，乔罗的人生道路就结束了，永远地结束了。

塔纳巴伊牵着溜蹄马，心里默默地对它念叨："唉！古利萨雷，咱们俩失去了我们的乔罗了。他不在了，去世了……那阵子，你怎么没有喝住我，没有制止我呢？对了，老天爷没长眼，你不会说话。我虽说是人，其实，比你这匹马还不如。把朋友扔在路上，连瞅都没瞅一眼，更别说回心转意了。是我害死了乔罗，是我的那些话把他气死了……"

在去墓地的路上，塔纳巴伊一直在祈求乔罗的宽恕。到了墓地，他和萨曼苏尔一起下到墓穴，把乔罗的尸体放进大地的怀抱。这时候，他还是默默地向乔罗哀求：

"乔罗，宽恕我吧。永别了！你听得见吗？乔罗，宽恕我吧！……"

开头，人们往墓穴里一把一把扔着土块，接着从四面八方用铁锹往里面铲土。墓穴填满了，最后在山岗上耸起了一个鲜土的坟堆。

宽恕吧，乔罗！……

安葬了乔罗之后，萨曼苏尔把塔纳巴伊叫到一边：

"塔纳克，我有事找你，咱们俩谈一谈。"

于是他们穿过院子，离开众人，离开了烟熏火燎的茶炊和篝火。他们穿过后院，进了花园。两人沿着一条水渠走着，在菜地后面的一棵伐倒的树旁停下来。他们坐到树上。两人默默无言，心事重重。“哦，日子过得真快！”塔纳巴伊思量开了，“我记得萨曼苏尔还是个毛孩子，瞧，现在多大个儿了。悲痛一下使他变成大人了。这阵子他该接替乔罗了，现在他跟我平起平坐了。本来，也理应如此。儿子总要接替老子。儿子总要传宗接代，继承事业。老天爷保佑，但愿他能像他父亲一样地做人。但愿他青出于蓝，比我们更聪明，更能干。但愿他能为自己，为大家创造幸福。所以说，我们才是父辈呢，所以说，我们才生儿育女，指望他们能超过我们呢——这才是顶顶要紧的。”

“萨曼苏尔，你是家里的老大，”塔纳巴伊像老人似的捋着胡子，对他说，“你现在接替乔罗了，我会听从你的吩咐，一如过去听从你父亲一样。”

“塔纳克，我要把父亲的嘱咐告诉您。”萨曼苏尔说。

塔纳巴伊一阵战栗。从萨曼苏尔的言谈之中，他分明听到了乔罗的声音和语调。他第一次发现，萨曼苏尔长得真像他的父亲，简直跟他记忆中年轻时候的乔罗一模一样。难怪人家说，一个人只要活在了解他的人的心里，他是不会死去的。

“你说吧，孩子。”

“我回家的时候，父亲还活着，塔纳克。我是昨天夜里他临终前一小时赶到的。他在咽气以前一直都是清醒的。他一直在等着您，塔纳克。老是问：‘塔纳巴伊在哪儿？还没来吗？’我们都安慰他，说您正在路上，马上就到了。看得出来，他有话要跟您说，可是没有等着。”

"是呀,萨曼苏尔,是呀。我们本来应该会上一面的。非常需要。这一辈子我都不能原谅自己。全是我的过错。是我没能及时赶来。"

"所以他要我转告他的话。他说,儿子,你告诉我的塔纳克,我请求他的原谅,对他说,叫他心里别老惦记着那些伤心事,让他亲自把我的党证送到区委去。他说,一定要塔纳巴伊亲手把我的党证交回去。他嘱咐,千万别忘了,一定要转达到。后来就不省人事了。受尽了折磨。临终的时候,还是望呀望呀,好像在等着谁。最后他呜呜地哭了,说的话也就听不清了。"

塔纳巴伊什么话也没说。他来回捻着胡子,已经泣不成声了。乔罗去世了。随着他的去世,塔纳巴伊的一部分生命仿佛也被带走了。

"萨曼苏尔,谢谢你的这些话,也谢谢你的父亲。"塔纳巴伊终于冷静下来,小声说道,"只是有一件事我很为难。你知道我被开除出党了吗?"

"知道。"

"像我这样一个出了党的人,怎么好把乔罗的党证送到区委去呢? 我怕没有这个资格。"

"我也不清楚,塔纳克。您自己拿个主意吧。我呢,该执行父亲的遗嘱。我还是请求您照他临终时希望的那样去做吧。"

"我倒是乐意这么干。只是我太不幸了。萨曼苏尔,要是你自己送去,不是更好吗?"

"不,不一定好。父亲知道,他为什么要这样做。既然他信任您，为什么我反倒不信任您呢？您可以向区委说明，说这是我父亲乔罗·萨雅可夫的嘱托。”

一大清早，天还黑糊糊的，塔纳巴伊便离开了村子。古利萨雷，这匹出色的溜蹄马古利萨雷，无论是遇上喜事，还是遭到不幸，都一样地忠实可靠。古利萨雷纵身飞奔，马蹄嘚嘚，把路面车辙里的冻土击得四下飞溅。这一回它载着塔纳巴伊去完成他已故的战友，共产党员乔罗·萨雅可夫的特殊使命。

在远方，在那隐约可见的地平线上，渐渐地透出一抹晨曦。而后，太阳喷薄而出，驱散了灰色的迷雾，放出万道霞光……

溜蹄马迎着朝霞，向着天边那颗尚未隐去的启明星飞跑。在这空旷无人的大路上，古利萨雷以溜蹄马特有的步式，独自飞奔，发出阵阵清脆的马蹄声。塔纳巴伊已经好久没有机会骑这马了。古利萨雷一如既往，跑得又快又稳。风嗖嗖地卷起马鬃，吹拂着骑者的脸。古利萨雷依然那样英姿勃勃，那样矫健剽悍。

一路上，塔纳巴伊左思右想，揣摩不透为什么乔罗临终前非要他塔纳巴伊，一个出了党的人，把党证送到区委去？他是怎么想的？是考验他吗？或者，他想以此说明，他不同意把塔纳巴伊开除出党吗？现在，这些疑团永远也解不开了，永远也不得而知了。他再也不会加以说明了。是的，有一些话，就比如这个“再也不会”，是叫人毛骨悚然的。接下去，就永远也不会言语了……

万千思绪又涌上心头。那种想忘掉一切，结束一切的念头重又活跃起来。不,实际上,并不是什么都完了。他身上,他面前,还有乔罗的最后的意志呢。他要把乔罗的党证送去,他要讲讲乔罗的一生,讲讲乔罗在大家的心目中,在他的心目中,是个什么样的人。也要讲讲自己,因为乔罗和他,如同一个巴掌上的指头,是分不开的。

得让那些人了解了解,他们年轻的时候都是些什么样的人,他们经历过什么样的岁月。也许,他们最终会明白,无论在乔罗生前,还是在他死后,把塔纳巴伊同他截然分开是不公道的。但愿能听听他的申诉,但愿让他把自己的意见全部说出来!

塔纳巴伊想象着,他怎样走进区委书记的办公室,怎样把乔罗的党证放到他的桌子上,怎样把心里的话都对他说了。他要承认自己的过错,请求得到谅解,但愿能让他重新回到党里,否则,离开了党,他的生活太难堪了,离开了党,他活着简直毫无意义了。

但是,如果对他说:他,一个被开除出党的人,有什么资格把别人的党证送来呢?“你根本不配碰一个共产党员的党证,根本不配完成这样的使命!这事不该由你,而应该由别人来办。”——可这是乔罗本人的遗嘱呀!这是他在临终前,当着众人的面,这么嘱咐的呀!这事,乔罗的儿子可以作证。“那又怎么呢,一个临死的人,都昏迷不醒了,什么胡言乱语不会说呀?”——如果这样,那他该如何回答呢?

古利萨雷在上了冻的大路上马蹄嘚嘚地飞跑,已经过了草原,到了亚历山大罗夫卡的缓坡了。溜蹄马驮着塔纳巴伊飞一般地奔驰。不知不觉,已经到达目的地了。

当塔纳巴伊来到区中心的时候,各个办事处才刚刚开始上班。他哪儿也没有耽搁,赶着汗津津的溜蹄马直奔区委。他把马拴在马桩上,拍打一下身上的尘土,揣着一颗怦怦乱跳的心,神色激动地朝里面走去。会对他怎么说呢?会怎么接待他呢?走廊里空无一人:不少人还没有来得及从山村里赶来呢。塔纳巴伊走进了卡什卡塔耶夫的接待室。

“您好!”他对女秘书说。

“您好!”

“卡什卡塔耶夫在办公室吗?”

“在。”

“我有点事找他。我是白石集体农庄的牧民。我姓巴卡索夫。”他说道。

“怎么啦,我认识您。”她微微一笑。

“那就请您告诉他:我们的支书乔罗·萨雅可夫去世了。临终时他要我把他的党证送到区委。我,这就来了。”

“好的。请稍等一下。”

女秘书进了卡什卡塔耶夫的办公室。等的时间虽说不长,可塔纳巴伊却痛苦不堪,坐立不安了。

“卡什卡塔耶夫同志很忙,”她一边说,一边把身后的门紧紧关上,“他让您把萨雅可夫的党证交到登录处。登录处在那边,沿走廊往右拐。”

“登录处……沿走廊往右拐……这是什么意思?”——塔纳巴伊莫名其妙。随即,他一下子明白过来了,一下子也就泄气了。怎么能这样呢？难道这一切就如此简单吗？而他却想……

“我要找他谈一谈。请您再进去跟他说一下，我有重要的话要说。”

女秘书犹豫不决地又走进办公室。回来后说：

“他忙极了，”接着，她十分同情地加了一句，“跟您的谈话已经算完了。”随后，又压低嗓子，悄悄说，“他不会接见您的。您还是走吧。”

塔纳巴伊顺着走廊往右拐去。有块牌子写着“登录处”。门上有个小窗口。他敲了一下，窗子打开了。

“您有什么事？”

“送来一份党证：我们的支书乔罗·萨雅可夫去世了，是白石集体农庄的。”

登录处工作人员耐心地等着塔纳巴伊从上衣里面挂着的小皮夹里掏出党证。就在这个皮夹里，不久前还藏着自己的党证，这回却放着乔罗的党证了。他把小本本交到窗口，心里默默念道：“永别了，乔罗！”

他看到，那女同志在一张表格上记上了党证的号码、乔罗的姓名、父称和入党年月——这些就是对乔罗的最后的记忆了。最后，她让他签字。

“完了吗？”塔纳巴伊问道。

“完了。”

“再见。”

“再见。”小窗“砰”一声关上了。

塔纳巴伊走到外面。他解开溜蹄马的缰绳。

“完了，古利萨雷，”他对马说，“这下全完了！”

不知困乏的溜蹄马载着他往回驰去。辽阔的春天的草原，在清脆的马蹄声中，卷着风，迎面飞来。只有在溜蹄马的飞奔中，塔纳巴伊心头的痛楚才渐渐平息下来。

当天晚上，塔纳巴伊便回到了山里。

妻子默默地迎上去。她抓住衔铁旁的缰绳，搀扶着丈夫，帮他下了马。塔纳巴伊朝她转过身来，双手抱住她，头倒在她的肩上。她流着眼泪，也抱住了他。

“我们把乔罗安葬了。他已经去世了。扎伊达尔，我的朋友已经去世了。”塔纳巴伊说着，又一次放声痛哭起来。

后来，他默默无言地坐在毡房外的一块石头上。他只想一个人待着，望着一轮明月悄悄升起，照耀着峰峦叠起的白雪皑皑的群山。毡包里妻子已安顿孩子们睡了。听得见炉灶里的火噼啪作响。随后响起了科穆兹琴的扣人心弦的旋律。那琴声——似狂风怒吼，又如旷野之中，有人在奔跑，在呜呜哭泣，哀哀呻吟，而周围一片死寂，只有那孤独的人在诉说着心头的哀怨和忧伤。仿佛他跑呀跑呀，在这寂静的旷野之中，不知何处可以安下这个悲痛的身躯，不知怎样才能找到自己的慰藉。天地茫茫，杳无回音。他泪流满面，独自倾听自己的心声。塔纳巴伊知道，这是他的妻子在为他弹奏《猎人之歌》……

……很久很久以前，有一位老人。他有个儿子，是个年轻勇敢的猎手。父亲把猎人的一套高超本领都教给了他的儿子，于是，儿子便超过了父亲。

儿子百发百中。没有一头野兽能逃过他的准确而致命的子弹。他把山山岭岭的野兽都打光了。大肚子的母羊，他不怜惜；小小的仔畜，从不手软。他见着灰山羊就打——灰山羊可是羊的祖先哩。只剩下一只母羊和一只公羊了。母羊向年轻的猎手苦苦哀求，让他可怜可怜公羊，不要射死它，让它们能传宗接代，子孙繁衍。但是猎人充耳不闻，"砰"一枪又把这只硕大的灰公羊打死了，公羊一跤摔下峭壁。母羊哀哀哭诉着，转过身子，对猎人说："你朝我的胸口开枪吧，我绝不动一动。你要是打不中我，——往后你就别想再开枪了！"年轻的猎手听完这只发了疯的母羊的话，不禁哈哈大笑。他瞄准了。"砰"一声枪响了。但灰山羊没有倒下，子弹只碰伤它的一条前腿。猎人慌张起来：这种情况可从未发生过。"得了，"灰山羊对他说，"现在你想办法来捉住我吧！"年轻的猎人又是一阵狂笑："行，你快跑吧。要是我追上你，你可别想让我开恩。老不死的，我要把你这个可恶的牛皮大王一刀刀给宰了！"

灰山羊瘸着一条腿跑开了，猎人在后面追着。多少个白天，多少个黑夜，在山岩，在峭壁，在雪地，在石滩，猎人和山羊就那么一直跑着，追着。不，灰山羊是绝不会屈服的。猎人早已扔了自己的枪，身上的衣服也都撕破了。猎人不知不觉被灰山羊引上一处高不可攀的绝壁——那地方，上不能上，下不能下，爬不能爬，跳不能跳，简直就动弹不得。灰山羊把他扔在那里，咒骂着他："你一辈子也别想离开这里：谁也救不了你。让你的父亲来哭你吧，——就像我哭我死去的孩子，哭我那绝灭的家族那样；让你的父亲在这荒山野岭里哀号吧,——就像我这老灰羊,羊类的祖先,哀号那样。我诅咒你,卡拉古尔,我诅咒你……”灰山羊哭着跑开了——从这块岩石跳到那块岩石,从这座山蹿到那座山。

剩下年轻的猎人,站在高得令人晕眩的峭壁上。他面壁而立,脚下只有一小块窄窄的凸出的山岩。他都害怕回过头来:上下左右,他都无法挪动一步。上不见青天,下不见大地。

这时候,他的父亲在到处找他。他爬遍了山山岭岭。当他在一处小道上找到儿子扔下的猎枪时,他明白:他的儿子遭到了不幸。他跑遍了陡峭的峡谷,找遍了阴森的沟壑。“卡拉古尔,你在哪儿?卡拉古尔,你答应一声呀!”回答他的是怪石嶙峋的群山发出的轰隆隆的空谷回音:“……你在哪儿?卡拉古尔,你答应一声呀!……”

“我在这里,父亲!”蓦地他听到远处传来的声音。父亲抬头一看,他看到了自己的儿子,好比一只小雏鸦落在高不可攀的悬崖绝壁上。他正面壁而立,连身子都转不过来。

“你怎么落到那里去了,我的不幸的儿子?”父亲吓坏了。

“别问了,父亲,”那人回答道,“我这是罪有应得。是灰山羊把我引到这里的。它还恶狠狠地咒骂我。我在这里已经站了好几天了。见不着阳光,见不着青天,见不着大地。就是你的脸,父亲,我也见不着。可怜可怜我吧,父亲。开枪把我打死吧,免了我的痛苦吧,我求求你!把我打死吧,把我埋了吧!”

父亲能有什么办法呢?他痛哭流涕,急得团团转。而儿子却一再苦苦哀求："快点把我打死，你开枪吧，父亲！你可怜可怜我吧，开枪吧！"直到黄昏，父亲都下不了决心。太阳快落山的时候，他瞄准了，开枪了。他把猎枪朝岩石上狠劲一摔，砸个粉碎。他扑到儿子的尸体上，唱起诀别的歌：

是我杀害了你，我的儿子卡拉古尔，
只落得我孤苦伶仃，我的儿子卡拉古尔，
命运惩罚了我，我的儿子卡拉古尔，
命运报复了我，我的儿子卡拉古尔。
为什么我教给了你，我的儿子卡拉古尔，
那猎人的本领，我的儿子卡拉古尔；
为什么你杀光了，我的儿子卡拉古尔，
所有的飞禽走兽，我的儿子卡拉古尔；
为什么你消灭了，我的儿子卡拉古尔，
有生命、能繁殖的众生，我的儿子卡拉古尔。
只落得我孤苦伶仃，我的儿子卡拉古尔，
没有人同情我的眼泪，我的儿子卡拉古尔，
只有我悲痛欲绝，我的儿子卡拉古尔，
是我杀害了你，我的儿子卡拉古尔，
是我亲手杀害了你，我的儿子卡拉古尔，
…………

……塔纳巴伊坐在毡房旁边，聆听着这支吉尔吉斯古老的哀歌，眺望着一轮明月正慢慢爬上幽暗森严的群山之巅。月亮悬挂在直插云霄的雪峰之上，照耀着重重叠叠的山岩峭壁。他一次又一次向亡友祈求宽恕。

而扎伊达尔,在毡房里弹着科穆兹琴,悼念着伟大的猎手卡拉古尔:

是我杀害了你,我的儿子卡拉古尔,
只落得我孤苦伶仃,我的儿子卡拉古尔,
…………

二十三

天快亮了。老人塔纳巴伊坐在篝火边,坐在奄奄一息的溜蹄马的头旁。他又回想起后来发生的事。

那些天里,他曾骑马去过州里一趟——这件事谁都不知道。那是他作的最后一次努力。他想去见见州委书记——就是那位曾在区里大会上作过报告的州委书记,对他谈谈自己的不幸遭遇。他相信,这个人是了解他的,会帮助他的。乔罗尽说这个书记的好话,别人也都夸他。可是这位州委书记已经调到别的州里工作,这个情况,他只是到了州委后才知道的。

"您难道没听说过吗?"

"没有。"

"这样吧,如果您有重要的事情,我可以向新任的书记报告,他可能会接见您的。"接待室的女同志向他建议。

"不了,谢谢。"塔纳巴伊谢绝了,"我想见见他,有点私事找他。是的,我了解他,他也了解我。新书记,我就不打搅了。对不起，再见吧。”他走出接待室，心里确信，他对那位书记十分了解，而书记对自己，对牧民塔纳巴伊·巴卡索夫，肯定也会了解的。为什么不是这样呢？他们会互相了解，互相尊重的，这一点，他深信不疑，所以才说了上面这些话。

塔纳巴伊来到街上，朝汽车站走去。在一个出售啤酒的售货棚旁边，两个工人正往车上装空酒桶。一人站在车上，另一人滚着酒桶，往上送。滚桶的人偶一回头，看到了一旁走过的塔纳巴伊，他愣住了，脸色都变了。这是别克塔伊。他压住滚动的酒桶，两只小小的滴溜溜转的眼睛留神地、充满敌意地瞅着塔纳巴伊，仿佛在等着，看他会怎么说。

“喂，你在那里干什么，睡着了还是怎么的？”站在车上的人生气地喝道。

酒桶直往下滚，而别克塔伊，顶着桶，稍稍弯着腰，还是目不转睛地盯着塔纳巴伊。但是塔纳巴伊没有理他。“原来你在这里。在这里。好极了。没什么可说的。总算找了个啤酒铺的差使了。”塔纳巴伊一边想着，一边继续朝前走去。“这小伙子会毁了吗？”他思索着，不禁放慢了脚步，“本来，也可以很有出息的。也许该跟他谈一谈？”他可怜起别克塔伊来，本想走回去，原谅他过去所做的事，只要对方能回心转意就行。但是塔纳巴伊没有这样做。他明白，要是对方知道了他已经被开除出党，那就什么也谈不成了。塔纳巴伊不想给这个尖酸刻薄的小伙子留下什么把柄来挖苦自己，嘲弄他的命运，讥笑他信守不渝的事业。就这样，他走开了。他搭上了一辆顺路的汽车出了城，一路上老想着这个别克塔伊。那人顶着滚动的啤酒桶，稍稍弯着腰站着，正留神地、期待地盯着他——那副样子，深深地印在他的脑海中了。

后来在审讯别克塔伊时，塔纳巴伊在法庭上只提到他扔下羊群这件事。其他的，塔纳巴伊什么也没说。他多么希望别克塔伊能最终明白过来是他错了，希望他有所悔悟。可是，看来那人毫无悔改之意。

“等蹲满了日子，你还是来找我。咱们好好谈谈，看下一步怎么办。”塔纳巴伊对别克塔伊说。而对方却一声没吭，甚至连眼皮都没抬一抬。就这样，塔纳巴伊离开了他。在他被开除出党以后，他对自己失去了信心，总感到矮人三分似的。不知怎么搞的，变得缩手缩脚起来了。这一辈子，他从来没有想到过，竟会变成这副模样。谁也没有责难他，但他总是躲着人，尽量少言语，更多的时候，只是保持沉默，一言不发。

二十四

溜蹄马古利萨雷一动不动地躺在篝火旁，头枕在地上。生命正悄悄地离它而去。它的喉咙嘶哑了，呼哧呼哧喘着粗气，瞳孔扩大了，眼睛失神了，直勾勾地瞪着篝火，四条腿变得像棍子一样僵硬了。

塔纳巴伊跟他的溜蹄马告别，对它说着诀别的话：“你是一匹伟大的马，古利萨雷。你是我的朋友，古利萨雷。你带走了我最美好的岁月，古利萨雷。我会永远记住你的，古利萨雷。就在此刻,在你跟前,我回想起你的一生,因为你快要离开人世,我的出色的骏马古利萨雷。有朝一日,咱们还会在那个世界上见面的。但是我不会在那里听到你的马蹄声了,因为那里没有路,那里没有土地,那里没有青草,那里没有生命。但是,只要我还活着,你就不会死去,因为我会时时刻刻念叨你,古利萨雷。你清脆的马蹄声,对我来说,永远是一支心爱的歌……”

塔纳巴伊思潮起伏,感伤万分。岁月,如同飞跑的溜蹄马,转眼之间便无影无踪了。不知不觉,他们很快都变老了。也许,塔纳巴伊还不算太老。但是一个人的老与不老,往往不取决于他的岁数;有些人显得老态龙钟,仅仅是因为他已经意识到:他老了,他的年华已经过去了,往后只能了此余生了……

此刻,就在他的溜蹄马离开人世的夜晚,塔纳巴伊重又全神贯注地、仔仔细细地回顾了一生的往事。他深感遗憾的是,他衰老得太早了,遗憾的是,他没有下决心当时就听从那人的劝告。那人看来没有把他忘掉,是他亲自找到他,来到他身旁的。

这事发生在他被开除出党的七年之后。那时候,塔纳巴伊在萨雷戈乌峡谷一带担任农庄的护林员。他和妻子扎伊达尔住在那里的岗棚里。两个女儿出去学习了,后来先后出嫁了。儿子在技校毕业后派到区里工作,也已经成家了。

有一年夏天,塔纳巴伊在一条小河边割草。已经到了割草的季节,万里晴空,天气炎热得很。峡谷里静悄悄的。

只有草螽在吱吱叫着。塔纳巴伊穿一条肥大的老式白布裤子,衬衣没有束腰,散在裤子外面。他挥动着咯吱作响的大镰刀,很有节奏地一割,一拉,堆起一垛垛的草来。他满心痛快地干着活,都没有注意到一辆“嘎斯”牌小汽车在不远的地方停了下来。车里走出两个人,朝他走来了。

“您好,塔纳克,谢天谢地,”他听到旁边有人说话,便扭头一看,是伊勃拉伊姆。这家伙还是那样机灵,胖鼓鼓的脸,挺着个大肚子。“可把您找到了,塔纳克,”伊勃拉伊姆满脸堆笑说道,“区委书记亲自光临,来看望您了。”

“嘿,老狐狸!”塔纳巴伊想起他,不由得表示佩服,“哪个朝代,他都走运。瞧,那副献殷勤的劲头!简直是少有的好人呐。就是会拍马屁,讨好别人!”

“您好。”塔纳巴伊握了握他的手。

“您不认得我了吧,老爷子?”同伊勃拉伊姆一起来的同志紧紧地握住塔纳巴伊的手,亲亲热热地问道。

塔纳巴伊迟疑了一下,没有立即答话。“我在哪儿见过他呢?”他思忖着。站在他面前的这个人,好像很面熟,但又好像不曾相识。那人年轻力壮,肤色黝黑,目光显得坦率而信任,穿一件灰色帆布上衣,戴一顶草帽。“城里来的什么人,”塔纳巴伊心想。

“这位同志……”伊勃拉伊姆想提醒一下。

“别忙,别忙,我自己来说,”塔纳巴伊打断了他的话,不出声地笑着说,“认出来了,我的孩子。怎能认不出呢!你好!看到你,真叫人高兴。”

他是克利姆彼可夫,就是那个在区委讨论开除塔纳巴伊出党时，那样勇敢地为他辩护的团委书记。

“好了，既然您认出来了，那让我们聊一聊吧，塔纳克。咱们沿河边走走。您呢，”克利姆彼可夫转身对伊勃拉伊姆说，“劳驾拿起镰刀，割一会儿草。”

那人手忙脚乱，赶紧脱下上衣。

“那当然啦，那太好了，克利姆彼可夫同志！”

塔纳巴伊和克利姆彼可夫穿过草地，来到河边，在一块石头上坐下。

“您大概猜着了，塔纳克，我为什么事情来找您。”克利姆彼可夫说起来，“我来看看您。您还是那样硬朗，还能割草，这么说，身体还挺好的。这，我很高兴。”

“你说吧，我的孩子。我也为你高兴。”

“是这样，塔纳克，我来，是为了给你解解疙瘩。现在，您自己也清楚，发生了多大的变化。许多事情都上了轨道。这些，您知道得不比我差。”

“我知道。事实总归是事实。拿我们农庄的那些事，我还能评说评说。情况好像好转了。简直都难以置信了。前不久，我去了一趟‘五棵树’——那地方，有一年我在那里接过羔，吃足了苦头。现在，才叫喜人哪！盖起了崭新的羊圈。多好的羊圈，屋顶全用石板瓦砌的，能存得下五百多只羊。给羊倌们也盖了新房。旁边还有草棚，马棚。跟过去大不一样了。别的放牧点上也都一样。村子里也在大兴土木。每次回去，街上都盖起了一栋栋新房。但愿往后也这样兴旺下去。”

“这些，都是我们该做的事，塔纳克。但远没有做好。

往后一定会更好的。我找您,想谈谈那个问题。请您回到党内来吧!我们把您的那件事情重新审查过了。区委也讨论过了。常言说得好:尽管迟了,总比不干好。”

塔纳巴伊不做声了。他激动万分。他是又高兴,又难过。想起已往的一切,他心里的冤屈太深了!他不想再回忆往事,不想旧事重提了。

“谢谢你的宽心话,”塔纳巴伊对区委书记表示感谢,“谢谢你还没有忘记我这个老头,”他想了一会儿,直率地说,“我已经老了。我对党还有什么用呢?我还能为党做些什么呢?我不中用了。我的好光景已经过去了。你不要见怪。你让我再考虑考虑。”

塔纳巴伊很久都拿不定主意,老是拖呀拖呀——明天去吧,后天去吧,而时间却飞快地过去了。现在要办点什么事,出趟门,也不是那么容易的了。

有一回,总算收拾停当,备好马,动身了。但走到半路,又折回来了。为什么呢?他自己也明白:那是出于他的愚蠢。他一个人自言自语:“我发傻了。都变成孩子了。”这一切,他心里明白,可就是管不了自己。

他看到草原上一匹跑马扬起的尘土。一下子,他认出了他的古利萨雷。现在,他很少有机会看到这匹马了。溜蹄马穿过夏天干燥的草原,随身扬起一团团滚动的白色烟尘。塔纳巴伊从远处望着望着,不禁无限感伤。从前,溜蹄马扬起的尘土从来也赶不上它自己。它,像只黑色的迅猛的大鹏飞蹿而去,身后留下一条长长的滚滚烟尘。而现在,尘土常常追上溜蹄马,像云雾似的把它团团围住。它向前冲去，但是不多一会儿，又消失在自己扬起的浓烟密雾中。不行了，它现在已无法摆脱开烟尘了。看来，太老了，没劲了，不中用了。“你的情况不妙，古利萨雷！”塔纳巴伊十分痛心地想道。

他都能想象出：马在尘土中喘着粗气，费力地跑着，骑手发火了，使劲用鞭子抽它。于是他似乎看到溜蹄马惶惶四顾的眼睛，体会到它如何拼死拼活想冲出团团烟尘而又无能为力的心情。尽管骑马的人不会听到塔纳巴伊的声音——距离还相当远——塔纳巴伊还是大声喝道：“住手，不许打马！”于是他纵马飞驰而去，想截住那人的去路。

但他很快又勒住缰绳，没有追赶过去。要是那人能理解他的心情，那还好。要是不理解呢？要是对方冲着他嚷嚷：“关你什么事？你那么发号施令的，算老几？我爱怎么赶就怎么赶，你管不着。滚开，老混蛋！”

这时，溜蹄马依旧那么吃劲地、迈着零乱的步子朝前跑去，忽而消失在尘埃中，忽而又冲了出来。塔纳巴伊久久地目送它渐渐离去。随后，他掉转马头，往回驰去。“咱们都跑完自己的路程了，古利萨雷，”他说，“咱们都老了。现在谁还需要我们这样的老家伙呢？我此刻也跑不动了，古利萨雷。咱们俩只好等着末日来临了……”

又过了一年，当塔纳巴伊再次看到溜蹄马时，它已经驾了辕，拉上大车了。他又一次感到心灰意冷。昔日的溜蹄马，如今已经衰老不堪，只落得套上快要散架的颈轭，拖着破旧的四轮大车——瞧那情景，真叫人伤心透顶！塔纳巴伊忙转过身来,不忍目睹下去。

这之后,塔纳巴伊又见到一次古利萨雷。一个七岁光景的小家伙,穿条小裤衩,穿件破汗衫,骑着它在街上转悠。小淘气欢天喜地,得意洋洋地骑在马背上,不时用光光的脚后跟磕着马肚子,仿佛说:瞧,我都能骑马了!看得出来,这小家伙是头一回上马,所以给他挑了一匹最最温顺、最最听话的老马。昔日的溜蹄马古利萨雷,竟落到了如此地步!

“老爷爷,您瞧我!”小淘气向塔纳巴伊夸口道,“我是恰巴耶夫①,我马上要冲过河去!”

“太好了,冲过河去吧,我瞅着!”塔纳巴伊鼓励他说。

小家伙勇敢地拉着缰绳,骑马过河了。但是当马爬上河岸时,他没有坐稳,扑通一声,掉到河里去了。

“妈——妈——!”他吓得大声嚷嚷起来。

塔纳巴伊把他从水中拉出来,抱着他朝马走去。古利萨雷温顺地站在小道上,一会儿提起这条腿,一会儿提起那条腿,倒换着蹄子歇着。“腿都酸痛了。这么说,完全不中用了。”塔纳巴伊心里明白了。他把孩子抱到衰老不堪的古利萨雷背上。

“骑好了,别又摔了!”

古利萨雷慢腾腾地在路上迈着艰难的步子。

后来,古利萨雷又回到塔纳巴伊手里。经过老人精心

① 瓦西里·伊凡诺维奇·恰巴耶夫(1881—1919),苏联国内战争中的英雄,红军的天才指挥员。

饲养，马似乎又恢复了点元气。这是他最后一回把马套上大车，去亚历山大罗夫卡一趟。而此刻，马在半路上快要死了。

塔纳巴伊因为儿媳妇生了第二个孩子，去了儿子家一趟。给他们送去了一腔羊肉，一麻袋土豆，不少粮食和老伴烤的各式各样的糕饼。过后，他才明白，为什么扎伊达尔推说有病，不想去儿子家。虽说她没跟任何人明讲过，但看得出来，她不喜欢儿媳妇。儿子本来就是个没有主见、优柔寡断的人，碰上老婆又那么厉害，那么霸道。儿媳妇成天坐在家里，发号施令，为所欲为，指使丈夫东奔西跑。世上就有一些人，对他们来说，欺负别人，侮辱别人，算不了一回事，只要自己得意，滥施淫威就行了。

这一回，也是如此。原来，儿子的职务本该提升了。可后来，不知何故提升了别人，把他拉下来了。于是儿媳妇劈头盖脸冲着毫无过错的老头子来了：

"既然你一辈子放羊放马的，那又何苦入党呢？到头来，还不是给人家撵出来了！为了这桩倒霉事，现在你的儿子就不得重用了。他这八辈子也甭想升官了。你们倒好，在山沟沟里待着，都老头老太婆了，你们还指望些什么？可我们，就得在这儿因为你们受罪了！"

这样气味的话，还有无数……

塔纳巴伊闷闷不乐，真后悔来此一趟。为了缓和一下气氛，他迟疑地说：

"要是这样，兴许，我还是请求回到党内的好。"

"是呀，党可需要你哩！他们都在眼巴巴地盼着你哩！

缺了个老家伙,那怎么行呢!”她嗤之以鼻地回敬道。

如若她不是自己的儿媳妇,不是他亲生儿子的老婆,而是别的什么人,难道塔纳巴伊能容忍她这种肆无忌惮的态度吗?可是对自家人,不管是好是赖,是没有办法的。老人一声没吭,不想顶她,也不想对她明说:她的丈夫之所以没有提升,不是他父亲的过错,而是他本人不中用,加上找了个老婆那么厉害——好人躲她都躲不及。难怪老话说:“娶个贤惠的女人,不成材的丈夫会变得有点出息,平平常常的丈夫就会出人头地,本来不错的丈夫就会名扬四海。”塔纳巴伊也不想当着儿媳妇的面让儿子出丑。就让他们以为这是他的过错吧。

为了这件事,塔纳巴伊赶紧一走了事。他感到,待在他们家里太憋气了,太难堪了。

“臭娘们!”此刻他坐在篝火旁骂着儿媳妇,“哪儿见过像你这路货的?对别人,都不识羞耻,不安好心,没有半点敬意。就惦记着自己鼻子底下那么点鸡毛蒜皮,老按着自己的心思指手画脚的。可事情不会如你的意。我还有用,将来也有用……”

二十五

黎明到来了。耸立在大地上空的千峰万岭苏醒了,周围的草原显得那么开阔、爽朗。在峡谷口上,篝火熄灭了,只剩下一堆隐隐有点微火的褐色灰烬。旁边站着一位年过花甲的老人,披着一件老羊皮袄。现在已经无须把皮袄盖在溜蹄马身上了。古利萨雷已经到了另一个世界，到了天上的马群那里去了……塔纳巴伊瞧着倒下的马，惊奇不止：它怎么啦？古利萨雷侧身躺在地上，头抽搐地向后仰着，上面可以清清楚楚看到深深陷下去的凹印——那是套上马笼头留下的痕迹。它的四条腿直挺挺地伸着，那蹄子早已开裂，马掌早已磨破了。往后，它再也不能在地上走动了，再也不会在大路上留下它的脚印了。现在该回家了。塔纳巴伊最后一次向马弯下身去，把它冰冷的眼皮合上，取过马笼头，然后，不再回顾，径直离去了。

他穿过草原，进了山口。他走着，重又陷入沉思。他想到，他已经老了，他的日子也快完了。他不想像一只离群的孤雁那样，孤孤单单地死去。他想在翱翔中死去，让那些一窝生的、一路飞的同伴们，能在它的头上高叫着，盘旋着，跟它依依惜别。

"我要给萨曼苏尔去封信，"塔纳巴伊决定，"我要写上：你还记得溜蹄马古利萨雷吗？该记得的。那时候，我骑着它曾经把你父亲的党证送到区里去。是你亲自让我去的。喏，昨天夜里，我从亚历山大罗夫卡回来的路上，我的出色的溜蹄马倒下了。整整一宿，我坐在马身旁，把我的一生从头到尾想了一遍。保不住哪天我也会像溜蹄马古利萨雷那样，走着走着就倒下了。你应该帮助我重新回到党内，我的孩子萨曼苏尔。我活着的日子不长了。我向往我过去那种生活，我想成为过去那样的人。直到如今，我才懂得，你的父亲乔罗留话要我把他的党证送到区委去，他的这个遗嘱不是没有用意的。你是他的儿子，你也了解我这个老人塔纳巴伊·巴卡索夫……”

塔纳巴伊在草原上走着，肩上搭着马笼头。他泪流满面。眼泪扑簌簌地落到胡子上，他也不去擦。那是为溜蹄马古利萨雷洒下的热泪。老人含着泪水，望着新的一天的黎明，望着山巅上空一只孤零零的灰雁。灰雁正急急地飞着，追赶着前面的雁群。

“飞吧！飞吧！”塔纳巴伊喃喃自语，“趁翅膀还硬的时候，追上自己的同伴吧！”随后，他叹了口气，说，“永别了，古利萨雷！”

他走着，耳边回响着古老的旋律：

……骆驼妈妈跑了许许多多天。叫呀，喊呀，寻找自己的小宝贝。你在哪儿，黑眼睛的小宝贝？答应一声呀！奶水哗哗流着，从胀鼓鼓的乳房一直流到腿上。你在哪儿？答应一声呀！奶水哗哗流着，从胀鼓鼓的乳房里哗哗流着。白花花的奶水呵……

冯加 译

（译自苏联《小说月报》1966年第24期，根据莫斯科青年近卫军出版社1982年版《钦吉斯·艾特玛托夫》三卷集第一卷校订）